David Osborn, 1923 in New York City geboren, kehrte seiner Heimat aus Protest gegen den amerikanischen Lebensstil den Rücken und siedelte sich mit seiner Familie in einem friedlichen Schweizer Ort »mit 70 Einwohnern und 200 Kühen« an. Der mit zahlreichen Auszeichnungen geehrte Romancier schrieb seinen Roman »Jagdzeit« als Warnung vor der Gewalt. Er sagt: »Es ist konstruktive, nicht destruktive Kritik. Wenn nur ein oder zwei Leser das begreifen, habe ich meine Aufgabe erfüllt.« Weltweites Echo fand auch die Verfilmung des Romans mit William Holden, Peter Fonda und Richard Lynch.

Vollständige Taschenbuchausgabe
Droemersche Verlagsanstalt Th. Knaur Nachf.
München/Zürich
Lizenzausgabe mit freundlicher Genehmigung des
Paul Zsolnay Verlages, Wien/Hamburg

Titel der Originalausgabe »Open Season«

Ins Deutsche übertragen von Erica Fischer
Umschlaggestaltung Atelier Blaumeiser
Gesamtherstellung Mohndruck, Gütersloh
Printed in Germany
ISBN 3-426-00507-7

1.–20. Tausend Februar 1978
21.–30. Tausend Februar 1978
31.–45. Tausend April 1978
46.–56. Tausend November 1978
57.–62. Tausend Januar 1980

David Osborn:
Jagdzeit

Roman

Droemer Knaur

Zum 17. Juni 1972 –
Watergate

Rom, 14. April (Reuter). Das Heer der 1,6 Millionen italienischen Jäger veranstaltete in der letzten Jagdsaison ein Massaker an mehr als 50 Millionen Tieren, berichtete die angesehene Turiner Tageszeitung *La Stampa.* Weiterem Zahlenmaterial aus Fachzeitschriften zufolge töten die Jäger jährlich auch mehr als 200 Millionen Vögel.
Nach den Angaben der *Stampa* leben in Italien, gemessen an der Gesamtbevölkerung, die meisten Jäger Europas. Allein für Patronen gaben die italienischen Jäger während der letzten Jagdsaison etwa 83,3 Millionen Dollar aus.
Dem »World Wild Life Fund« zufolge sind in Italien 32 Vogel- und 14 Säugetierarten bereits ausgestorben oder fast verschwunden.
Die italienischen Jäger bringen aber nicht nur Wild und Vögeln den Tod. Man schätzt, daß jährlich 7000 Italiener während jeder Jagdsaison bei Jagdunfällen erschossen oder verletzt werden. Doch Tierliebhaber und Tierschutzorganisationen wie der »World Wild Life Fund« haben es schwer, der mächtigen Interessengruppe der Jäger Beschränkungen aufzuerlegen.
Das erste Gesetz, das von der neuen Regionalverwaltung Apuliens fast unmittelbar nach Übernahme der Amtsgeschäfte diesen Monat verabschiedet wurde, war die Legalisierung der Jagd auf Zugvögel während der Paarungszeit im Frühjahr, ein Sport, der letztes Jahr in Italien abgeschafft worden war.

Aus *International Herald Tribune*, 15. April 1972

Prolog

Der Bezirksstaatsanwalt hielt sich für einen ziemlich empfindsamen Menschen. Als er mit Alicia Rennick und ihren steif dasitzenden Eltern sprach, bemerkte er plötzlich, daß er den Ausdruck in Alicias hohlen Augen nicht länger ertragen konnte. Es war nicht so sehr die bohrende Erinnerung an Schrecken, Abscheu und Schmerz, die er darin las; das hatte er schon bei anderen Frauen gesehen, die vergewaltigt worden waren. Es war eher der stumme, dumpfe Widerschein der in ihr wachsenden Erkenntnis, daß sie gänzlich verraten worden war; ein Widerschein, der aus ihrem tiefsten Inneren kam.

Also wandte er sich von ihr ab, wie auch von Mr. und Mrs. Rennick. Er drehte seinen ledergepolsterten Bürostuhl so herum, daß er an der gerahmten Fotografie Präsident Eisenhowers vorbeistarrte, die an der Wand neben den hohen, von Vorhängen flankierten Fenstern hing; der Staatsmann schaute scharf und zuversichtlich drein. Goldenes Nachmittagslicht umspülte die Ulmen draußen, die über den Stadtpark und die ihn umgebenden roten Ziegelbauten des frühen 19. Jahrhunderts emporragten. Jenseits der Zweige und Blätter und durch sie hindurch konnte man die Umrisse des Turms der presbyterianischen Kirche und den Glockenturm der Universität erkennen. Später sollte der Staatsanwalt sich noch daran erinnern, daß ihm gerade in jenem Augenblick auffiel, wie ironisch, kraftlos und heuchlerisch doch die amerikanische Flagge wirkte, die starr in einer Ecke des Büros stand, die Falten des Stoffs eine gebündelte Vertikale von Rot, Weiß und Blau.

Es war totenstill. So still, daß es schien, als verschluckten die dunkelgetäfelte Wand und der schwere Teppich sogar die Gedanken. Doch die Gedanken waren sehr wohl vorhanden; Gedanken, die in Worte gefaßt und laut ausgesprochen werden mußten. Der Staatsanwalt wußte, *was* er zu sagen hatte, nur das *Wie* war so schwierig. Es gab da Dinge, die er den Rennicks nicht mitteilen wollte, Dinge, von denen sie keine Ahnung hatten. Spräche er sie aus, würde er das Mädchen noch mehr verletzen.

Als er sich wieder den Besuchern zuwandte, wich er Alicias Blick aus und sah statt dessen Rennick an: ein massiger untersetzter Vertreter der gutbürgerlichen Mittelklasse, mit Augen, die ganz klein geworden waren vor lauter Wohlanständigkeit und Phrasendrescherei.

Er weiß es, dachte der Bezirksstaatsanwalt. Rennick ist nicht dumm. Aber er wird so tun, als wüßte er nichts, damit er die ganze Tonleiter durchspielen kann. Bei Rennick war es eine Frage des Prestiges.

»Ich möchte nicht den Eindruck erwecken, daß dieses Amt kein Verständnis hat, Mr. Rennick. Wir sind hier, um Ihnen und Alicia jede mögliche Hilfe zu bieten. Aber Verständnis – ich meine *amtliches* Verständnis in Form einer öffentlichen Anklage – ist für Alicia vielleicht gerade jetzt nicht das richtige. Nach all dem, was sie durchgemacht hat, glauben Sie wirklich, daß man sie bloßstellen sollte? Braucht sie nicht eher Ruhe und Schutz?«

»Was meinen Sie mit bloßstellen?« fragte Mrs. Rennick trotzig. Sie war eine stattliche Vierzigerin mit noch guter Figur. Aber ihr sorgfältig und übertrieben geschminktes Gesicht glich einer Maske rechtschaffener Anständigkeit. Sie war einmal hübsch gewesen. Sie wäre es noch immer, wenn sie selbst es sich erlaubt hätte.

»Er meint einen Prozeß«, erklärte Rennick geduldig. »Zeitungsberichte.«

Aber die verbitterte Entrüstung war ihr plötzlich wichtiger als das Wohlbefinden ihrer schweigenden Tochter. Sie fühlte sich persönlich angegriffen. Und damit alle Frauen. Angegriffen von der nie endenden privilegierten Verschwörung der Männer. Gott, wie sie deren selbstgefällige Pose verabscheute!

Ätzend brach es aus ihr hervor: »Ein Prozeß stellt die Schuldigen bloß und bestraft sie. Wir kennen sie alle und wissen, was sie getan haben. Es ist wohl kaum anzunehmen, daß jemand Alicia verurteilen wird!«

Alicia rührte sich nicht. Sie war achtzehn und hübsch, in einer zerbrechlichen, unsicheren, verhemmten Art. Sie hatte ihre schmalen Künstlerhände gefaltet; bewegungslos lagen sie in ihrem Schoß, auf dem gerade geschnittenen Kleid, das zu tragen die Mutter sie gezwungen hatte; ein Kleid, das besonders hoch geschlossen war, als ein Symbol geschändeter Weiblichkeit.

Der Bezirksstaatsanwalt erinnerte sich an ihr schwaches Lächeln. Es war ein so sanftes und verlorenes Lächeln, wie er es noch niemals gesehen hatte. Er versuchte es noch einmal.

»Stellen wir es doch einmal so dar, Mrs. Rennick. Wenn Sie gestatten. Betrachten wir es einmal vom Standpunkt der Geschworenen aus. Erstens: zerschundenes Aussehen, einige Schrammen, eine zerschnittene Lippe, ein blaues Auge – nichts davon deutet notwendigerweise auf Vergewaltigung hin.«

Er zwang sich zu einem fröhlichen Lächeln und täuschte Leichtigkeit vor.

»Die Polizei sammelt jedes Wochenende ein halbes Dutzend Jugendlicher ein, die nach Schlägereien mit ihren Schulfreunden genauso aussehen. So etwas geschieht meistens, wenn ein Mädchen versucht, den Kampf zweier eifersüchtiger Burschen abzubrechen.«

Der Versuch ging daneben. Wieder zischte Mrs. Rennicks Stimme unangenehm aus dem breiten Oval ihres feindseligen Gesichts.

»Sie sagen, daß Alicia nicht vergewaltigt wurde?«

»Aber nein. Bitte versuchen Sie doch zu verstehen.«

Seine Stimme bat sie noch einmal warnend, das Thema fallenzulassen, den ganzen verdammten Mist, nach Hause zu gehen und das Ganze zu vergessen.
»Es gehört zu meiner Verantwortung Ihnen und Alicia gegenüber, Sie genau darüber zu informieren, wie die Karten liegen, falls Sie sich für eine Anklage entscheiden sollten. In jedem Verfahren gibt es Chancen, egal wie schwierig oder einfach die Sachlage erscheinen mag.«
»Weiter.« Das war Rennick.
Alicia starrte noch immer verständnislos auf einen Punkt im Raum. War es die Vergangenheit? Die Gegenwart oder die Zukunft? Hörte sie zu oder sah sie etwas?
Da waren Stimmen und verschwommene Bilder. Die undeutliche, bruchstückhafte Erinnerung an Trunkenheit und Schuld. Und auch die Erinnerung an die Angst. Das warnende Vorgefühl, das sie nicht beachtet hatte, als Ken bei der Party fragte: »Machen wir eine Spazierfahrt, Alicia?« Und Art hatte gelacht und gezwinkert. Die plötzliche Angst, als sie nicht nur mit Ken im Auto war, sondern auch mit Art und Greg. Die whiskygetränkte Panik, als Greg vom Rücksitz nach vorne griff und seine Hand in ihre Bluse gleiten ließ; dann Art, der dasselbe tat. Und Ken, der vom Fahrersitz aus plötzlich unter ihrem Rock herumfummelte.
Sie hatte begonnen, sich zu wehren und zu schreien. Hatte Ken sie da zum erstenmal geschlagen? Mit dem Handrücken. Ihre Lippen waren noch immer geschwollen und aufgeplatzt. Ihr Zahnfleisch war wund. Vom ersten Hieb oder von den anderen, die folgten?
Die grellen Lichter. Das Motel. Greg und Art, die sie auf den Boden des Wagens drücken, damit man sie nicht sehen kann. Das Licht taucht das Dach und die Fenster des Wagens in Weiß. Plötzlich die Finsternis des lange Zeit unbenützten Raums, stickig und kalt. Ihre Beine schlagen gegen fremde Möbel, Fäuste trommeln, die Kleider werden ihr vom Leib gerissen, sie ist nackt. Sie zuerst, dann die anderen. Das Fremde dieser behaarten, harten, muskulösen Männerkörper, Männergeruch. Nicht einer, sondern drei. Dann Hände überall und Gelächter und Münder, die in ihren Mund beißen und an ihren Brüsten nagen. Und wieder diese Hände, die die ihren zwingen, sich um ein steifes Glied zu schließen, dann um noch eines. Das Gewicht und der schmerzhafte Druck hartknochiger Gliedmaßen und schließlich der schreiende Schmerz, Greg unter ihr, ein Schmerz, der emporschneidet wie ein Messer, Ken obenauf, von der gleichen Raserei ergriffen. Ihre Flüche und ihr Gelächter, und sie selbst zweifach durchbohrt und zwischen ihnen zerrissen. Und schließlich Art, gummihaft eklig und erstickend, die erdrückende, volle Länge seines Körpers, er knurrt und preßt ihr die Daumen in die Augenwinkel. »Du Weibsstück, beiß mich nur, und ich werde sie dir ausdrücken.«

Wann war sie gegangen? Warum hatten sie sie laufenlassen? War es nur, weil sie schließlich betrunken eingeschlafen waren? Wann war sie von der Polizei gefunden worden, als sie am Rande der nächtlichen Straße entlangstrich? Der diensthabende Inspektor ignorierte ihre Verzweiflung.

»Nein, mir ist nichts zugestoßen. Ich habe nur zuviel getrunken. Ich bin spazierengegangen und hingefallen.«

»Der Name Ihres Vaters?«

»Bitte, ich möchte keine Scherereien. Bitte. Lassen Sie mich doch nach Hause gehen. Was habe ich getan? Sie werden es nur noch schlimmer machen.«

Und das Telefon, das läutete, jemand mit blecherner Stimme, unheilverheißend, am anderen Ende des Drahtes. Das Motel. Drei Burschen. Wer würde für den Schaden bezahlen, die zerbrochene Lampe, den Spiegel, den Stuhl, die von Zigaretten verbrannten Matratzen, die beschmutzten Laken? Als sie den Schlüssel übernahmen, hatte niemand das Mädchen gesehen. Es war ein anständiges Hotel. Noch nie hatte es da Schwierigkeiten gegeben.

Ja, jemand, der Frazer hieß. Ein College-Student.

Der Bezirksstaatsanwalt drehte, nun bereits ungeduldig, an seinem Bleistift. »Mrs. Rennick –«

Aber sie ließ sich nicht unterbrechen. Ihre Augen waren trüb vor Abscheu über das, was sie zu sagen hatte, ihre Stimme erfüllt von Haß gegen alle Männer. »Es wurden noch Samenspuren bei Alicia festgestellt, vierundzwanzig Stunden später. Anal sowohl wie vaginal.«

Darauf ließ der Staatsanwalt den Bleistift resigniert und endgültig in die Bleistifttasse fallen. Was genug ist, ist genug. Man konnte nicht jeden schützen. Nicht vor sich selbst. Er hatte noch andere Arbeiten zu erledigen. Alicia war achtzehn; sie würde es durchstehen. So etwas hat noch niemanden umgebracht.

Kalt bemerkte er: »Zugegeben, Mrs. Rennick, Alicia wurde untersucht. Der Bericht sagt aber nicht, daß der an ihr vollzogene Beischlaf gegen ihren Willen erfolgte.«

Mrs. Rennick brauchte eine Sekunde, um zu verstehen. Sie starrte ihn an, dann explodierte sie: »Worauf, zum Teufel, wollen Sie jetzt wieder hinaus?«

»Es tut mir leid, Mrs. Rennick, aber Sex ist für junge Frauen heutzutage fast eine Selbstverständlichkeit. Sogar schon in der Pflichtschule. Vierzehnjährige Mädchen. Zumindest werden die Geschworenen das in Betracht ziehen.«

»Jetzt passen Sie einmal auf!« Rennick setzte sich schwerfällig zurecht, während der Zorn in ihm hochstieg. »Alicia hurt nicht herum. Weder Sie

noch irgend jemand anderer darf das behaupten. Am allerwenigsten diese schmutzigen Schweine, die sie vergewaltigt haben!«
»Sie war Jungfrau!« Das war wieder Mrs. Rennick.
Wahrscheinlich stimmte es auch. Der medizinische Bericht hatte es zwar nicht direkt bestätigt, aber der Arzt war der Meinung, daß Alicia die Wahrheit gesagt hatte.
»Wir sind vielleicht nicht anders als andere Eltern, weder besser noch schlechter, aber wir kennen unser Kind.«
Das sagten sie alle.
Und Alicia selbst. War sie wirklich unschuldig?
Wahrscheinlich. So gut Theater spielen konnte niemand.
»Mr. Rennick, Mrs. Rennick, ob es Ihnen paßt oder nicht, Ken Frazer, Greg Anderson und Art Wallace stellen die Elite der amerikanischen Jugend dar. Sie sind reizende Burschen; sie stammen aus hervorragenden Familien. Ich brauche wohl nicht zu betonen, daß sie alle drei zu den besten Studenten ihres Colleg gehören. Anderson ist der Held der Universität. Er ist dieses Jahr zum besten Sportler aller amerikanischen Universitäten ernannt worden.«
»Sie haben meine Tochter vergewaltigt!« Das klang schrill und unkontrolliert.
»Art Wallace ist der Präsident seiner Studentenvereinigung. Ken Frazer wird sein Studium mit Auszeichnung abschließen.«
»Das läßt mich kalt, und wenn er der Präsident der Vereinigten Staaten wäre!«
»Mit einem Wort, Sie verlangen also von mir, die Geschworenen davon zu überzeugen, daß in einer freizügigen Gesellschaft drei so männliche, beliebte amerikanische Jungen ihre sexuellen Bedürfnisse nicht mit – buchstäblich Dutzenden – anderen attraktiven, ich möchte sogar sagen, äußerst bereitwilligen Mädchen an ihrem College befriedigen konnten. Sie verlangen von mir, zu behaupten, daß sie ausgerechnet Ihre Tochter aussuchen und sie gewaltsam nehmen mußten?«
»Ich verlange eine strafrechtliche Verfolgung.«
Es gab keinen Ausweg. Er senkte die Stimme und sagte vorsichtig: »Gut, wenn Sie es wünschen. Leider ist da noch ein Punkt, den ich Ihnen mitteilen muß.« Er wartete, dann fuhr er fort, mit einem rachsüchtigen Unterton, denn Mrs. Rennick blickte ihn noch immer herausfordernd an. »Es ist uns amtlich bekannt, daß alle drei Burschen bereit sind, unter Eid auszusagen, daß Alicia selbst eine Party vorgeschlagen hatte. Daß sie von jedem zwanzig Dollar verlangt und erhalten hatte, als Bezahlung für die freiwillige Ausführung von unnatürlichen Akten grober sexueller Perversion an jedem einzelnen und in Anwesenheit der anderen, einschließlich Analverkehr und Fellatio.«

Er nahm einige Papiere von seinem Schreibtisch. »Ich habe hier die Kopien ihrer eidesstattlichen Erklärungen sowie einige diesbezügliche Zeugenaussagen, darunter eine von einer Kollegin Alicias.« Spitz fügte er hinzu: »Einem *Mädchen!*«
Nach einer Weile sagte Rennick: »Nun gut.« Seine Stimme klang, als hätte er Kieselsteine im Mund, und er erhob sich schwerfällig.
Der Bezirksstaatsanwalt spielte noch seinen letzten Trumpf aus. »Ich fürchte, daß Sie, wenn es uns nicht gelingt, einen Schuldspruch zu erreichen, zweifelsohne wegen Verleumdung angeklagt werden. Alicia wird sich vor der Polizei wegen Prostitution sowie sexueller Ausschweifung und möglicherweise wegen Verführung Minderjähriger zu verantworten haben. Ken Frazer ist noch nicht einundzwanzig.«
Später, als sie hinuntergingen, als sie aus dem ziegelroten Gerichtsgebäude traten, warteten Alicia und ihre Mutter, während Mr. Rennick das Auto holte, das auf der anderen Seite der Grünfläche geparkt war.
Plötzlich fragte Mrs. Rennick in sachlichem Tonfall: »Wann ist deine nächste Periode?«
Alicia wandte sich ihr langsam zu. Durch den Schock, den ihr diese Frage versetzte, fand sie ihre Stimme wieder und hörte sich selbst, als wären diese Stimme und sie verschiedene Wesen, als würden sie durch die ganze Weite der weichen Grünfläche vor dem Gerichtsgebäude, mit den Bänken und Blumen, dem Bürgerkriegsdenkmal und der schwarzen Kanone voneinander getrennt. »Was?«
»Deine nächste Periode. Oder hast du sie schon verpaßt?« Ihre Mutter lächelte verkrampft. »Oder hast du daran gedacht, dein Pessar zu verwenden?«
Sie hatte es also gefunden. Sie hatte ihr Zimmer durchstöbert. Wie konnte man beweisen, daß man es nie verwendet hatte? Nie. Gewollt schon, geplant, es einmal zu tun. Aber doch nie so recht den Mut dazu gehabt. Wie konnte man jemanden überzeugen, wenn drei College-Helden bereit waren, zu schwören, daß man Geld verlangt hatte? Wenn eine deiner eigenen Freundinnen dich verkauft hat, um sich bei ihnen einzuschmeicheln? Wenn dein eigener Vater weggegangen ist, das Auto zu holen, wortlos, mit steinernem Gesicht? Wenn der Bezirksstaatsanwalt deinem Blick auswich, als er sich verabschiedete? Wenn deine eigene Mutter dich jetzt ansieht, die Lippen zu einem roten, lippenstiftbeschichteten, mörderischen Schlitz zusammengekniffen?
»Morgen wirst du Buddy – wie heißt er nur? – sagen, daß du ihn heiraten wirst, sobald er möchte.«
»Buddy?«
»Der Bursche von zu Hause. Der in der Werkstatt arbeitet.«
»Buddy Garner?« Ungläubig. »Aber er ist doch nur Mechaniker.«

War ihre Mutter verrückt geworden? Sie war noch nicht einmal mit Buddy aus gewesen! »Mutter, ich kenne ihn kaum.«
Mrs. Rennick lachte grell. »Er ist verrückt nach dir. Zu verrückt, um Fragen zu stellen.«
»Nein. Nicht der!«
Was war mit Buddy? Etwas Kaltes, und irgendwo, tief in ihm, etwas, das anders war. Oder war es bloß das klägliche, hündische Schmachten in seinen Augen, wann immer sie stehenblieb, um zu tanken? Unter seinem Blick erschauerte sie immer.
»Ich mag ihn nicht.«
»Das wird sich geben.«
»Aber ich möchte nicht heiraten. Ich möchte hier bleiben und die Schule abschließen.«
Weine nicht, um Himmels willen, gönne ihr diese Freude nicht.
»Die Schule abschließen? Ach, wirklich? Nach all dem, was du Vater und mir angetan hast?« Einen Augenblick lang herrschte Schweigen. Dann: »Was ist mit den Schulgeld? Den Unterhaltskosten? O ja, freilich, ich habe es ganz vergessen. Du könntest ja Geld *verdienen*, nicht wahr?!«
Diesmal war ihr Lächeln wie Samt. Anständige Frauen, die Geld von ihren Männern bekommen, von den Männern, die sie geheiratet haben, konnten es sich leisten, nett zu Huren zu sein.
Und da war plötzlich ihr Vater und hielt den Wagenschlag auf. Nur einige Meter weit weg.
Es war Zeit, zu gehen.

1

MONTAGS, SECHS UHR FRÜH.

Ken Frazer mit seinen achtunddreißig Jahren war ein Mann, der mit voller Berechtigung von sich behaupten konnte, daß er etwas erreicht hatte. Er war stellvertretender Direktor einer der bedeutendsten Werbeagenturen in Detroit und mit dem Etat einer größeren Firma für Haushaltsgeräte betraut; er war Vorsitzender der Southern Michigan Democrats for Nixon und im Vorstand der Ann Arbor Historic Society; er war Direktor mehrerer lokaler Firmen, einschließlich eines wichtigen, der Universität angeschlossenen Forschungslaboratoriums; und überall hatte er Freunde. Sein Siebzigtausend-Dollar-Haus am Stadtrand von Ann Arbor war behaglich eingerahmt von fast einem halben Hektar Wiesen und Bäumen. Der heizbare Swimming-pool und der Grill im Freien waren unauffällig genug, um nicht als typisch amerikanischer Kitsch oder bürgerlich belächelt zu werden. Wie Ken selbst.

Dann gab es da einen schnittigen europäischen Sportwagen, einen grellgelben Porsche 911 S, und als Gegengewicht dazu, sorgfältig unterspielt, einen gewöhnlichen Ford-Kombi. Es gab eine Bibliothek mit Klassikern und Buchklubbüchern, von denen Helen und er gelegentlich ein paar lasen. Ken und Helen machten immer wieder Ferien an interessanten Orten. Letztes Jahr hatten sie zehn Tage in Budapest verbracht, statt an der üblichen amerikanischen Sommerinvasion von Paris, Rom und Madrid teilzunehmen, und seit der Zeit waren ihre kommunistischen Neigungen zum Standardwitz jedes Abends im Freundeskreis geworden. Im Jahr davor hatten sie ein Haus an der berühmten portugiesischen Algarve-Küste gemietet. Die Clique dort war international, intellektuell, und britische Adelstitel herrschten vor, auch wenn deren Träger nur Emigranten aus den Kolonien, hauptsächlich aus Rhodesien und Kenia, waren.

Helen selbst gab sich zurückhaltend schick und modisch. Sie war bereit, einen Joint zu rauchen, wenn alle anderen mitmachten, lehnte aber Partnertausch oder Gruppensex entschieden ab. Sie und Ken hatten es einmal versucht, und es hatte ihr nicht gefallen. Nicht so sehr wegen ihres eigenen Partners, der nicht schlecht war, sondern wegen Ken, der fröhlich drauflos bumste, ganz ohne Hemmungen, mit einer ihrer ehemaligen Studienkolleginnen, die schon immer eine Schwäche für ihn gehabt hatte. Ein gelegentliches Nacktbad mit einigen Freunden machte ihr jedoch nichts aus. Wenn die Kinder nicht in der Nähe waren. Das machte Spaß und war ungefährlich. Ihr einziges ernst zu nehmendes Laster war vielleicht, daß sie etwas zu viel trank. Allmählich zeichneten sich ganz leichte Spuren dieses Lasters an ihrem Körper ab – Schlaffheit in der Magengegend und an den Oberschenkeln, eine weiche Rundung unter ihrem sonst festen Kinn. Aber im Augenblick ging es noch. Ihre Figur war noch recht gut. Die Geburt und die Aufzucht ihrer vier Kinder – vierzehn, zwölf, zehn und acht Jahre alt – hatten an ihr gezehrt. Geistig und emotionell. Die Plackerei der Mutterschaft war nicht leicht gewesen nach den Jahren an der Universität. Wozu eigentlich ein akademischer Titel, fragt sich heute wohl manche Frau, während sie die schmutzigen Papierwindeln in die Toilette leert oder sich nach dem Abendessen wieder einmal aufrafft, um mühevoll das verstreute Kinderspielzeug wegzuräumen. Jetzt hatte sie das alles natürlich schon hinter sich. Jetzt waren die Teenager-Probleme dran. Nach einer Reihe katastrophaler europäischer Au-pair-Mädchen, meistens völlig hirnlosen Schweizerinnen, war es Ken wie durch ein Wunder gelungen, ein schwarzes Teilzeit-Hausmächen zu finden. Sie war ein emanzipierter, frecher junger Afro-Typ, zugegeben, aber dennoch himmlisch. Die Kinder waren, zumindest was ihr leibliches Wohl betraf, ziemlich selbständig. Helen hatte daher Zeit, Yoga-Stunden zu nehmen, Vorsitzende des lokalen Ausschusses für Umweltschutz zu werden und einen Posten bei Ford ernsthaft ins Auge zu fassen, wo ein findiger Manager sich bei der Frauenemanzipationsbewegung Liebkind machen wollte, indem er sich um die Meinung überdurchschnittlicher Frauen (wie sie es war) zu neuen Entwürfen und Farbschattierungen bemühte.

Auch Ken konnte einige persönliche Pluspunkte für sich buchen. Er wog kaum ein Pfund mehr als in seinen Collegejahren, sein Haar war dicht wie eh und je, und er hatte einen Hang zu Späßen, den er jederzeit unterdrücken konnte, wenn es darum ging, jemandem zu imponieren, dessen Intellekt und Niveau über dem Durchschnitt lagen. Er war dunkel, blauäugig, relativ groß, einen Meter achtzig, um genau zu sein, und noch immer der Star des alljährlichen Eltern-Lehrer-Ballspiels.

Alle diese Gedanken fügten sich zu einer gewissen ruhigen Selbstgefälligkeit, die ihn beim Erwachen sanft durchströmte. Es war der 1. November und noch finster. Er sollte Art Wallace und Greg Anderson, wenn möglich, vor sieben Uhr abholen. Sie mußten heute lange fahren. Und er hatte einen Kater. Gestern – Sonntag – hatten Helen und er Gäste zum Lunch gehabt, und er hatte viel zu viel getrunken, wie alle anderen auch. Vorwand war Halloween gewesen. Art und Greg und ihre Frauen Pat und Sue waren dagewesen, Annie und Tom Purcell, Bill Carter und seine Freundin Joyce und Paul Wolkowski, relativ neu in ihrer jahrealten Clique, den zu kennen sich lohnte, da er die richtigen Beziehungen in der Hauptstadt hatte und immer alles in Ordnung bringen konnte. Für ein

Grillmittagessen mit zuviel Bier hatten sie der Kälte im Freien getrotzt, hatten den ganzen Nachmittag mit den Kindern Fußball gespielt; und dann, nach einem kalten Abendessen, als die Kinder zu Bett gegangen waren, hatten sie ernsthaft zu trinken begonnen.
Die Frauen hatten ihren üblichen Unsinn geschnattert, und die Männer sprachen über Kens, Gregs und Arts alljährlichen Jagdausflug zu den Seen der nördlichen Halbinsel von Michigan. Sie sollten am nächsten Morgen losfahren und erzählten endlos, was sie alles voriges Jahr mitgeschleppt hatten und was sie diesmal zurücklassen wollten, und umgekehrt. Sie kauten alte Geschichten wieder, wer wann welches Reh geschossen und wer in welcher Nacht am meisten Bourbon in sich hineingeschüttet hatte. Purcell, Carter und Wolkowski waren ganz offensichtlich neidisch. Kens, Gregs und Arts Jagdhütte galt als exklusiv. Jahrelang hatten die drei freundlich, aber bestimmt jedermanns Bitte abgeschlagen, sie begleiten zu dürfen. Nach Mitternacht waren schließlich alle Gäste gegangen. Mehr aus Tradition denn aus einem besonderen Bedürfnis hatte Ken mit Helen geschlafen. Unerwarteterweise wurde sie dabei erregt und wollte mehr, so mußte er es ein zweites Mal tun. Wie ein Toter hatte er dann geschlafen.
Jetzt regte sie sich neben ihm. Er fühlte die volle Länge ihres nackten Körpers. So schlief sie immer, ausgestreckt. Eine ihrer Brüste, hängend und weich, lag auf seinem Arm. Ich könnte ihre Beine auseinanderschieben und drinnen sein, bevor sie genügend wach ist, um herauszufinden, daß sie zu müde ist, dachte er, und wenn ich fertig bin, wird sie wach genug sein, um mehr zu wollen. So müßte man eine Frau zurücklassen, damit sie die Tage zählt, bis du wieder zurück bist und vollendest, was du begonnen hast, als du wegfuhrst. Doch nach der letzten Nacht schien es ihm zu mühsam, und Helen war nicht die gleiche, wenn sie schlief, nicht schnippisch und kokett, sondern unbeweglich, den Mund hatte sie leicht geöffnet, ihr Atem roch sauer, ihre Brüste waren plump und schlaff.
Leise stieg er aus dem Bett. Er schloß die Badezimmertür hinter sich und drehte die Dusche auf. Allmählich lebte er wieder auf. Er bürstete die Zähne und vertrieb, so gut es ging, mit Mundwasser und Alka-Seltzer den Bourbongeschmack vom Vorabend; dann kleidete er sich leise an. Segeltuchhose, dickes Wollhemd, Wollsocken, hochgeschnürte Jagdstiefel.
Gestern nacht hatte Helen versprochen, sie würde in der Küche Kaffee für ihn vorbereiten. Lautlos schlich er aus dem Schlafzimmer, durchquerte das Wohnzimmer; die Möbel sahen gespenstisch aus im ersten grauen Licht. Er stahl sich die Diele entlang, vorbei an dem Raum, in dem Petey schlief.
Die Tür stand offen. Schlief er? Helen sagte, daß er fast nie die Augen

schloß. Er liege einfach so da, stundenlang, und starre wartend in die Finsternis.
Unheimlich, so ein Wesen. Schön, aber geistlos. Sechzehn Jahre alt, aber geistig nur zwei oder drei. Petey war Paul Wolkowskis Sohn, und Wolkowski war Witwer. Niemand wußte, wie seine Frau gestorben war. Er sprach nie von ihr. Er hatte für Petey eine Krankenschwester ganztägig angestellt, keine besondere Schönheit, aber nicht so häßlich, daß die Leute nicht hofften, er würde vielleicht doch gelegentlich mit ihr schlafen. Man konnte von einem Kraftprotz, wie Wolkowski einer war, doch nicht völlige Enthaltsamkeit erwarten. Die Krankenschwester war derzeit nicht da. Jeden Herbst nahm sie sechs Wochen Urlaub, um ihre kranke Mutter in Kalifornien zu besuchen, und wenn Wolkowski während ihrer Abwesenheit dienstlich auswärts zu tun hatte, wie diese Woche, dann bat er Freunde, sich um den Jungen zu kümmern. Meistens war es Helen. Denn sowohl Sue Anderson wie Pat Wallace weigerten sich, Petey ins Haus zu nehmen. Sie sagten, er könne ihren eigenen Kindern schaden. Vielleicht. Ken glaubte das aber nicht wirklich, denn wenn andere Kinder Petey auslachten und sich über ihn lustig machten, war dessen einzige Reaktion ein sanftes Lächeln. Hinter seinen blauen Augen in dem engelhaften blonden Gesicht war nichts. Wem könnte so einer etwas zuleide tun?
Ken fand den Kaffee, wärmte ihn auf, trank ihn langsam und wünschte sich, er wäre wieder im Bett. Er verfluchte sich, daß er Helen nicht genommen hatte, als sie dalag, bereit, von ihm genommen zu werden. Jetzt, da er angekleidet war, hatte er Lust. Doch seine Phantasie wurde gedämpft, als ihm blitzartig der Gedanke an die lange Fahrt durch den Kopf fuhr, die heute noch vor ihnen lag. Er stellte die Kaffeetasse leise in die Geschirrspülmaschine, schaltete das Licht aus und ging aus der Küche. Der Dielenboden bestand aus handgehauenen Platten, die aus einer verlassenen Scheune in Illinois stammten. Das Wandbrett, einige Stühle und eine Bank waren echt frühamerikanisch, mennonitisch. Helen sagte immer, daß sie den modernen Stil des Wohnzimmers ausglichen. Da gab es auch einen Gewehrständer, auf dem drei Schrotflinten und vier Kugelgewehre aufgereiht waren. Ken nahm einen 25-06-Repetierstutzen Modell Remington 700 herunter und lehnte ihn vorsichtig an die Wand neben den schweren Rucksack, den er gestern nacht vollgepackt hatte. Es war ein Allzweck-Kugelgewehr mit hoher Schußgeschwindigkeit, gleichermaßen geeignet für die Elch- wie für die Rotwildjagd und bis auf fünfhundert Meter genau. Er fand seine Jagdmütze, an die er rechts keck seine Lizenzmarke für die Rotwildjagd gesteckt hatte. Er setzte die Mütze auf, schnallte den Rucksack um, nahm das Gewehr unter den Arm. Wenn er vorsichtig war, konnte es ihm gelingen, bei der Haustür hinauszukom-

men, ohne jemanden zu wecken. Außer vielleicht den armen Wurm am anderen Ende der Diele, hinter der offenen Tür.
Er bewegte sich lautlos, da tauchte ganz unerwartet Helen auf, ihr Körper zeichnete sich weiß gegen ihren dunklen Morgenmantel ab; sie war noch ganz schlaftrunken.
»Sagst du mir nicht auf Wiedersehen?«
»Sicher. Ich wollte dich nur nicht wecken.«
Sie lehnte sich gegen ihn, küßte ihn auf die Wange.
»Unterhalt dich gut«, sagte sie.
»Gib gut auf die Kinder acht.« Sein Gewehr hinderte ihn daran, sie richtig in die Arme zu nehmen. Er stand nur da.
»Komm bald zurück.« Sie küßte ihn wieder, diesmal mit offenem Mund, langte hinunter und ließ ihre Hand absichtlich die linke Seite seiner Hose hinaufgleiten, wo sie, gegen die weiche Fülle seines Gliedes gepreßt, innehielt, gerade lange genug, um zu fühlen, wie es ihr unwillkürlich entgegendrängte. Dann war sie verschwunden.
Miststück, dachte er. Warte nur, bis ich zurück bin.
Die Tür von der Diele zur Garage schloß sich hinter ihm mit einem kaum hörbaren Klick. Er knipste die Lichter an, drückte auf den grünen Auf-Knopf, und das große Außentor hob sich mit einem schwachen elektrischen Summen. Die Dachgalerie des Ford war voll bepackt. Da waren zwei Außenbordmotoren, zwei Sechs-Mann-Schlauchboote, vier große Propangasflaschen, einige Meter Rohr und ein Gewindeschneider. Er hatte die Rohre mitgenommen, weil die Wasserleitung zu ihrer Jagdhütte schon längst erneuert werden mußte. Alles war gut unter einer Gummiplane verstaut, er hatte das am Vortag erledigt. Doch er ging noch einmal alles durch, um ganz sicher zu sein. Dann packte er seinen Rucksack und sein Gewehr hinten in den Wagen, knipste die Beleuchtung aus, setzte sich hinter das Lenkrad, schaltete die Zündung ein. Der Motor sprang sofort an. Ohne Licht fuhr er in die Morgendämmerung hinaus. Der Rasen mit den Büschen und dem stillen, kalten Swimming-pool, ohne die Gartenmöbel, die den Winter über weggeräumt waren, sah trostlos und einsam aus. Wie ein Friedhof.
Als Ken in den Fahrweg einbog, der zur Straße führte, bewegte sich etwas an seinem Schlafzimmerfenster. Helen sah ihm nach. Er erinnerte sich an einen Traum, den er vor ein paar Nächten gehabt hatte. Er war wie jetzt weggefahren, und Helen war am Fester gestanden. Sie hatte ihm für immer Lebewohl gesagt, denn er würde nicht mehr wiederkehren.
Die Erinnerung beunruhigte ihn. Er erreichte die Straße und zündete sich eine Zigarette an; der erste Zug an diesem Tag hob seine Stimmung. Er fuhr zu Art Wallaces Haus. Zuerst wollte er Art, dann Greg Anderson holen. Keiner von ihnen wohnte mehr als eine halbe Meile entfernt. Es

schien, als wären sie immer so eng beieinandergewesen. Selbst Vietnam hatte sie nicht auseinandergebracht. Greg und er hatten in derselben Infanteriedivision gedient; Art war allein bei den Hubschraubern gewesen, aber er hatte mit ihnen Kontakt gehalten, wann immer er eine offizielle Ausrede finden konnte, »vorbeizuschauen«, was oft der Fall gewesen war. Sie hatten Spaß gehabt. Sie hatten stets Spaß gehabt. Und wenn Ken über das Trio nachsann, dann dachte er, daß sie immer Spaß haben würden. Guten, sauberen, jungenhaften, durch und durch amerikanischen Spaß.

2

SIEBEN UHR DREISSIG.
Ein ernst zu nehmender Jäger muß seiner Ausrüstung besondere Aufmerksamkeit widmen. Qualitativ erstklassige Ware kann ihm das Leben retten, minderwertige Ware kann es ihn kosten. Wenn er zum Beispiel in den dichten Wäldern im Norden von Maine, Minnesota, Oregon oder Michigan jagt, wird er wadenhohe, relativ wasser- und kältefeste Stiefel brauchen, die geschmeidig genug sind, um die Bewegungsfreiheit der Beine zu gewährleisten, doch schwer genug, um den tödlichen Biß einer Giftschlange abzuwehren, wenn er eine versehentlich aus ihrem Vorwinterschlaf wecken sollte. Die Sohlen dürfen nicht so dick sein, daß das Marschieren zu einem schwerfälligen Unterwassergehversuch wird, jedoch dick genug, um als Unterlage für ein Profil zu dienen, das dem Jäger guten Halt auf umgestürzten Bäumen oder auf glitschigen, moosbewachsenen Felsen sichert.
Er sollte schweißsaugende Socken mittragen, eine Extragarnitur Unterwäsche und ein Hemd zum Wechseln. Es gehört zum Berufsrisiko der Jäger, durchnäßt zu werden; in Seegebieten gibt es Gewässer und Bäche, in die man hineinfallen kann. Und auch wenn er in weniger dramatischer Form naß werden sollte – bei Regen oder Hagel oder Schnee –, braucht er eine wasser-, schnee- und winddichte Jacke, die eng am Hals schließt, um Feuchtigkeit und Wind abzuhalten.
Hat der Jäger keine feste Bleibe, werden ihm eine Feldflasche und Wasserdesinfektionstabletten gute Dienste leisten; niemand traut heutzutage mehr den klaren Bergbächen. Er sollte kompakte und ausgewogene Trockennahrung mit sich führen, die im Notfall auch ungekocht genießbar ist. Ferner sollte er neben seinem klassischen Jagdmesser auch ein Mehrzweck-Springmesser haben, eine Erste-Hilfe-Ausrüstung, einen wasserdichten Streichholzbehälter und ein Gasfeuerzeug – eigentlich zwei Feuerzeuge, für den unwahrscheinlichen Fall, daß eines zusammen

mit den Streichhölzern verlorengeht. Einige Nähnadeln, etwas Zwirn und ein oder zwei Sicherheitsnadeln gehören ebenfalls zur Grundausrüstung. Dazu noch ein kleiner Satz Schraubenschlüssel und ein Schraubenzieher mit Hohlgriff, der ein Sortiment von Klingen und Ahlen enthält.

Der Jäger sollte auch Sonnenbrillen als Blendschutz und einen Feldstecher bei sich haben, mit vorzugsweise splittersicheren Linsen für den Fall eines unglücklichen Sturzes. Ferner eine wasserdichte, verstellbare Taschenlampe mit Ersatzbatterien und -lämpchen, eine stoßfeste, wasserdichte Armbanduhr, eine Campingschaufel, topographische Landkarten aus Plastik von dem Gebiet, das er durchstreifen wird, und natürlich einen leichten, wasserdichten, insektensicheren Schlafsack, der – zwecks Lüftung – gewendet werden kann. Eine Rolle mit zwanzig Metern leichtem, reißfestem Kletterseil aus Nylon kann manchmal recht nützlich sein.

All dies und noch viel mehr sollten sorgfältig innerhalb und außerhalb eines Rucksacks aus Nylongewebe mit vielen Unterteilungen, der an einem Aluminiumrahmen befestigt ist und dessen Schulterriemen und Hüftgürtel wattiert sind, verstaut werden.

Es braucht kaum betont zu werden, daß er auch eine Waffe tragen muß. Unter der großen Auswahl von klassischen Tötungswaffen, wie Langbogen, Armbrust, Wurfmesser, Buschmesser, Bumerang oder Bola, der Schrotflinte, der Handfeuerwaffe oder dem Kugelgewehr, ist das Kugelgewehr wohl die beste Wahl – insbesondere wenn es des Jägers Absicht ist, die Spezies äußerst gefährlichen Großwildes zu jagen, die sich Mensch nennt.

Das seltene 7 mm Holland & Holland Magnum doppelläufige Kipplaufgewehr britischer Herkunft hat bei einer Entfernung von 300 Metern eine Geschwindigkeit von 816 Metern pro Sekunde und eine Auftreffenergie von 830 Kilopond, was ausreicht, um einen angreifenden Elefanten auf der Stelle zu töten, oder einen dreiviertel Tonnen schweren Elchbullen nicht nur in die Knie zu zwingen, sondern ganz umzulegen. Es ist, je nach den Windverhältnissen, genau; das heißt, bei obengenannter Entfernung ist seine Streuung auf 14 Zentimeter genau, also eine Entfernung, die geringer ist als jene vom Brustkorb zum Herzen eines durchschnittlichen männlichen Menschen.

Mit einem guten, niedrig montierten Zielfernrohr, wie zum Beispiel einem variablen Leupold mit zehnfacher Vergrößerung, reduziert sich ein 300 Meter entfernt liegendes Ziel auf dieselbe Kopf- und Schulteransicht, die man von einem mittelgroßen Familienporträt haben würde, das über dem Wohnzimmerkamin hängt.

Der Mann, der nun in seiner Küche stand, während Ken, Greg und Art sich auf den Weg machten, inspizierte diese Waffe zum letztenmal. Er wußte sehr wohl, wie man mit ihr am besten umgeht. Mit Ersatzpatronen zwischen dem zweiten und dem dritten und zwischen dem dritten und dem vierten Finger der linken wie der rechten Hand war er imstande, schneller zu laden und zu feuern, als die meisten erfahrenen Schützen einen Vorderschaft- oder normalen Repetierer handhaben konnten. Im Koreakrieg bei den Marineinfanteristen war er ein Meisterschütze gewesen, und er hatte, um nicht aus der Übung zu kommen, im Laufe der Jahre fallweise Neunziger-Nägel über eine Entfernung von 100 Metern in Bäume gejagt. Fast nie schoß er daneben.

In Kürze würde er auf die Jagd gehen, das heißt, das erledigen, worauf er sich jahrelang vorbereitet hatte. Sein Rucksack lag vollgepackt auf einem Küchenstuhl. Nachdem er die Küche verlassen und die daran anschließende Garage betreten hatte, würde niemand mehr in das Haus kommen, bis er wieder zurück war, wahrscheinlich spätestens Mittwoch in einer Woche. Keiner würde jemals erfahren, daß er beim Verlassen der Stadt seine Jagdausrüstung und sein Gewehr mitgenommen hatte. Keiner.

Es blieb also nichts mehr zu tun, als aus dem Haus zu gehen.

Einige Momente später glitt sein Mustang aus der Garage. Er verschloß die Tür und schlich die Straße hinunter. Er war nicht für die Jagd gekleidet, sondern trug einen konservativ geschnittenen Anzug. Die Jagdkleidung befand sich in seinem Rucksack. Aber dennoch war es zweifelhaft, ob er selbst von den allerneugierigsten Hausfrauen der Nachbarschaft beobachtet würde. Es war die Zeit, zu der er gewöhnlich zur Arbeit ging. Er hatte den Zeitpunkt seiner Abfahrt zum Teil aus diesem Grund gewählt. Aber in Wirklichkeit war es nur eine Frage des Prinzips. Wenn man ihn sähe, würde es kaum etwas ausmachen. Der Rucksack, das Gewehr und die Kugeln, die zum Töten bestimmt waren, lagen in einem Koffer verborgen im versperrten Gepäckraum des Wagens. Für seine Nachbarn aus der Umgebung und für die ganze Welt war er bloß ein Tagespendler, der wie immer zur Arbeit fährt.

3

ACHT UHR.

Denver's Diner lag zwanzig Meter von der mit Lastwagen überfüllten Bundesstraße 23 entfernt, vierundzwanzig Kilometer nördlich von Flint. Das kleine Lokal gehörte Billy Denver und wurde von ihm selbst betrieben. Alle nannten ihn Billy Dee. Denver war ein zu großmäuliger Name, selbst für jemanden, der ungeheuerlich dick war. Als Kens Ford vorfuhr, nahm ihn Billy Dee ganz automatisch wahr, optisch und akustisch. Er wandte sich vom Grill ab; die Eier darauf, für einen einsamen Gast an der Theke bestimmt, waren fast gar. Die Stoßzeit der Fabrikarbeiter war vorbei, und damit auch das Frühstück. Billy Dees andere Stammkunden waren vor einer halben Stunde dagewesen. Für die Laufkundschaft war es noch zu früh. Auch für die Lastwagenfahrer. Er sah Ken, Greg und Art aus dem Auto quellen, mit Jagdjacken über grün-schwarz- und rot-schwarz-karierten Wollhemden, und grunzte seiner Kellnerin zu:

»Gussie, drei Mägen, los, beweg dich!«

Gussie war eine präpotente Teenager-Schlampe, aber das Beste, was er heutzutage als Hilfskraft hatte finden können. Wobei »Hilfe« nicht Arbeit bedeutete, sondern etwas, das ein paar zusätzliche Gäste anlockte. Sie trug einen Minirock, der absichtlich zu kurz war, denn sie liebte die Blicke, die sie damit provozierte, die unverhohlen gierigen Blicke in den Augen von Männern, die so alt waren wie ihr Vater und älter. Das war für sie eine Möglichkeit, es ihren Eltern heimzuzahlen. Als Billy Dee sprach, schob sie den Kaugummiklumpen in die andere Seite ihres grellroten Mundes, nahm sich nicht einmal die Mühe, aufzublicken, und fuhr fort, den Tisch in einer Nische abzuräumen.

Ein kalter Windstoß fegte herein, als die drei Männer, über einen Witz lachend, durch die Tür kamen.

Sie setzten sich an die Theke.

»Die Herren wünschen?« Billy Dee erkannte sie wieder vom Vorjahr. Er stützte die riesenhafte, weiche Masse seines Körpers mit den Fäusten auf der Theke ab, wartete auf ihre Bestellung und erinnerte sich; die kleinen Augen, die tief in dem dicken teigig-weißen Fleisch seines Gesichts saßen, flitzten von einem zum anderen.

Sicher. Dieselben drei wie letztes Jahr. Fast derselbe Tag des Monats, dieselbe Stunde. Jäger. Im Geiste schlug er zehn Cents auf jedes Ei auf, das sie bestellen würden. Sie hatten Geld. Man sehe sich nur den Wagen an. Die ganze Ausrüstung auf dem Dach und Gott weiß, was alles noch zu Hause. Feine Hosendamen mit schlanken, teuren Beinen, schicken Kleidern und Pelzmänteln. Die Wodka-und-Tonic-Clique. Freche Rotznasen mit Mini-Motorrädern, die um Swimming-pools kurven. Der Große mit dem blau schimmernden Kinn, ganz Muskeln und Schultern, einen Meter breit – ein hohes Tier im Rotary Club. Billy war selbst Mitglied, und er kannte ihn von einem Foto her, das er letzten Sommer in einer Monatsschrift gesehen hatte. Er besaß die Caterpillar-Lizenz für irgendwo. Wahrscheinlich für den halben Bundesstaat. Und er war einmal in Michigan zum besten College-Sportler gewählt worden. Verdammt noch mal, ein richtiger Supermann.

Greg fing Billy Dees abschätzenden Blick auf und fragte: »Wie sind die Eier?«

»Ich habe sie nicht selbst gelegt, aber sie sind garantiert frisch.« Billy Dee grinste und zeigte seine Zähne, die zu weiß und regelmäßig waren, um echt zu sein. Die Eier stammten aus der Kühltruhe und waren wahrscheinlich vor zehn Jahren in Schweden oder sonstwo gelegt worden.
»Für mich zwei Spiegeleier, gebratenen Speck und Kaffee.«
»Toast?«
»Bitte.«
Art und Ken bestellten, und Billy Dee schob sein Fett durch die Gegend. Gussie war mit einem Berg Geschirr auf dem Weg zur Küche.
»Laß das, um Himmels willen; die Herren warten.«
Und dann fügte er hinzu: »Drei Kaffee.« Er holte den Pfannkuchenteig und die Eier aus dem Kühlschrank.
Gussie stellte das Geschirr nieder und ging mürrisch zur Kaffeemaschine. Ihre Bewegungen waren betont langsam, die Art, wie ihre Kiefer den Kaugummi bearbeiteten, war vielsagend.
»Wach auf, du Mondkalb! Rühr dich!«
Das war schäbig. Er hatte die Geduld verloren. Sie knallte die Kaffeetassen auf die Untertassen.
Greg lachte. Seine Blicke glitten ihren Körper hinunter, verweilten auf ihren fast perfekten Hinterbacken und Schenkeln und wanderten dann wieder hinauf zu ihren leicht vorgebeugten Schultern und den tiefhängenden Brüsten. Es war ein Körper, der nach dem Bett verlangte und nach Männern, irgendwelchen Männern. Aber nicht dann, wenn die Männer wollten, sondern nur, wenn sie, Gussie, wollte. Sie bemerkte seinen Blick und hockte sich nieder, um eine Gabel vom Boden aufzuheben; ihr Rock rutschte hinauf, so daß sich die Konturen des Hügels ihrer jungen Scham klar gegen das enge Unterhöschen abzeichneten und man die Dunkelheit der Haare ahnen konnte.
»Himmel«, murmelte Greg. Art hörte ihn und sah ebenfalls hin. Er wurde allmählich dick um die Mitte und bekam eine Glatze, aber sein Gesicht war faltenlos, und seine sanften blauen, feuchten Augen kannten nicht den Ernst des Lebens. Er war Managementberater, besaß seine eigene Firma, reiste derzeit viel und zahlte viele Drinks für viele junge Frauen, die die Hilton-Hotel-Bars zierten.
»Etwas zu nahe von zu Hause, Freundchen«, sagte er zu Greg. Aber sein Tonfall zeigte an, daß er, was Gussie betraf, mit Greg trotzdem einer Meinung war. Sie war provokant, das konnte man wohl sagen.
»Vergiß es«, sagte Ken. Mit einem Blick hatte er erfaßt, daß sie schwierig war, dieser Dorfschlampentyp. Art schaute weg und blinzelte Billy Dee zu, der alles mit angesehen hatte und fachmännisch grinste.
Aber Greg konnte nicht. Als Gussie den Kaffee brachte und die Tassen hinschmiß, versenkte er sich in die ausdrucksvollen Tiefen ihrer halb

aufgeknöpften schäbigen Weste, bis sie seinen Blick nicht länger ertrug und sich abwehrend wegdrehte.
Dann hörte er, wie Billy Dee Ken fragte: »Habe ich euch drei nicht schon letztes Jahr hier gesehen?«
Ken antwortete, plötzlich vorsichtig geworden: »Nun, lassen Sie mich nachdenken.«
»Die gleiche Zeit. Die erste Woche der Rotwildsaison.«
Art musterte Billy Dee unschuldig. »Sie wissen, daß Sie recht haben.«
»Wir fahren ziemlich früh morgens ab; Sie fallen genau in unsere übliche Frühstückszeit.« Das war Ken. Ohne zu sagen, wo sie wohnten. Oder wo sie hinfuhren.
Aber Billy Dees Gedächtnis war genauso elefantenhaft wie sein Körper, und er war stolz darauf. Er mochte zwar dick sein, keine anständige Frau würde sich mit ihm ins Bett legen, aber, bei Gott, er hatte ein gutes Gedächtnis.
»Klar«, sagte er. »Ihr habt eine Jagdhütte an einem der Seen auf der nördlichen Halbinsel. Etwas westlich von Schoolcraft Country. Ein traumhaftes Land.«
Ken und Art wechselten sehr rasch einen Blick. Es war bloß ein warnendes Flackern in ihren Augen. Greg starrte wieder geflissentlich auf Gussies Hintern, als sie ihren linken Schenkel anzüglich und betont nahe an der Schamgegend kratzte. Aber jetzt war Greg desinteressiert. Er versuchte nur abzulenken.
Ken entschied, daß Ausflucht gefährlicher war als die Wahrheit. Er lächelte leichthin und antwortete Billy Dee: »Stimmt. Ganz am Ende der Welt.«
»Selbst gebaut, hm?«
»Jedes Brett.«
»Elektrizität?«
»Nein. Wir verwenden Gaslampen. Aladins Lampen, und wir kochen mit Propangas. Kein Kühlschrank. Brauchen wir nicht zu dieser Jahreszeit. Bloß eine Speisekammer. Trockeneis für Tiefgefrorenes.«
Billy Dee vermerkte Kens Akzent genau. Gebildet. Muß einmal an irgend so einer Superschule im Osten gewesen sein. »Wie steht's mit dem Fischen?«
»Absolute Spitze. Seebarsch, Flußbarsch, Seeforellen.«
Billy Dee wendete die Eier und den Pfannkuchen für Art. Ein satter Geruch strömte aus der Pfanne und verstärkte die freundliche Stimmung während der Mahlzeit. Meilenweit im Umkreis kannte jeder Fahrer Billys Weizenkuchen. »Der Toast ist fertig.« Er ließ einige Scheiben in die Maschine fallen. »Ja, ihr wart voriges Jahr auch auf der Jagd. Genau wie jetzt. Habt ihr eure Quote erreicht?«

Greg lachte. »Kein Problem.«
»Und noch was darüber hinaus, eh?« Billy Dee blinzelte. Jeder Jäger, der länger draußen bleibt, holt sich noch einen Extrabock. Man sollte es eigentlich den Behörden melden, aber das tat niemand. Noch etwas fiel ihm ein, und mit einem Blick auf Gussie beugte er sich über die Theke und senkte die Stimme: »Guter Ort zum Bumsen, nehme ich an. Keine neugierigen Nachbarn.«
Art grinste und wehrte entschieden ab. »Nie und nimmer.«
Billy Dee schaltete zurück. »Nicht einmal Ehefrauen?«
»Insbesondere keine Ehefrauen.« Kens Stimme war sanft.
Billy Dee glotzte, und sein Lachen klang tief und weich. Er glaubte ihnen nicht. Drei Männer in den späten Dreißigern, frühen Vierzigern vielleicht. Sie hatten Eier zwischen den Beinen, oder nicht? Und Schwänze dazu? Allmächtiger, sie würden ein Trio von Weibsbildern dort oben einsperren und sich in der Nacht beinahe zu Tode ficken, malte er sich aus. Sie wären keine Männer, wenn sie es nicht täten. Aber er konnte es ihnen nicht verübeln, wenn sie es nicht zugeben wollten. Er selbst würde es auch nicht tun.
Und dazu Alkohol, stellte er sich vor. Stockbesoffen von Sonnenuntergang an, darauf könnte er Gift nehmen. Die Jagd, der Alkohol, die Frauen, die Hütte voller Trunkenheit, heißes, nacktes, dampfendes Fleisch, meilenweit weg von irgendwo, und als er daran dachte, regte sich etwas unter den Fettwülsten seines Bauches, zum erstenmal seit Monaten. Verdammt, manche Kerle kriegen immer alles.
Er servierte die Pfannkuchen und die Eier und wischte sich mit der Schürze den Schweiß von der Stirn. »Wo kommt ihr Leute denn her?«
»Port Huron«, antwortete Greg.
Das war aber ganz eindeutig eine Lüge, dachte Billy Dee. In der Rotary-Club-Zeitschrift war gestanden, daß der große Kerl aus Ann Arbor stammte. Aber es war eine intelligente Lüge. Die Entfernung von Port Huron nach Flint war ungefähr gleich. Aber warum mußten sie überhaupt lügen? Vorsicht, vermutete er. Wenn man seine Frau betrügt und nicht ein vollkommener Idiot ist, dann verwischt man jede nur denkbare Spur, selbst wenn es sich nur um eine Mahlzeit an der Autobahn handelt.
»Na ja«, sagte er zusammenfassend, »es ist wahrscheinlich alles in Ordnung, ausgenommen die Kinder. Sie werden alle schreien, daß sie auch mitkommen möchten, sobald sie können.« Er grinste Art arglos an. »Wie alt sind sie jetzt?«
»Meine Älteste ist sechzehn Jahre, und die zwei anderen Mädchen sind über zehn«, sagte Art. Er deutete auf Ken. »Er hat vier, der Älteste ist fünfzehn.«

»Hören Sie«, sagte Greg, »die Kinder können sich ihre verdammte Jagdhütte selber bauen.«
»Außerdem sind sie während der Jagdzeit in der Schule«, fügte Ken hinzu.
Art hatte das letzte Wort. »Vielleicht, wenn sie aufs College gehen. Vielleicht.«
Ja, dachte Billy Dee, in zehn Jahren, wenn du nur mehr halb soviel Saft hast wie jetzt, oder deine Alte sich schließlich doch auf die Hinterbeine stellt; und wenn du ihn auch nachts noch hochkriegst – dann wirst du doch nur noch den guten alten Tagen nachtrauern können. Er lachte innerlich. Sicher, sie hatten Glück, aber ihm ging es besser auf seine Art. Man kann nicht vermissen, was man nie gehabt hat.
Trotzdem, als sie abzogen und sich in den Ford zwängten, ihre roten Jagdmützen Farbflecken gegen das Grau des Rauchdunstes und der Fabriken gegenüber, spürte er einen Stich. Er drehte sich zur Theke zurück und knurrte Gussie an: »So, du Mondkalb, für diese Woche hast du dein billiges Vergnügen gehabt. Jetzt an die Arbeit.«
»Leck mich am Arsch.« Es war das erstemal, daß sie an diesem Tag sprach.
Im Auto sagte Ken: »Nächstes Jahr fahren wir anderswohin.«
»Ja«, stimmte Art zu, »er ist neugierig.«
»Man kann nicht sagen, daß er es jetzt schriftlich hat, oder?« fragte Greg.
»Trotzdem«, erklärte Ken.
Und Greg meinte: »Himmel, dieses Mondkalb, oder wie er sie nannte.« Er streckte seinen riesigen Körper, der den Vordersitz neben Ken ganz ausfüllte, und rückte seine Hose zurecht.
Art lachte. »Du hättest ihr mit deinem Prügel winken sollen. Dann hätten wir vielleicht mehr als Kaffee bekommen.«
Ken fiel in das Gelächter ein. Gregs pferdeähnliche, unnatürliche Größe bot immer Anlaß zu Heiterkeit. Dann wandte sich Art dem Kofferraum zu. Er durchstöberte seinen Rucksack und zog eine kleine Flasche Jack Daniel's Bourbon heraus.
»Wer ist bereit?«
Greg grinste. »Jetzt oder nie.« Er griff nach der Flasche, die Art ihm hinhielt, und machte einen tiefen Zug. Ken lehnte ab. Art streckte sich auf dem Rücksitz aus, und mit einem langen Schluck leerte er den Rest der Flasche.
»Mensch . . .«
Jetzt wurde der Gegenverkehr immer stärker. Einkäufer vom Land und aus den Satellitenstädten, die nach Detroit fuhren, Geschäftsleute mit Vormittagsterminen. Ein riesiger Moloch dichtgedrängter Wagen wälzte sich stadteinwärts, während die stadtauswärts führenden Fahrspuren fast leer waren. »Arme Schweine«, sagte Ken.

Greg lachte. »Zum Teufel mit ihnen!« Ken lehnte sich gegen die Hupe, um einen Wagen zu überholen. Art begann im Fond des Wagens zu singen. Greg fiel ein. Der Bourbon wärmte ihn, und er fühlte sich entspannt und froh. Wieder war das Jahr vergangen, wieder lagen zwei Wochen voll von verdammt gutem Spaß vor ihnen, die beste Jagd, die es gibt, keine Verpflichtungen. Herrgott, das Leben war doch wunderbar!

4

NEUN UHR.
Auf dem Flughafen von Kent County in Grand Rapids drängten sich die Menschen. Ein Flug von Omaha war in fünf Minuten fällig, und Verwandte und Freunde warteten auf die Ankunft. Eine 727 aus Bismarck, North Dakota, war erst vor zehn Minuten gelandet, ebenso eine Tri-Star aus Des Moines, und die Passagiere strömten bereits in die Ankunftshalle.

Martin Clement suchte angestrengt nach Nancy. Er war schlank und nicht sehr groß; einige der Männer, die auf diesen Flug warteten, waren einen Meter neunzig und größer, typisch für den Mittleren Westen. Von oben hörte man das unverständliche Echo der Lautsprecheranlage; Düsenmotoren dröhnten draußen, als ein Flugzeug anrollte. Martin war nervös, er sah niemanden, den er kannte. Sicher? Die Chancen waren gering, aber konnte man hundertprozentig sicher sein?

Dann war Nancy plötzlich neben ihm, an seinem Ellbogen, blaß und abgespannt und irgendwie weniger attraktiv, als er sie in Erinnerung hatte. War es ihr farbloses, weder blondes noch brünettes Haar, das sie lehrerinnenhaft im Nacken zu einem Knoten zusammengefaßt hatte? Oder war es vielleicht ihr Mantel? Er sah so billig aus, verglichen mit dem, den Jean trug, gleichzeitig aber wirkten ihre sorgfältig aufeinander abgestimmten Schuhe und Handtasche übertrieben. Er küßte sie auf die Wange und duckte sich ängstlich und taktvoll, als sie sich gegen ihn preßte und ihm ihren Mund bot. Er nahm ihre kleine Reisetasche.

»Ist das alles?«

Sie lächelte. »Ich verbringe ja nur das Wochenende mit Mutter.«

»Sie hat sich noch kein Telefon legen lassen?«

Seine Ängstlichkeit belustigte sie. »Natürlich nicht. Mach dir keine Sorgen.«

Wußte sie, wie unbehaglich er sich fühlte? Er versuchte, einen entspannten Eindruck zu machen; plötzlich setzte er alles aufs Spiel, küßte sie richtig und war dann entsetzt, als sie lachte und glücklich sein Gesicht berührte. Wenn es nun *doch* jemand gesehen hatte!

»Komm«, sagte er, »trinken wir einen Kaffee im Hotel.«
»In welchem Hotel?«
»In dem ich übernachtet habe. Es gab keinen Morgenflug, deshalb bin ich schon gestern angekommen.«
»Können wir nicht hier Kaffee trinken?«
»Ich habe mein Zimmer noch nicht geräumt.«
Er schob sie zum Hauptausgang und wünschte, sie wäre hübscher und eher die Sorte Mädchen, mit der Männer ein Wochenende verbringen. Er war leicht verlegen, so als müßte jeder, an dem sie vorbeigingen, wissen oder denken, daß er es zu nichts Besserem bringen konnte. »Keine Sorge«, sagte er, »ich habe Herr und Frau eintragen lassen.«
»Aber sie werden wissen, daß ich letzte Nacht nicht da war.«
»Wer?«
»Ich weiß nicht. Der Portier.«
Martin lachte. »Es ist ein großes Hotel. Sie haben Hunderte von Portiers. Und wenn schon, dein Flug hat sich eben verzögert. Ist das ein Verbrechen?«
Am Parkplatz stiegen sie in den Wagen, den er gemietet hatte, und auf dem Weg zur Stadt fragte er: »Wie geht's den Kindern?«
»Misty hat Schnupfen. Und deinen?«
»Sie sind okay, glaube ich.«
Sie hielt inne, da sie wußte, daß sie nicht fragen sollte, war aber nicht imstande, ihre Neugierde zu bezähmen. »Was hast du ihr erzählt?«
»Wem? Jean?«
»Ja.«
»Geschäftsreise.« Er schwieg einen Augenblick. Darüber zu sprechen, *wie* er seine Frau hinterging, war für ihn noch unangenehmer als seine Untreue an sich. Wenn er von ihr getrennt war, fühlte er sich immer schuldig, hatte Angst vor ihr, als könnte sie ihn jeden Moment entdecken. Wenn er bei ihr war, ihre kalte, zänkische Herrschsucht und Abweisung spürte, konnte er es kaum erwarten, wegzukommen. Nacht für Nacht lag er wach, sehnsuchtsvoll, und liebte im Geist jedes hübsche Mädchen, das ihm am Vortag aufgefallen war.
»Die Bank deckt mich«, sagte er.
»Die Bank?« Nancys Augen wurden groß.
Er nickte. »Mein Chef.«
»Himmel!«
»Ich erzählte ihm eine Story, daß Jeans Schwester krank sei und ich nicht wollte, daß Jean es erfährt. Wenn sie also anruft, wird er sagen, ich sei auf Geschäftsreise, was ich ihr auch gesagt habe.«
»Aber Martin, dein Boß weiß doch, daß diese Geschichte nicht stimmt. Wie konntest du so etwas mit ihm vereinbaren?«

Er grinste. »Er weiß, daß ich über *seine* Freundin Bescheid weiß.« Dann wünschte er, er hätte es nicht gesagt. Nancys Gesicht verfinsterte sich. Vielleicht erschien ihr das Ganze jetzt etwas schmutzig. »Jedenfalls haben wir ein paar schöne Tage vor uns«, fügte er rasch hinzu.
Beruhigt lehnte sie ihren Kopf an seine Schulter. Im Schutze des Autos, umgeben von einem Wall von anonymem Straßenverkehr, fühlte er sich sicher. Sein Herz klopfte, und er begehrte sie. Er erinnerte sich an ihren schlanken, gutaussehenden Körper. Im Bett war sie immer schön, wie eine *Playboy*-Gespielin. Er legte seine Hand auf ihren Schenkel und erinnerte sich, was es bedeutete, mit einer Frau zusammen zu sein. Das letztemal war es Nancy gewesen. Mit Ausnahme des Mädchens, das er vor zwei Wochen in Detroit bezahlt hatte, und das zählte nicht wirklich. Sie zählten nie richtig, wenn sie sich nicht ganz ausziehen wollten. Also war das mit Nancy die letzte richtige Vögelei gewesen. Jean durfte er sich seit mehr als achtzehn Monaten nicht mehr nähern.
Der Hotelportier, von dem Martin seinen Schlüssel verlangte, war derselbe, bei dem er am Morgen den Schlüssel abgegeben hatte, und der starrte Nancy verwirrt an. Martin hatte das Gefühl, daß er etwas sagen mußte, und die Worte purzelten heraus, alle falsch. Er bemerkte es sofort, als er den Mund öffnete. »Ja, jetzt ist sie endlich angekommen. Ein Flug um neun Uhr abends, und erst jetzt kommt sie an. Was sagen Sie dazu?« Der Portier lächelte schwach und wissend. Der Schlüssel klirrte, als er unhöflich auf das Pult geknallt wurde. Nancy zerrte an Martins Ärmel, verlegen, begierig, ihn von hier wegzukriegen. Jeder mußte wissen, daß sie nicht verheiratet waren. Eine Ehefrau ging nicht um zehn Uhr vormittags in das Zimmer ihres Mannes, egal, welche Geschichte man dafür erfindet. Wohl aber jemand, den man soeben aufgelesen hat.
Im Fahrstuhl waren sie allein, und Nancy murmelte: »Wie heißt du?«
»Turner.« Martin fühlte kalten Schweiß von den Achselhöhlen seine Rippen hinunterrinnen. Es war vorbei. Sie waren gerettet. Zumindest vorläufig. Bis zum nächsten Hotel. »Wir werden frühstücken. Vielleicht möchtest du duschen. Ich habe mich noch nicht rasiert oder sonst was getan, ich bin nur wie gehetzt zum Flughafen gelaufen.«
»Ich habe geduscht, bevor ich heute früh losgefahren bin.«
»Aber du könntest ohne weiteres ein zweites Mal duschen.« Er zwang sich zu einem Lächeln und wußte plötzlich, daß sie sich ihm widersetzte. Aber warum? Wozu war sie dann hergekommen? Er blickte wieder verstohlen auf ihre Kleider. Verdammt, sie sah so kleinstädtisch aus. Warum konnte sie nicht etwas Flotteres tragen, vielleicht etwas Sportliches.
Als könnte sie seine Gedanken lesen, sagte sie: »Ich habe mich für die Reise zurechtgemacht. Um Eddie zu täuschen. Ich habe sportliche Kleidung im Koffer. Wohin fahren wir?«

»Weiß nicht. Irgendwohin in den Norden. Aufs Land«, meinte Martin erleichtert.
Als sie ausstiegen, lächelte Nancy schüchtern.
Während sie auf den Kaffee warteten, hielt sie ihm gegenüber eine gewisse Distanz, indem sie das Zimmer erforschte und sinnloses Zeug plapperte. Es war ein farbloser Raum, der Bettvorleger war leicht abgenützt, die Möbel sahen gewöhnlich aus, und es roch etwas nach Schweiß.
»Was hast du gestern abend gemacht?«
»Nicht viel.«
»Aber du mußt doch etwas getan haben.«
»Ich habe einen Drink an der Bar genommen und einen Film angesehen.«
»Welchen?«
»Keine Ahnung. Irgendeinen Western. Sie sind alle gleich.«
Er hatte einen Sexfilm gesehen. Zweimal. Er hatte ein paar Sachen gelernt. Am Anfang würde er nichts überstürzen, aber nach einem Tag oder so würde er sie kriegen, etwas Neues zu versuchen. Verdammt noch mal, wenn Mädchen es für Männer vor der Kamera tun, damit alle es im Kino sehen können, dann konnte sie es doch wohl auch für ihn privat tun!
Als der Kellner das Tablett brachte, fragte Nancy: »Können wir gleich zu den Straits fahren?« Sie meinte den Mackinac, die enge Wasserstraße zwischen dem Michigan-See und dem Huron-See, welche die südliche Halbinsel Michigans von ihrem nördlichen Teil trennt.
»Sicher.«
»Ich hab noch nie die Brücke gesehen.« Aber sie hatte sie sich vorgestellt. Ein riesiger Bogen, der zwei bewaldete Landteile miteinander verbindet, eine fadenförmige Stahl- und Betonmasse, unglaublich hoch über dem Wasser.
Sie stand auf und blickte hinunter auf die belebte Straße. »Das würde mir Spaß machen.«
»Wir fahren gleich zur Grenze, wenn du willst«, sagte Martin. »Nach Sault Sainte Marie, vielleicht sogar nach Kanada. Hast du jemals den Oberen See gesehen?«
»Nein.«
Er wischte sich Kaffee vom Mund und rückte näher an sie heran. »Wollen wir duschen, hm?«
»Aber Marty, ich habe dir doch gesagt, daß ich schon geduscht habe.«
»Ach, komm doch.« Er langte nach hinten zum Reißverschluß ihres Kleides und öffnete ihn. Plötzlich wurden seine Beine schwach, ihn schwindelte. Erregung.
»Bitte, Martin.«

Er küßte sie, schob das Kleid von ihren Schultern und zerrte am Träger ihres Büstenhalters. »Mußt du diese verdammte Rüstung tragen? Alle anderen haben sie schon aufgegeben.« Er machte eine ihrer Brüste frei und begann sie zu küssen. Sie schob seinen Kopf weg, bedeckte die Brust wieder und wich zurück.

»Martin –«

»Was ist los?«

»Es ist heller Morgen.«

»Na und? Wir brauchen das Zimmer nicht vor Mittag zu räumen.«

»Aber wie sollen wir Sault Sainte Marie erreichen, wenn wir so spät losfahren?«

»Wir werden es schon schaffen.«

»Bitte, Marty. Ich will nicht.« Sie zog ihr Kleid wieder hinauf.

Er trat zurück, gekränkt und böse.

»Es tut mir leid«, sagte sie. »Ich – ich fühle mich jetzt nicht ganz danach. Ich war eben noch bei den Kindern . . .« Hilflos brach sie ab. »Ich meine, können wir nicht bis heute nacht warten?«

Eddie hatte am Morgen seine Rechte beansprucht, und sie konnte jetzt den Gedanken an einen Mann nicht ertragen. Nicht einmal den an Martin.

Martin war verbittert. »Sicher. Ich dachte nur, daß du mich vielleicht auch willst. Es ist über einen Monat her. Ich meine, es ist nichts Abnormales, wenn ein Mädchen einen Kerl auch begehrt, oder? Ich dachte, bei dir wäre es so.«

Schmollend schlich er ins Badezimmer, und eine Minute später floß Wasser in das Waschbecken. Nancy hörte ihr Blut in den Ohren pochen und fühlte sich nutzlos und schuldig. Aber warum mußten sie auch immer, sobald sie allein waren, gleich in den ersten Minuten eines jeden Treffens, miteinander schlafen? Sofort. Es war jedesmal das gleiche. Sich ausziehen und so tun, als bade oder dusche man, das war die Ausrede, damit es nicht so offensichtlich war; auf die Art hoffte Martin, sie zu erregen und herumzukriegen, auf die Art drückte er sich um das Nein, bevor sie es aussprechen konnte. Und dann ab ins Bett.

Sie wußte, warum, zumindest dachte sie, daß sie es wußte. Das elende, deprimierende Warum, das sich jede Frau immer wieder fragte. Dadurch erschien das häßliche Zimmer noch häßlicher, die Straße unten grau und abscheulich, und die Leute wirkten bedrohlich. Sie hatte sich von Eddie und den Kindern verabschiedet und war aufgeregt die Straße hinuntergeeilt, in das Morgengrauen hinein. Es war eine freudige Erregung, sich wegzuschleichen, untreu zu sein und Martin zu treffen. Und dann, irgendwie, zerstörte Martin alles durch das Warum, das in ihr auftauchte, wenn er sie begehrte.

Denn sie brauchte ihn nicht aus demselben Grund. Sie hatte es gefühlt, vielleicht auch nur sich eingebildet, das letztemal, als sie miteinander fort waren. Diesmal war sie sicher.
Oder? Wollte er wirklich sie, Nancy, und nicht bloß eine Frau, irgendeine Frau? Plötzlich verspürte sie wieder Hoffnung. Ein Möbeltransportwagen war die Straße hinuntergepoltert, der Name der Firma stand in riesigen roten und goldenen Lettern auf seiner weißen Flanke. Jemand, der ein neues Leben beginnt. Eines Tages würden sie und Martin vielleicht auch übersiedeln. Martin war nicht Eddie. Er war Martin. Sein Verlangen nach ihr mußte andauern. Nicht nur wegen Jean. War nicht die Begierde eines Mannes nach einer Frau auch ein Liebesbeweis und nicht nur ein Bedürfnis nach Erleichterung? Das hatte sie irgendwo gelesen. Bei den meisten Männern wenigstens war es so. Bei Eddie allerdings nicht. Eddie benützte sie einfach und schlief dann ein. Und das nur, wenn er betrunken war. Oder früh am Morgen.
Eine Tür öffnete sich einen Spaltbreit in der Finsternis ihrer Gedanken, und Licht drang ein, unerwartet, fröhlich und glücklich. Der Spalt wurde größer, so als hätte jemand die Tür weiter aufgestoßen. Die Straße dort unten wirkte plötzlich hell und sorglos, die vielen Menschen sahen freundlich aus. Sie war noch jung und attraktiv, und Martin rasierte sich, war nett und geduldig und drängte sie nicht. Sie hatte ihre engen Jeans mitgebracht, weil sie wußte, daß er das gern hatte, und einige weite Pullover. Das war die Art Kleidung, die selbst die feinen Mädchen in der *Vogue* trugen, wenn sie ein Wochenende mit einem Mann verbrachten. Sie würde ihren Büstenhalter in einer Hotelzimmerschublade zurücklassen und mit ihm ihre Hemmungen.
Sie kicherte bei dem Gedanken. In Sekundenschnelle hatte sie ihre Kleider abgelegt. Ein rascher Blick in den Spiegel. Ein Blitzen weißer Haut und dunkel umschattete Augen. Sie war nicht mehr jung. Sie war dreißig, aber sie war noch in Ordnung. Zum Teufel mit Eddie und seinem Atem, seinem nach Bier stinkenden Schweiß, der Schwere seines klebrigen, eigensüchtigen Körpers. Nimm mich fort von ihm, Martin. Für alle Zeiten. Nimm mich fort.
Sie ging ins Badezimmer und stellte sich in die Tür, streckte sich ein wenig, auf den Fußballen stehend, um besonders hochgewachsen auszusehen, und stützte einen Arm gegen den Türpfosten, so wie die Nackt-Mädchen in den Männermagazinen, die sie studiert hatte. Martin erblickte sie im Spiegel und drehte sich langsam um.
»Oh.« Er lächelte dümmlich, völlig überrascht, sein Mund wurde schlaff, er war unfähig, seine Augen unter Kontrolle zu halten.
Sie lächelte erfreut zurück und drehte die Dusche auf.
»Ich bin gleich bei dir«, sagte er. »Keine Angst. Ich bin gleich da.«

5

UNGEFÄHR UM SECHS UHR ABENDS fuhr Ken mit seinem Ford-Kombi vor einem neuen Motel vor, einige Meilen nach der Mackinac-Brücke. Von dort aus konnte man die Mackinac-Insel sehen und den Huron-See im Südosten. Im Westen war der Michigan-See, und achtzig Kilometer nördlich, jenseits der oberen Halbinsel, lagen die wilden Ufer des Oberen Sees. Sie waren nur hundertneun Kilometer von Sault Sainte Marie und Kanada entfernt. Die Nacht war klar und sternenhell. Die frostige Luft kündete das Ende des Herbstes und das Nahen des Winters an. Morgen würde die Erde weiß vom Reif und gefroren sein.

Das Motel war modern und nett und relativ voll für die Jahreszeit. Eine Menge Jäger waren da, die die Bärenschußzeit ausgenützt hatten. Es gab eine Cocktailbar, in der ein Schwarzer gar nicht so übel Klavier spielte, und einen heimeligen Speisesaal mit sauber geschorenen jungen Burschen aus der Gegend, die unter der Aufsicht einer scharfäugigen, grauhaarigen Wirtin mittleren Alters etwas ungeschickt bei Tisch bedienten. Jedes Zimmer war mit einem Fernsehapparat und einer Minibar ausgestattet und hatte direkten Zugang zu einer eigenen, versperrbaren Garage. Das war wichtig, denn auf diese Weise war jedes Zimmer isoliert. Man konnte soviel Lärm machen, wie man wollte.

Das überlegte Ken, als Art Mädchen vorschlug. Das einzige, was sie nicht wollten, war Aufsehen. Prinzipiell waren sie da, um zu jagen, und nicht, um zu brunften. Aber wenn die Mädchen ziemlich bald nach dem Abendessen kämen, während die meisten Gäste in der Bar waren, und spät weggingen, dann hätten sie alle Chancen, unbemerkt zu bleiben.

Sie bewohnten ein Apartment, bestehend aus einem Schlafzimmer mit zwei Betten und einem Wohnzimmer mit einer aufklappbaren Couch. Ken hob das Telefon von der Glasplatte des Cocktailtisches, drückte einige Tasten und wartete. Für zwanzig Dollar hatten sie dem Barkeeper die erwünschte Telefonnummer entlockt, als sie gleich nach der Anmeldung einen Drink nahmen und er sich vergewissert hatte, daß sie nicht von der Polizei waren.

Das Telefon summte, und eine Mädchenstimme in Sault Sainte Marie antwortete. Es war eine junge Stimme. Ken tippte auf achtzehn Jahre oder darunter und fühlte die übliche Erregung.

»Sandy?«

»Ja?« Das klang vorsichtig.

»Ich bin im Trilake mit zwei Freunden. Zimmer 28.«

Noch vorsichtiger fragte sie: »Wer hat Ihnen meine Nummer gegeben?«

»Der Barkeeper. Der mit dem mexikanischen Schnurrbart und dem Bauch.«

»Wollt ihr Bridge spielen?« fragte sie. Eine eindeutige Frage. Es war ein Code.
Ken ging darauf ein, so wie der Barkeeper es ihm gesagt hatte, und genoß den kindlichen, weichen, sanften Tonfall ihrer Stimme. »Stimmt«, sagte er. Er stellte sie sich vor: brünett, schlank, mit vollen Lippen und langem Haar, kleine, hohe, harte Brüste. Der Barkeeper hatte gesagt, daß sie und ihre Freundinnen nicht wirkliche Professionelle waren. Sie gingen zur Schule, stammten aus guten Familien und betrieben dieses Geschäft nur fallweise, wenn sie ein neues Kleid brauchten oder etwas Ähnliches. Ihre Eltern dachten, sie gingen babysitten.
Sie zögerte. »Man braucht nur vier für ein Bridgespiel. Ihr seid schon drei.«
Einen Moment lang dachte er, sie würde auflegen. Dann begriff er, daß sie eine Frage stellte. Sie hatte natürlich recht. Ein Mädchen würde für sie drei reichen. Das war besser für das Mädchen, weil sie so mehr verdienen würde. Aber er war nicht in der Laune, für jemand anderen zu passen. Nicht heute nacht. Zumindest nicht im Moment. Auch der Gedanke, mit jemandem zu teilen, behagte ihm nicht. Das konnte man später noch tun.
»Wir hätten gerne eine Sechsergruppe. Wir dachten, zwei von uns könnten nach jedem Rubber aussetzen. So wird das Spiel lebendiger. Und der Kiebitz ist nicht allein.«
Eine Pause. Er spürte, wie sie nachdachte. Er fühlte zuerst ihre leichte Enttäuschung, dann ihr Lächeln. Er lächelte zurück und dachte, gut, das wäre geregelt.
Kurz darauf fragte sie: »Wie heißt du?«
»Ken.«
»Um wieviel Uhr, Ken?«
Er warf einen Blick auf seine Uhr. Es war sieben. Bis neun würden sie mit dem Abendessen fertig sein.
»Neun Uhr dreißig?«
»Okay. Wie war doch eure Zimmernummer?«
»Achtundzwanzig.«
»Okay. Habt ihr genug Karten?«
»Ich habe drei Spiele.« Das hatte man ihm zu sagen empfohlen. Sag ihr, drei Spiele, und erlaube ihr nicht, mehr herauszuschlagen. Ein Spiel hat zweiundfünfzig Karten. Das hieß zweiundfünfzig Dollar für jedes Mädchen. Für eine Nacht. Das war fair. Sie konnten die Mädchen austauschen, wenn sie was wert waren, und so mehr für ihr Geld kriegen. Sicherheitshalber fügte er hinzu: »Das ist für uns alle, und wir spielen den ganzen Abend.«
Sie verstand, murmelte vage einen mürrischen Protest und wiederholte dann: »Okay. Neun Uhr dreißig, Ken.« Dann legte sie auf.

Ken zog sich aus und mixte einen Drink. Man hatte ihnen zwei Flaschen Jack Daniel's Bourbon, Eis und Ingwerbier sowie Chips und Erdnüsse auf das Zimmer gebracht. Eine der Flaschen hatten sie schon zur Hälfte leergetrunken. Sie würden für die Party noch eine bestellen müssen.
Greg kam aus dem Badezimmer, frisch geduscht. Groß und muskulös, wie er war, wirkte sein Handtuch lächerlich klein im Vergleich zu seinen massigen, breiten Schultern. In dem dichten schwarzen Haar, das sich fächerförmig von dem flachen Bauch bis über den schrankartigen Brustkorb ausbreitete, glitzerten noch Wassertropfen. Seine Füße hinterließen feuchte Spuren auf dem Teppich. Er trank gleich aus der Flasche, den Kopf zurückgeworfen.
»Wie läuft es?«
»Alles geregelt.« Ken warf unwillkürlich einen Blick auf Gregs handgelenkdickes, schlaffes Glied. Himmel, er war wirklich ein Monstrum. Wie hielt Sue das nur aus? Oder irgendeine andere Frau? Er zwang sich, wegzuschauen.
Greg stellte die Flasche nieder, wischte sich den Mund mit dem Rücken seines Unterarms ab und begann sein Haar mit dem Handtuch zu trocknen.
»Hat sie o. k. geklungen?«
»Sweet sixteen. Und sie wird für dich eine besondere Freundin mitbringen. Die will von einem Pferd gefickt werden.«
Greg lachte unbefangen und machte noch einen Zug.
Art kam aus dem anderen Zimmer zu ihnen. Auch er hatte schon geduscht und sah ordentlich aus in Hemd und Krawatte, Flanellhosen und englisch geschnittener Tweedjacke. Er war dabei, sein Gewehr auseinanderzunehmen und zu überprüfen.
Greg musterte ihn von oben bis unten und fragte: »Fühlst du dich besser?« Art hatte während der Fahrt einen halben Liter in sich hineingeschüttet, eine kleine Flasche am Vormittag und noch eine am Nachmittag. Dann hatte er geschlafen und war bei Sonnenuntergang mit einem Kater aufgewacht.
»Ich lebe.« Er schaute auf Ken, dann auf Greg.
»Verdammt, man könnte glauben, ihr seid schwul oder so. Spart euch etwas für die Puppen auf.«
»Du wirst gleich ein blaues Auge haben.«
Art lachte. »Hör zu, Freund, ich bin hungrig.«
»Nur Geduld, Bruder.« Greg ging, um sich anzukleiden.
»Sei schön brav«, sagte Ken, »oder wir sagen deiner Nutte, sie soll dich beißen.«
Art blieb ernst und antwortete: »Na ja, vielleicht würde mir das sogar gefallen.«

Ken johlte, ging ins Badezimmer und drehte die Dusche an. Es war ein guter Tag gewesen. Nach dem klaren Wetter am frühen Morgen zu schließen, konnte man hoffen, daß es eine Woche, ja vielleicht auch länger, so bleiben würde. Aufgeputscht durch die Schlampe in Denver's Diner war Greg gesprächig geworden und hatte Art mit Anekdoten von den Bodenkämpfen in Vietnam, die dieser versäumt hatte, ergötzt. Er erzählte von den Mädchen, die sie aus vietkongverdächtigen Lagern herausgefischt hatten; sie hatten ihnen ein paar Dinge beigebracht und für die nächste Horde hungriger Burschen präpariert; die Gooks* hatten sie in Gräben festgehalten, die dann unter Granatfeuer genommen wurden; er schilderte, wie sie gefangene Terroristen zum Reden gebracht hatten; man konnte jeden zum Reden bringen, mit nichts Tödlicherem als einer Schachtel Streichhölzer oder einem Gartenschlauch mit Wasser unter Hochdruck; wer würde es denn je erfahren? Oder sich darum scheren? Alle Gooks waren, verdammt, doch irgendwie Untermenschen, oder? Was immer die Frömmler und Wissenschaftler auch sagen mögen. Untermenschen wie die Nigger und die Chinesen. Sie hatten nicht die gleichen Gefühle wie weiße Menschen. Jeder wußte das.

Das beste aber war: Es hatte dort keine Helen und keine Kinder gegeben. Ken ließ den heißen Strahl über sein Gesicht rauschen und dachte, daß man mehr Spaß hat als Junggeselle; das war die reine Wahrheit. Als Junggeselle konnte man tun, was man wollte: Alles, wozu die meisten Frauen am Anfang bereit waren, um einen einzufangen, was nur wenige von ihnen auch später zuließen und was die meisten schließlich heftig ablehnten. Nicht nur Sex, sondern viele andere Dinge. Wie etwa Lokale, in die man gehen, und Freundschaften, die man schließen wollte. Sie machen es dir recht und geben vor, all das gern zu tun, bis sie dich vor den Altar geschleppt und genügend Kinder produziert haben, deine Kinder, um sicher zu sein, daß das, was am Altar gesagt wurde, auch halten wird. Dann geht es entweder nach ihrem Kopf oder gar nicht.

Aber dennoch war die Ehe etwas Notwendiges. Ob man sie mochte oder nicht, man mußte sie akzeptieren. Die Gesellschaft schreibt Ehefrauen vor, besteht darauf, daß man sein ganzes Leben als Erwachsener legal und anständig lebt, mit Frauen wie Helen und Gregs Sue, die auf ihre Art größere Eier hatte als Greg, und bei Zeus, *das* bedeutete etwas! Oder Arts Pat, deren Lippen in den letzten Jahren verkniffen und dünn geworden waren, und die, so sagte Helen, jetzt zu Frauen überging, weil weder Art noch irgendein anderer Mann ihr das geben konnte, was sie vom Leben wollte, was auch immer das war. Pat kannte sich nicht einmal selbst; sie war schon unzufrieden auf die Welt gekommen.

* Gook – verächtliche Bezeichnung für Vietnamesen, Anm. d. Übers.

Dem Himmel sei Dank, daß Helen nicht so kompliziert ist, dachte Ken. Aber andererseits war es vielleicht gerade das, was sie falsch machte. Vielleicht war sie nicht schwierig genug. Sie war bloß die gewöhnliche, alltägliche Dutzendfrau, die in die mittleren Jahre kommt, langsam ihr gutes Aussehen verliert und – als Ersatz – so tut, als wisse sie eine Menge. Nun ja, wahrscheinlich stimmte das auch, aber trotzdem hatte sie keinen Intellekt und würde nie einen haben. Was sie im Leben gelernt hatte, durch Lesen, Gespräche oder Reisen, war einfach akademisch, eingelernt wie Chemie in der Schule, und hatte nichts mit ihrer eigenen Realität und ihrer eigenen Existenz zu tun. Sie sah zum Beispiel nicht, daß es ihr vielleicht mit jemand Gebildetem, wie er selbst es war, mit jemandem, der denken konnte, besser ging als mit Greg, der ein wirklich netter Kerl war und viel Geld machte; aber was, zum Teufel, hatte er mit ihm gemeinsam, wenn er nicht gerade Weiber mit ihm teilte, auf die Jagd ging, sich über seine überdimensionale Geschlechtsmaschinerie amüsierte oder sich seine Geschichten über den Krieg anhörte und darüber, wie oft er eine Kerbe in sein Gewehr geschnitten hatte? Helen sah das nicht. Für sie war Greg genauso wie er. Wenn sie Greg geheiratet hätte, wäre sie ebenso glücklich geworden. Sie erkannte auch nicht den Unterschied zwischen ihm und Art. Er meinte nicht den äußeren – Art bekam allmählich eine Glatze, und sein Bauch wurde dicker, er trank zuviel und war irgendwie verdreht –, sondern etwas anderes, tieferes: Art fühlte oder dachte niemals etwas, das er belegen oder überprüfen mußte. Himmel, wenn er ein Mädchen wäre, er würde Art nicht heiraten, selbst wenn Art über jeden Werbeetat in den USA verfügen sollte, der eine neue Werbeagentur sucht.
Für Helen waren, um die Wahrheit zu sagen, alle Leute gleich. Sie waren einfach Werkzeuge und dazu da, sie zu bewundern. Wenn sie eine Mahlzeit kochte – und sie war eine ausgezeichnete Köchin –, tat sie es nicht, um ihren Freunden oder ihrem Mann oder ihren Kindern eine Freude zu bereiten, sondern nur, um den Mythos zu verewigen, daß sie die beste Köchin der Stadt war. Genauso war es im Bett. Sie war meistens scharf oder tat wenigstens so. Aber nicht, um ihn glücklich zu machen (Ken wußte das) oder weil sie wirklich daran Spaß hatte. Sie wollte nur ihm gegenüber ihr Image bewahren und damit allmählich allen gegenüber, denn jeder Mann, der eine scharfe Frau hatte, gab früher oder später mit ihr an.
Ken drehte den Hahn ab und trocknete sich ab. Für Helen war er nur noch ein Hilfsmittel, das sie brauchte, um ihr eigenes Image aufzupolieren und ihr Vorteile gegenüber den anderen Ehefrauen zu verschaffen.
Dann dachte er, verflucht noch mal, Schluß mit der Quengelei. Es ging ihm bei weitem besser als den meisten. Er konnte jedes Jahr ausbrechen.

Ausbrechen und es verdammt wild treiben, und es gab niemanden, der etwas davon erfuhr. Er konnte den liebenden Vater und Ehemann spielen und davon geschäftlich profitieren, und dann konnte er sich jedes Jahr mindestens drei Wochen absetzen und alles nur Erdenkliche tun, wovon andere Männer in ihren kühnsten und flüchtigsten Phantasien nur träumten.

Einmal im Jahr durfte er ein wirklicher Mann sein, genetisch, instinktiv und – wegen der trostlosen Zwänge der Gesellschaft im Verein mit dem Gekeife und der Hysterie emanzipierter Weiber – auch psychisch. Er durfte ein wildes Tier sein, ein rohes, sexuelles Tier und gleichzeitig ein verschwiegener, verdrehter, komplexer, moderner Mann, der die Freiheit besitzt, sich schamlos jeder krankhaften Perversion hinzugeben, die ihm in den Sinn kommen mag.

So hatte er sein Leben arrangiert. Genauso wie Art und Greg. Gleich von dem Tag an, als sie einander im College kennengelernt hatten. Das war das eiserne Band zwischen ihnen. Sie konnten sich kranksaufen, Mädchen untereinander austauschen, die nicht viel älter waren als ihre eigenen Töchter, und mit einer Roheit jagen, von der andere Männer nur träumten, selbst aber nie anzuwenden wagten.

Ken kam aus dem Badezimmer zurück und sagte: »Ich bin soweit.« Und Helen und ihrem gottverdammten Gesellschaftsleben und seinem Firmenchef und jedem rechtschaffenen Arsch zu Hause zum Trotz, stellte er sich mit gespreizten Beinen, nackt und obszön, hin, wie vorher Greg, und trank zwei ausgiebige Schluck Bourbon direkt aus der Flasche. Dann zog er sich an, und alle drei gingen sie in den Speisesaal.

6

ES WAR DREI UHR VORBEI, als Nancy aufwachte. Martins ruhiger, rhythmischer Atem neben ihr verriet, daß sein Schlaf tief und ungetrübt war. Sie waren seit Mittag sehr rasch gefahren, ohne zum Essen stehenzubleiben, und es war spät und daher finster gewesen, als sie die Mackinac-Straße überquert hatten. Nancy hatte nichts sehen können und war bitter enttäuscht gewesen. Sie waren im Trilake Motel abgestiegen und nicht bis Sault Sainte Marie durchgefahren. Martin hatte versprochen, daß sie gleich am Morgen weiterfahren und bis nach Kanada kommen würden.

Der Speisesaal war fast leer gewesen, als sie zum Abendessen gingen. Nachher hätte Nancy einen Spaziergang in der kalten Nachtluft machen, den See betrachten, dann in die Cocktailbar gehen und dem schwarzen Pianisten zuhören wollen, der so gut spielte. Aber Martin konnte nur ans Bett denken. Sie hatte nachgegeben.

Jetzt schmerzte ihr Körper von seinem beharrlichen, automatengleichen Lieben, das er verdorben hatte, indem er wiederholt, doch triumphierend, Bestätigung von ihr verlangt hatte. War es in Ordnung, machte es ihr Spaß, hatte sie bemerkt, wie lange es diesmal gedauert hatte? Es war eine Art Stammtisch-Exhibitionismus, und sie selbst fühlte sich mißbraucht. Das letztemal hatte er eine Ewigkeit gebraucht, und als er es endlich geschafft hatte, war er auf ihr eingeschlafen. Aber es waren nicht die Enttäuschung über seine Einstellung, nicht ihr geschundener Körper, nicht die langsam trocknende Feuchtigkeit des Schweißes ihrer beider Körper, der sie wachhielt. Es war die Angst, beim Betrügen entdeckt zu werden. Die ganze Nacht hatte ihr Herz bei diesen quälenden, wirren Visionen in unruhigem Rhythmus geschlagen.
Die Kinder – ging es ihnen gut, oder würde diesmal eines von ihnen einen Unfall haben, der so ernst war, daß Eddie ihrer Mutter telegrafierte und auf diese Weise entdeckte, daß sie nicht dort war? Oder wußte er es bereits? Hatte er es geahnt oder ihre Lügen durchschaut, ehe sie noch das Haus verlassen hatte? Einmal hörte sie ein schwaches Geräusch draußen, und ihr Herz begann noch rasender zu pochen. Hatte ihr Eddie Detektive nachgeschickt? Waren sie und Martin verfolgt worden? Gleich würden sie hereinstürzen, lachend, mit Kameras und Blitzlicht, und die Decke wegzerren.
Eddies Gesicht tauchte vor ihr auf, seine Augen waren mörderisch schmal, sein dicker Mund verzog sich zu einem Grinsen. Warum hatte sie ihn jemals geheiratet, diesen völlig Fremden? Unglaublicherweise mußte er bei ihr wohl einmal so etwas wie Liebe hervorgerufen haben, oder war es bloß die Einsamkeit gewesen, die ihr das eingeredet hatte? Selbst jetzt noch erinnerte sie sich dumpf an die qualvollen, einsamen Nächte in einem möblierten Zimmer in Detroit, an die Sandwiches und den Kaffee in einer grell erleuchteten Cafeteria; an Sommerabende, an denen sie auf die fast leere Straße hinuntergeblickt hatte, alle waren weggewesen; an Winterabende, an denen sie eine Zeitschrift nach der anderen gelesen hatte. Mit siebzehn war sie aus der Schule gekommen und hatte gleich bei General Motors zu arbeiten begonnen. Die weniger gehemmten Mädchen hatten gute Männer geheiratet; schließlich war sie so verzweifelt gewesen, daß ihr fast jeder recht war.
Und jetzt Martin, gewöhnlich, nicht besonders gut aussehend, sicherlich nicht wirklich erfolgreich, zumindest nicht im Vergleich zu vielen anderen Männern seines Alters. Liebte sie Martin, liebte sie ihn wirklich? Oder war er nur eine Zuflucht, wie Eddie es gewesen war, jemand, der ihr half, neuerlich zu entkommen? Das war eine Frage, die sie nicht einmal durchzudenken wagte, geschweige denn zu beantworten.
Um drei Uhr dreißig löste sie sich von Martin, ging ins Badezimmer und

zündete sich eine Zigarette an. Der Spiegel zeigte ihr ein blasses Gesicht, zerwühltes braunes Haar, das nicht mehr jugendlich wirkte, und ihre länglich geformten Brüste, die viel von ihrer Straffheit verloren hatten. Sie zerstampfte wütend die Zigarette, so daß Funken auf den gekachelten Boden sprühten, verbrannte sich den Fuß und haßte sich dafür, daß sie sich nicht mochte. So schlecht war sie auch wieder nicht. Daß sie sich haßte, war die Schuld der Männer, die sie ewig mißbrauchten. Sex war nicht so wichtig. Wichtig war es, zu heiraten. Martin hatte gesagt, daß er es wolle. Warum konnte sie dann nicht diesmal davonlaufen? Wirklich davonlaufen? Eddie verlassen, Jean verlassen und die Scheidungsverfahren einleiten. Fünf freie Tage lagen vor ihnen, in denen sie den vollständigen, endgültigen Bruch vollziehen, in denen sie beschließen könnten, nie wieder nach Hause zurückzukehren.

Würde er es tun? Oder würde Jean ihn zurückhalten? Sie hatte ihn fest in der Hand, das war klar. Und warum? Sie ließ ihn nicht an sich heran, wenigstens behauptete er es. Sie kochte nicht für ihn, sie war ekelhaft zu den Kindern, sein Haus glich einem Schlachtfeld, sie mochte keinen seiner Freunde, sie flirtete mit anderen Männern und betrog ihn wahrscheinlich auch, sie verachtete seinen Job und sagte ihm, er sei ein Versager, der es nie im Leben zu etwas bringen würde.

Nancy war Jean einmal begegnet. Bei einer Party am selben Abend, an dem sie Martin kennengelernt hatte. Eine hochgewachsene, attraktive Frau mit honigfarbenem Haar, den richtigen Kleidern und einem enttäuschten Mund; eine Frau, die auch dann hart und arrogant dreinsah, wenn sie mit Männern schäkerte. Sie rief bei anderen Frauen sofort Minderwertigkeitsgefühle hervor. Aus diesem Grund war Nancy auch einverstanden gewesen, mit Martin Kaffee trinken zu gehen, als er am nächsten Tag anrief.

So waren sie einander nähergekommen. Zuerst trafen sie sich dann und wann heimlich zum Mittagessen. Und dann kam, an einem späten Nachmittag, die Stunde in einem Motel. Dann Lügen für Eddie und Lügen für Jean; und dann ein Wochenende in Nervosität. Martin war unbekümmert beharrlich, wenn er sie begehrte, und wurde jedesmal von Sorgen und Schuldgefühlen zerrissen, wenn er fertig war. So hatte es nicht weitergehen können. Schließlich hatten sie sich geeinigt, das Ganze abzublasen. Bis letzten Monat, als Martin sie eines Morgens beim Einkaufen stellte und ihr mitteilte, er könne es ohne sie nicht mehr aushalten.

Erschreckt erkannte Nancy, daß sie sehr lange im Badezimmer gesessen war. Es war fünf Uhr dreißig. Sie schaltete das Licht aus und schlich mißmutig zum Bett zurück. Martin würde bald aufwachen und sie wieder begehren, so wie es die Männer gewöhnlich tun, wenn sie aufwachen. Als sie sich durch die fremde Dunkelheit des Zimmers tastete, hörte sie gedämpfte Stimmen draußen, ein unterdrücktes Kichern. Aus Neugierde öffnete sie die Vorhänge einen Spaltbreit und schaute. Drei Mädchen kamen aus dem Zimmer nebenan, in dem diese nett aussehenden Männer wohnten, die mit dem Kombiwagen voller Campingausrüstung. Gestern beim Abendessen hatte sie ihr gutes Aussehen registriert, ihre teure Kleidung, ihre feinen Manieren. Irgendwo gab es Frauen, die das Glück hatten, diese Männer zu besitzen. Die Wirtin benahm sich ihnen gegenüber wie ein Schulmädchen, die Kellnerinnen eilten, sie zu bedienen, und erröteten. Sie hatten Geld und zeigten es. Erfolgsmenschen. Karrieremänner, die es in Detroit oder Chicago zu etwas gebracht hatten. So mußte es ein.

Daher waren die Mädchen jetzt ein Schock für Nancy. Zunächst die Tatsache, daß es da überhaupt Mädchen gab. Hatten Männer wie diese das nötig? Sicher waren ihre Frauen attraktiv und würden alles tun, um sie zu behalten und das Leben weiterzuführen, das ihnen durch diese Männer ermöglicht wurde.

Dann das Alter der Mädchen, der flüchtige Eindruck, den Nancy von ihnen erhielt, als sie rasch weghuschten im gelben Lampenlicht, schlanke, junge, fast knabenhafte Körper, Kinder; die kleine Blonde war sicher nicht einmal fünfzehn.

Die tote Finsternis, die dem Morgengrauen vorangeht, vom schwachen Nachtdunst rosig gefärbt, umfing sie. Das ferne Geräusch eines Autos, und wieder Schweigen. Martin murmelte im Schlaf, drehte sich um. Nancy wartete. Schließlich sagte ihr sein Atem, daß er wieder tief schlief.

Sie ging ins Badezimmer zurück und schloß die Tür. Sie zitterte. Sie fühlte Übelkeit, und Schauer liefen ihr über den Rücken. Zwanghaft drehte sie die Dusche auf, stellte sich darunter und seifte sich immer wieder ein; ein Versuch, die schreckliche Schmutzigkeit abzuwaschen, die sie verspürt hatte, als sie aus dem Fenster sah. Schmutzigkeit und Wut. War Sex das einzige, woran Männer jemals dachten, das einzige, das sie wollten? Das konnte doch nicht sein. Männer bauten auch Denkmäler, leiteten Regierungen, schrieben großartige Bücher und großartige Musik. Männer gingen mit ihren Frauen in Supermärkte und Kaufhäuser, halfen bei der Kindererziehung, nahmen an Elternabenden teil, gingen auf den Fußballplatz, hielten bei feinen Parties höflich ihre Drinks, während sie ernsthafte Bemerkungen über das Leben machten. Ein Mann liebte eine Frau, und eine Frau liebte einen Mann, sie heirateten, kauften ein Haus, schliefen miteinander und machten Kinder. Und noch mehr: Sie schufen etwas gemeinsam, eine Einheit, die weitaus bedeutsamer war als verstohlene Liebe in Motels. Selbst wenn es teure Motels waren, wie dieses hier.

Eine Parade der Menschheit marschierte unter dem silbrigen Geprassel des Wassers aus der Dusche an Nancys Augen vorbei. Romantisch, wie in einem Bilderbuch, gingen Männer und Frauen in Stadtbüros zur Arbeit, bearbeiteten Felder und Weiden, flogen durch den blauen Himmel und segelten auf den grünen Meeren. Kinder in einer unendlichen Zahl von Schulen erschienen am Horizont ihres Geistes. Und Bibliotheken und öffentliche Gebäude, Spitäler und Universitäten. Und sie hörte tief in ihrem Innern den ernsten Tonfall von Politikern, Professoren und Geistlichen, die ihre Worte in Mikrofone sprachen, von Kathedern und Kanzeln herab.

Nachdem Nancy das Wasser abgedreht und sich abgetrocknet hatte, fühlte sie sich besser. Vielleicht war das, was die drei Männer im Nebenzimmer wohl getan hatten, nur ein winziger Ausschnitt aus ihrem Leben. Vielleicht sahen sie das Leben genauso wie sie. Stimmte das, dann wären sie nicht ein solcher Ausbund an Abscheulichkeit, und man mußte ihnen verzeihen, und Nancy konnte ihnen nicht vorwerfen, was sie gesehen hatte. So mußte es sein. Es waren achtbare Leute, die Art von Leuten, denen alle nacheiferten.

Sie hüllte sich in das Handtuch und kuschelte sich in der Finsternis in einen tiefen, weichen Lehnstuhl. So wartete sie auf Martins Erwachen und bekämpfte jede aufkeimende Bosheit, auch wenn sie noch so geringfügig war; sie wollte rein bleiben.

Martin liebte sie wirklich. Und sie mochte Martin gern. Es war nicht wichtig, daß sie im Bett nicht viel davon hatte; sie hatte nie viel davon gehabt, mit niemandem. Martin war ein netter Mann, und es war normal, daß er sie begehrte und wünschte, daß sie auf seine Leistung stolz sei. Sie würde sich von Eddie, er sich von Jean scheiden lassen, und dann würden sie heiraten. Den Kindern würde es schon nicht schaden. Heutzutage paßten sich die Kinder an, sie waren jung, und man könnte Regelungen treffen. Vor ihrem geistigen Auge sah sie Rechtsanwälte, Anwaltskanzleien, ein Gericht und einen Richter.

»Hallo.« Martin hatte sich im Bett aufgesetzt. Der Tag war angebrochen, und das Zimmer war grau. »Was tust du dort?«

Sie ging zu ihm. »Hallo.«

Als er seine Arme um sie legte, roch er nach Schlaf und der nächtlichen Liebe. Sie wollte nicht, aber sie leistete keinen Widerstand; sie spielte Theater. Sie duschte sich ein zweites Mal mit ihm zusammen, sie ließen sich das Frühstück aufs Zimmer bringen und planten den Tag.

»Fahren wir nach Kanada, bitte.«

»Kanada?«

Sie hörte das Zögern in seiner Stimme. Gestern nacht hatte er ja gesagt. Aber gestern nacht hatte er getrunken.

»Ich war noch nie dort.«
»Ich habe ja nicht nein gesagt.«
Er schien noch mehr zu zögern. Sein Lächeln war falsch. Er wußte, was sie mit Kanada meinte, und fürchtete sich.
»Oh, Martin, tun wir es doch. Jetzt. Hören wir auf, darüber zu reden, und tun wir es.«
»Nancy, das ist nicht so einfach.«
»Aber doch. Die Kinder hätten einen Monat lang Schwierigkeiten, okay. Vielleicht ein paar Monate. Dann würden sie sich alle beruhigen und daran gewöhnen. Eddie wird sicher eine andere finden, und Jean wird es schon schaffen, keine Angst.« Verbitterung klang aus ihrer Stimme. »O ja, sie wird es schaffen.«
Er saß am Bettrand wie ein kleiner Junge, den man bestraft, halb bekleidet, und rieb sich nervös die Hände.
Sie drängte weiter, eindringlich. »Ich meine, was ist so besonderes dran? Jeder läßt sich heute scheiden. Drei von vier Ehen gehen kaputt.«
Er platzte heraus: »Sie würde sich an den Kindern rächen. Du kennst sie nicht. Sie ist nicht wie andere Frauen. Sie würde die armen Bengel umbringen.«
»Aber siehst du denn nicht, daß du genau das denkst, was sie *will*, daß du denkst? Marty?«
Keine Antwort. Sie setzte sich neben ihn und schüttelte ihn verzweifelt.
»Martin, was ist mit mir? Mit uns?«
Er antwortete nicht. Sie fühlte sich wie tot und ging zum Frisiertisch, bürstete ihr Haar und gab auf. »Du willst sie nicht wirklich verlassen, nicht wahr? Nicht wirklich!«
»Und ob.«
Aber seine Stimme verriet ihn. Sie klang erleichtert, denn er wußte, daß sie nachgegeben hatte und, wenigstens im Moment, nicht weiter darauf bestehen würde. Jetzt konnte er es sich leisten, zu leugnen.
Sie stach noch einmal zu. Das war ihr gutes Recht. »Da liegt das Problem. Wenn du wirklich wolltest, würdest du es tun.«
Sie schwiegen, dann wandte er sich ihr zu, sorglos in seiner neugewonnenen Sicherheit. »Nancy, hör mir zu. Jedes Ding braucht seine Zeit. Wir können nicht einfach davonlaufen – bloß so. Jean würde alles an sich reißen, was ich habe, und man braucht Zeit und verdammt viel Geld, um das alles wieder aufzubauen. Das weißt du. Ich würde wahrscheinlich entlassen werden. So sind Banken eben. Wenn sie glauben, daß du unmoralisch bist, wollen sie dich nicht, weil das bedeutet, daß du labil bist. Und was würden die Kunden dann denken?« Er überlegte und fuhr fort: »*Du* würdest schuldig gesprochen werden, nicht Eddie. Du würdest also nichts bekommen. Nicht einmal die Kinder.«

Sie starrte ins Leere. Nach einiger Zeit kam er zu ihr herüber, hockte sich vor sie hin und nahm ihre Hände. »Nancy, wir wollen nicht streiten. Nicht jetzt, bitte.«
Sie sagte stumpf: »Martin, ich möchte dich etwas fragen.«
»Frag nur.«
Es war etwas, das sie wissen mußte, und sie hatte ein Recht, es zu wissen. Gab es Hoffnung? Sie blickte ihm fest in die Augen: »Liebst du mich?«
Sie wartete, betrachtete ihn und versuchte in seinen Augen zu lesen, ob er auswich. Seine Hand hielt die ihre fest.
»Das weißt du doch.« Seine Stimme war warm.
Er liebt mich, dachte sie. Ich bin alles, was er hat. Auf seine eigene, feige Art liebt er mich. Vielleicht genug, um Jean eines Tages zu verlassen. Aber nicht jetzt. Sie hatte also wieder ihren Hoffnungsschimmer. Dieselbe Hoffnung, die sie früher, vor dem Morgengrauen, flüchtig empfunden hatte. Die Hoffnung würde ihr Zeit schenken. Und die Zeit würde ihr die Möglichkeit geben, ihn fester und fester an sich zu binden, so wie Jean ihn band.
Sie hielt sein Gesicht und küßte sanft seine Lippen. »Können wir nicht trotzdem nach Kanada fahren?«
»Sicher.« Er hob die Schultern und lächelte, und sie sah in ihm nicht den ausgemergelten Mann, der unglücklich war, sondern eines ihrer Kinder.
Sie küßte ihn wieder, dann packten sie, luden das Gepäck in den Wagen und fuhren los. Nancy sah noch die drei Männer, wie sie ihren Kombiwagen aus der Garage holten. Ihre Jagdhemden waren grelle Farbflecken im frühen Morgen. Nancy erinnerte sich an die jungen Mädchen und an ihren Ekel. Etwas, das sie unterdrückt hatte, etwas, das sie vor sich versteckte – sogar dann, als sie unter der Dusche abzuwaschen versuchte, was sie gesehen hatte –, kam nun an die Oberfläche. Einen ganz kurzen Moment lang stand es in kristallener Schärfe vor ihr. Sie dachte an die drei Männer und die drei Nymphchen, alle im gleichen Raum zusammen, nackt, Sex-Spiele spielend, und die Mädchen taten voreinander und vor den Männern das, was Huren immer taten – dieser Gedanke an sich hatte ihr nicht solchen Ekel eingeflößt. Was sie angeekelt hatte, war, daß sie einen Augenblick davon erregt gewesen war und verzweifelt gewünscht hatte, mit von der Partie zu sein.

7

FEUERMACHEN in stark bewaldetem Gebiet ist eine todsichere Methode, deinen Standort zu verraten. Sollte irgend jemand, ein Förster, einer von der Feuerwache, ein Camper oder Jäger, ja sogar ein vorbeifliegendes

Flugzeug, zufällig von irgendeinem Punkt in deine Richtung blicken, würden sie höchstwahrscheinlich sofort auf deine Anwesenheit schließen, denn es gibt wenige, die über genug Wissen und Geschicklichkeit verfügen, um ein Feuer anzuzünden, von dem nur eine Säule farbloser heißer Luft aufsteigt, die nichts von jenen kleinen, doch so verräterischen Teilchen kohlehaltigen Materials aufweist, das allgemein als Rauch bezeichnet wird.

Daher muß man das Feuer bei Nacht machen. Das bringt jedoch ein anderes Problem mit sich: das Glühen der Kohlen oder das Flackern der Flammen, denn selbst das allerkleinste Feuer erzeugt Licht.

Deshalb war er letzte Nacht sehr vorsichtig gewesen. Er hatte sich seiner Beute nicht genähert. Die befand sich noch unschuldig weit weg. Er wollte unter allen Umständen ein Treffen mit irgend jemandem vermeiden, der sich unter völlig unvorhergesehenen Umständen an ihn erinnern und daraus Schlüsse ziehen könnte. Er riskierte nichts.

Er hatte sein Aluminium-Kanu ganz aus dem Wasser gezogen und vorsichtig mit welken Blättern und Zweigen bedeckt, so vorsichtig, daß selbst ein erfahrener Förster am hellichten Tag darüber gestolpert wäre. Er hatte das überhängende Gebüsch am Ufer wieder in Ordnung gebracht und zog sich nun etwa hundert Meter in den dichten Wald zurück, bis er eine felsige Stelle fand, die etwas höher lag als das übrige Gebiet und eine tellerartige Vertiefung aufwies, so daß ein Feuer von unten nicht gesehen werden konnte. Um noch sicherer zu gehen, bedeckte er das Feuer mit einem großen, flachen Stein, der von drei anderen, ähnlichen Steinen getragen wurde, die zusammen eine spaltlose Mauer bildeten. Die vierte, offene Seite dieses Herdes befand sich gegenüber einer großen Esche, und er plante, beim Kochen mit dem Rücken zu diesem Baum zu sitzen.

Er wußte ganz genau, wo er war. Er kannte jeden Baum, jeden Busch und jeden Fels. Letztes Jahr war er hier gewesen, hatte die Stelle bei Tag untersucht und eine genaue Karte gezeichnet. Nach und nach, während der dazwischenliegenden Monate, hatte er den Platz so eingehend studiert, daß er ihn besser kannte als sein eigenes Wohnzimmer.

In der kalten, tintenschwarzen Finsternis sammelte er rasch, ohne die geringste Mühe, kleine Zweige und Holzspäne. Das würde genug Holzkohle zum Kochen geben. Sein Gasfeuerzeug schickte eine lange Flammenzunge in halbzerfallene, welke Blätter, ein dünner Rauchpilz quoll daraus hervor und löste sich bereits in der Höhe von einem Meter in der Nacht auf. Dann zog er sich in die Dunkelheit zurück, ein Dutzend Schritte vom Feuer entfernt, und wartete geduldig und völlig regungslos. Außer dem vereinzelten hohen Gezirpe der letzten Herbstgrillen und dem schwachen, aber lebendigen Geräusch des Flusses hörte man nichts.

Die Nacht war ruhig. Kein Windhauch, der die harzenden Bäume zum Knarren hätte bringen können.
Er ging zum Feuer zurück und holte etwas Suppenextrakt aus seinem Rucksack. Er leerte ihn in eine Tasse, fügte aus der Feldflasche Wasser hinzu und warf die Papierpackung in die Flammen. Mit seinem langen Jagdmesser schürte er vorsichtig einige weißglühende Kohlen aus dem Feuer und bettete die Tasse darauf. Er hatte Hartholzscheiter zum Feuermachen verwendet und würde daher später nur wenig Ruß von der Unterseite der Tasse wegwaschen müssen.
Als die Suppe heiß war, trank er sie und wischte die Tasse mit Blättern rein, die er anschließend den Flammen übergab, wie die Suppenpackung. Er zog ein zweites Päckchen aus dem Rucksack. Es war größer als das erste, in eine Plastikfolie eingeschlagen, und wog ungefähr ein Pfund: ein Steak. Heute nacht war höchstwahrscheinlich das letzte Mal für längere Zeit, daß er ein warmes Mahl zu sich nehmen würde. Er wollte es genießen.
Er stach einen dünnen, zugespitzten Stock durch das Fleisch, dämmte das Feuer zu einem flachen Kohlenherd ein und hielt das Steak darüber. Er hatte sich dieses eine Risiko, das er nicht vermeiden konnte, genau überlegt: Geruch. Er hatte beschlossen, es zu wagen. In etwa zehn Sekunden konnte er seine Campingschaufel losbinden, rasch eine Grube in den weichen Lehm am Fuße des Baumes graben und das verräterische Fleisch einbuddeln. In weiteren fünf Sekunden könnte er auch das Feuer zuscharren. Er hatte diese Handgriffe geübt und beherrschte sie. Es gab noch die unwahrscheinliche Möglichkeit, daß der Geruch ein herumstreunendes Tier, einen Wolf oder einen Kojoten, anlocken würde. Keines dieser Tiere würde es wagen, nahe heranzukommen. Wirklich gefährlich waren nur Bären. Würde einer auftauchen, könnte er in Schwierigkeiten geraten. Bären sind nämlich, obwohl ebenfalls scheu, auch neugierig, und wenn er sein Lager auflassen mußte, könnte ein Bär in wenigen Minuten interessierten Herumschnüffelns genug Asche verstreuen, um ihm am nächsten Morgen eine Stunde Aufräumearbeit aufzuhalsen. Zeigte sich ein Bär in der Nähe, wäre er gezwungen, sich für die Nacht auf einen weniger bequemen und sicheren Platz zurückzuziehen. Das waren beides Gefahren, die er abgewogen und zu riskieren beschlossen hatte.
Er briet das Steak weiter. Nach einiger Zeit nahm er es vom Feuer, zerbrach und verbrannte den spitzen Stock, und als das Fleisch abgekühlt war, zerrte er mit seinen Zähnen daran und verschlang die wohlschmekkenden Happpen wie jedes andere räuberische Wesen.
Hinter ihm lag ein langer, zermürbender Tag. Ursprünglich hatte er geplant, auf einem der vielen Campingplätze entlang des Huron-Sees zwischen der Mackinac-Brücke und der Saint Martin's Bucht ein Kanu zu

stehlen. Der Diebstahl hätte ein gewisses Risiko mit sich gebracht, doch wären die Chancen für ihn eher günstig gewesen. Zu jener Jahreszeit waren die Bootshäuser bereits verschlossen, aber nur wenige waren hinreichend bewacht. Kanus wurden Anfang November üblicherweise kaum gestohlen. Nach sorgfältigen Erkundungen im letzten Jahr hatte er ein Bootshaus gefunden, in das ein Kind hätte einbrechen können, ohne daß es jemand bemerkt hätte.

Theoretisch.

Das Bootshaus lag abseits, an einem schmalen Feldweg, dreihundert Meter vom Haus des Besitzers entfernt, und war von der Hauptstraße erreichbar. Es lag jedoch so weit weg, daß das Motorgeräusch niemanden warnen würde. Noch unglaublicher war aber, daß fünfundzwanzig Leichtgewicht-Metallkanus ganz sorglos nur durch ein Vorhängeschloß an der Tür abgesichert waren. Das Schloß war so schwach, daß man es mit einem starken Hammerschlag aufbrechen konnte.

Und da war auch kein Hund.

Dennoch bestand die minimale Möglichkeit – eins zu tausend –, daß etwas schiefgehen konnte. Dies hatte ihn veranlaßt, stehenzubleiben und zu überlegen, als er am Vormittag an dem Sportwarenladen im Einkaufszentrum vorbeigefahren war und ein Dutzend glänzender Kanus gesehen hatte, die um fünfzig Dollar das Stück zum Verkauf angeboten wurden. Plötzlich gab es, mitten unter den mit größter Sorgfalt durchdachten Plänen, ein unerwartetes Ereignis; eine Entscheidung mußte getroffen werden.

Ein Kanu stehlen oder billig kaufen?

Egal, wofür er sich entschied, er lief Gefahr, als Dieb verhaftet zu werden. Denn der Wagen, den er fuhr, war ebenfalls gestohlen.

Er hatte sich alles folgendermaßen ausgedacht. An jenem Morgen, als er sein Haus verlassen hatte, war er zu einem größeren Bahnhof gefahren, von dem aus Pendler nach Detroit reisten. Er hatte den Koffer mit dem Rucksack (darin das Gewehr, den Lauf abgeknickt) in einem Schließfach hinterlegt und sein Auto in eine nahe gelegene Garage gebracht, wo er die Bremsen und Ventile überprüfen ließ.

Dann war er zum Bahnhof zurückgegangen, hatte seinen Koffer abgeholt und sich auf dem riesigen Parkplatz der Pendler einen Wagen ausgewählt, dessen Besitzer er vorher ausfindig gemacht hatte. Es war ein Mann, den er beobachtet hatte, wie er in einen Zug einstieg, mit allem Drum und Dran, Aktentasche, Zeitung unter den Arm geklemmt; seine beiläufigen Begrüßungsrufe an andere Männer verrieten, daß er ihnen vorher bereits mindestens mehr als tausendmal einen guten Morgen gewünscht hatte. Er sah aus wie ein echter Sklave eines minuziösen Stundenplans. Der Wagen würde nicht vor dem Abend vermißt werden, und bis der Besitzer

zur Polizei kam, und die Polizei seine Nummer an alle Polizeistationen im Bundesstaat durchgegeben hatte, würde er das Auto schon beseitigt haben.
Als er daher die feilgebotenen Kanus sah, fragte er sich, welches Risiko er einging, wenn er auf der Autobahn mit einem Kanu auf dem Dach führe. Er könnte von einem diensteifrigen Gendarmen aufgehalten werden, der kontrollieren wollte, ob seine Ladung gut genug gesichert war. Wenn in den nächsten sechsunddreißig Stunden die Nummer des gestohlenen Wagens durchgegeben würde, wäre es möglich, daß sich der Gendarm an sein Gesicht erinnerte. Irgendwann später könnte das vielleicht peinlich werden. Ja, im nachhinein wäre ein intelligenter Gendarm eventuell imstande, ihn mit mehr in Verbindung zu bringen als mit Autodiebstahl. Vielleicht mit Mord. War das dann nicht eine größere Gefahr als der geplante Diebstahl?
Die zehn Minuten der Konzentration, in denen er sich entschied, waren zermürbender gewesen als ein ganzer Tag harter Arbeit. Klarheit und Entscheidungskraft wichen plötzlich einer Unsicherheit. Er verwünschte sich, daß er in diese Klemme geraten war. Er hätte nie so schwach sein dürfen. Wenn man einen guten Plan gefaßt hat, soll man sich daran halten. Und das tat er schließlich auch. Vor mehr als einem Jahr hatte er den Gedanken verworfen, für diese Aufgabe eigens ein Kanu zu kaufen. Warum befaßte er sich jetzt so intensiv mit dieser Überlegung? Nervosität schien ihm die einzig mögliche Erklärung zu sein.
Trotzdem fragte er sich während der ganzen Fahrt nordwärts auf der Autobahn, ob er das Richtige getan hatte. Er konnte nicht anders, als sich immer wieder diese Frage zu stellen, denn perverserweise sah er, während die Stunden verrannen und die Meilen unter der Haube seines gestohlenen Wagens dahinrollten, keinen Polizisten. Den ganzen Tag über. Nicht einen einzigen.
Die Nacht brach herein. Er gelangte zu dem Bootshaus und wartete, in Gedanken versunken. Jetzt werde ich einen Bullen sehen. Gerade, wenn ich das Schloß abschlage, wird er vorbeikommen. Das erste Mal in fünf Jahren. So geht es immer.
Aber alles lief wie am Schnürchen.
Das Schloß hatte leicht nachgegeben. Rasch hatte er das Kanu auf den gestohlenen Wagen gehoben und mit Gummispannern befestigt. Ungehindert bog er wieder in die Hauptstraße ein. Zwei Stunden später hatte er eine Stelle erreicht, die nur hundert Meter vom Fluß entfernt war. Dort konnte er das Kanu und seinen Rucksack verstecken.
Es war inzwischen zehn Uhr abends geworden, und er war hundemüde. Aber er hatte noch einige Stunden anstrengender Arbeit vor sich, bevor er ans Schlafen denken konnte. Er kehrte um und fuhr sechs Kilometer auf

der Straße zurück, ohne einem Auto zu begegnen oder sonst irgendein Zeichen von Leben zu entdecken, und bog dann in einen stockfinsteren Weg ein, der von der Brandwache benützt wurde und zu einem Sumpf führte. Als er fast dort unten war, schaltete er Scheinwerfer und Motor ab, stieg aus dem Wagen und wartete. Bereit, jederzeit lautlos in den Wald zu tauchen, horchte er auf irgendein Geräusch, das darauf hindeutete, daß ihn jemand dort hinunterfahren gesehen oder gehört hätte.
Aber er hörte nichts, nahm nichts wahr. Er schaltete die Scheinwerfer nicht wieder ein, kurbelte die Vorderfenster hinunter, lockerte die Handbremse, trat zurück, wartete und ließ das natürliche Gefälle des Weges arbeiten. Der Wagen bewegte sich vorwärts. Innerhalb von fünf Sekunden hörte man ein plätscherndes Geräusch, als das Auto ins Wasser tauchte. Dann stiegen Blasen auf. Zuerst ganz leicht, dann wurden sie immer turbulenter, dröhnten immer lauter. Sie klangen wie Donner. Er ging das Risiko ein und knipste die Taschenlampe an, die er aus seinem Rucksack genommen hatte. Der bleistiftdünne Lichtstrahl zeigte ihm nur das Dach des Wagens über dem dunklen, aufgewühlten Schlamm des Teiches. Kurz darauf war es verschwunden.
Er hatte vergangenes Jahr die Tiefe des Tümpels gemessen. Sechs Meter eines langen ausziehbaren Meßstabes hatte er in Wasser und Schlick hinuntergeschoben, bis er auf auch nur annähernd festen Grund gestoßen war. Er knipste seine Lampe wieder aus, verbrachte zehn Minuten mit der Beseitigung der Autospuren am Rande des Teiches und trabte dann wieder zur Hauptstraße zurück.
Auf dem Weg zurück zu seinem Kanu mußte er bloß zweimal ins Gebüsch tauchen. Die Straße war eben, und er wurde rechtzeitig vor den beiden nahenden Autos gewarnt, lange bevor die Scheinwerfer ihn erfassen konnten.
Dann schulterte er das Kanu und trug es zum Fluß, paddelte acht Kilometer lautlos tief in den Wald hinein und schlug sein Lager auf. Es war zwei Uhr dreißig morgens, als er die letzte glühende Kohle des Feuers mit Erde bedeckte und sich in seinem Schlafsack ausstreckte.
Nichts störte seinen Schlaf.
Er erwachte bei Morgengrauen, vergrub beim ersten Licht die Steine, die das Feuer geschützt hatten, und verteilte vorsichtig Blätter und Zweige über den gesamten Lagerplatz. Als er fertig war und seine Arbeit begutachtet hatte, wußte er, daß niemand, außer ein Mann, der sein ganzes Leben im Wald verbracht hatte, erkennen konnte, daß jemand dagewesen war. Und daß es nach einigen Tagen nicht einmal mehr ein solcher Waldläufer erraten würde.
So würde es jeden Tag und jede Nacht sein, bis sein Werk vollendet war. Niemand würde jemals irgend etwas erfahren.

8

VOM WOHNZIMMERFENSTER ihres Motel-Apartments aus beobachtete Greg, wie Martin und Nancy wegfuhren.
»Sie sind nicht verheiratet, das ist klar.«
»Woher weißt du das?« Art lag ausgestreckt da und beobachtete, wie drei Alka-Seltzer-Tabletten an die Wand eines Wasserglases sprudelten. Er fühlte sich krank. Sein Alkoholkonsum in den letzten vierundzwanzig Stunden hätte für alle drei gereicht.
Greg zuckte die Achseln. »Das kann man sehen«, sagte er mit verächtlicher Sicherheit. »Vielleicht an der Art, wie sie schaute, als sie in den Wagen stieg.«
»Schaute oder herumschaute?«
»Herumschaute. So als wollte sie nicht gesehen werden.« Er dachte nach und fügte hinzu: »Vielleicht hätten wir uns vorstellen sollen. Sie war nicht so übel.«
Ken, dessen Augen vom Schlafmangel gerötet waren, kam aus dem Badezimmer und horchte auf. »Ihr seid verrückt«, sagte er. »Beide.«
»Warum?« Greg war plötzlich fröhlich. Er war der einzige, der sich wohl fühlte. Er fühlte sich immer wohl nach einer rauhen Sex-Nacht. Egal, wieviel er trank.
»Ihr habt aus dem Fenster geschaut und sie beobachtet, nicht wahr?« fragte Ken aggressiv. »Was glaubt ihr, wie viele andere das gleiche getan haben?«
»Einer von uns hätte sie in ihrem Zimmer besuchen oder mit ihnen im Auto wegfahren können.«
»Sicher, sicher. Warum gehen wir nicht und lesen gleich jemanden mitten im Rathaus auf?« Ken hielt inne, um Greg mit gespielter Ungläubigkeit anzustarren. »Hat es dir letzte Nacht noch immer nicht gereicht?« Er erinnerte sich vage, daß Greg, als sie damit aufgehört hatten, die Mädchen untereinander auszutauschen, mit der Kleinen namens Sandy ernstlich ans Werk gegangen war und sein Bett nonstop einige Stunden lang laut gekracht hatte, bis das Mädchen, das zuerst nicht genug hatte kriegen können, wimmerte und weinte, er solle doch endlich Schluß machen.
Greg lachte, wandte sich vom Fenster ab und erinnerte sich an Nancys sorgenvollen Blick. Mädchen mit solchen Blicken bemühten sich meistens sehr; sie waren immer bestrebt, zu gefallen. Er riß Art das Glas mit dem nunmehr vollständig aufgelösten Alka Seltzer aus der Hand und stürzte das Gebräu hinunter. Art blieb der Mund offenstehen. »Anderson, du Miststück.«
Greg lachte wieder und küßte scherzhaft Arts kahl werdendes Haupt. Ken

hatte beide satt. Seit sie aufgestanden waren, hatten sie nichts anderes getan als geredet und herumgeblödelt. »Macht schon, gehen wir«, sagte er. »Wir müssen doch noch zum Supermarkt.«
Greg ignorierte ihn. »Hier!« sagte er zu Art. »Das hilft.« Er hielt ihm die Bourbonflasche hin, in der noch ein großer Schluck war.
»Du kannst mich!« fluchte Art. Er ignorierte Gregs Grinsen, ging ins Badezimmer, um sich nochmals Alka Seltzer zu holen, und versuchte, die Bildfetzen der vergangenen Nacht zu einem zusammenhängenden Ganzen aneinanderzureihen. Aber seine Anstrengungen waren vergeblich. Sein Kopf wollte nicht arbeiten. Er konnte sich nicht erinnern, wie die Mädchen ausgesehen hatten, geschweige denn, mit welcher er es getrieben hatte und wie oft.
Er duschte sich eiskalt, und als er angekleidet war, hatten Ken und Greg alles zusammengepackt und waren aufbruchbereit. Greg hielt ihm wieder die Flasche Jack Daniel's Bourbon entgegen.
»Ich meine es ernst. Du wirst dich wie neugeboren fühlen.« Art musterte ihn und griff dann matt nach der Flasche; Greg beobachtete ihn mit erwartungsvoller Ehrfurcht, während er sie leerte.
Der Bourbon, vielleicht ein halbes Glas, brannte, zerrte an Schlund und Magen, verschlug Art den Atem. Und als sie im Wagen saßen, fühlte er sich wieder halb betrunken. Aber es ging ihm besser. Viel besser.
Sie fuhren acht Kilometer auf der Autobahn bis zu einer Ausfahrt, und dann hinunter in eine nahe gelegene Stadt, in der es einen Supermarkt gab. Für die meisten Käufer war es noch zu früh; Ken, Art und Greg hatten den Laden ganz für sich, und beim Anblick des vielen Essens und bei der Vorstellung von all den guten Speisen, die sie erwarteten, besserte sich ihre Laune. Greg stürzte plötzlich einen Korridor hinunter und warf Ken blitzschnell eine walzenförmige Büchse Haferflocken zu. Ken fing sie auf und gab sie mit einem niedrigen Flankenschuß an Art weiter. Die Geschäftsleiterin kreischte. Sie war eine Matrone mit bläulichem Haar und glaubte einen Augenblick lang, es mit drei Verrückten zu tun zu haben. Die ließen sich aber nicht aufhalten, und bald stimmte sie in ihr Gelächter ein.
Die Rechnung machte dreihundertsechsundzwanzig Dollar aus, aber sie hatten auch eine Batterie Bourbon eingekauft, die ausreichen würde, sich zu betrinken und dann wochenlang betrunken zu bleiben. Es lohnte sich also. Sie schleppten drei große Kartons und ein halbes Dutzend Papiersäcke hinaus zum Kombi und ließen die Geschäftsleiterin mit der Überzeugung zurück, sie wären die drei perfektesten Gentlemen östlich der Rocky Mountains. Sie fuhren zu einem Stand am Straßenrand. Seit ihrer Abreise von Ann Arbor waren sie an vielen solchen Ständen vorbeigekommen, billige Buden, die in jeder Jagdsaison wie Pilze aus dem

Boden schossen. Art und Greg kauften jeder einige Schachteln 25er für ihre Remington-Repetierstutzen; dann fuhren sie hinüber zu einer Tankstelle. Greg war der erste, der Martin entdeckte.
»Seht jetzt nicht hin, aber wir haben Gesellschaft bekommen.« Seine Stimme war gedämpft.
»Wer ist es?« fragte Ken hinter dem Steuer.
»Kurbel das Fenster hoch«, befahl Greg.
Ken gehorchte. Das Fenster schloß sich langsam mit einem summenden Geräusch.
»Das Paar vom Motel von gestern nacht«, erklärte Greg. »Das ist der Mann.«
»Sicher?« Ken blickte vorsichtig hin. Martin stand allein bei einer Zapfsäule und zahlte den Tankwart. Nancy war nirgends zu sehen. »Sicher bin ich sicher. Ich erkenne ihn, und ich erkenne die Wagennummer.«
»Wo ist das Mädchen?« fragte Art.
»Dort drüben.« Greg deutete zur Straße hin. Nancy kam die Straße herunter, mit einem Päckchen in der Hand. Sie blieb stehen, um Geld in einen Kaffee-Automaten zu werfen, füllte zwei Becher und setzte ihren Weg zur Tankstelle fort. Sie trug enge Jeans, die ihr kleines Hinterteil betonten, und einen losen Pullover, sie hatte keinen Büstenhalter darunter an, und das Haar fiel ihr weich um die Schultern.
»Wie ich sagte«, fuhr Greg fort, »gar nicht so übel.«
Ken war seiner Meinung, wollte ihm aber nicht so rasch recht geben.
»Ja, schon«, sagte er, »aber Miss America würde sie wohl nicht werden.«
»Hör zu, sie hat ein schönes Paar Baumel-Titten in Übergröße und einen süßen Arsch«, sagte Greg. »Das allein zählt.«
»Auf jeden Fall ist sie zu gut für ihn«, meinte Art.
»Da kannst du Gift drauf nehmen. Er schaut aus wie einer, der glaubt, es gibt nur eine Stelle, wo man ihn hineinsteckt.« Er lachte. Sogar Ken grinste.
Sie beobachteten, wie Nancy Martin den Kaffee brachte. Der Tankwart hatte Martins Wagen vollgetankt und kam nun zu ihnen herüber. »Sie haben uns entdeckt«, sagte Ken. »Tut so, als wären sie nicht da.« Er kurbelte sein Fenster hinunter und bat den Tankwart, den Tank aufzufüllen. Er hatte Zeit genug, zu sehen, wie Nancy einen verstohlenen Blick in ihre Richtung warf.
Dann stiegen sie und Martin ins Auto und fuhren davon.
»Wohin, glaubt ihr, fahren sie?« fragte Greg.
»Kanada.«
»Warum Kanada?«
»Warum nicht?« antwortete Ken. »Wenn du mit einer Biene heimlich ein

Wochenende verbringst, würdest du da nicht nach Kanada fahren? Streng deine Birne etwas an.«
»Vielleicht.«
Sie hörten, wie der Tankverschluß zugeknallt wurde, und der Tankwart kam, um zu kassieren. Ken gab ihm einen Zwanzigdollarschein und wartete auf das Wechselgeld.
»Frag ihn«, schlug Greg vor. »Vielleicht haben sie ihm etwas gesagt.«
»Mußt du immer so doof sein?« fuhr Ken ihn an. »Willst du, daß er sich an uns erinnert?« Greg war manchmal wirklich dumm. Seine übergroße Zuversicht könnte gefährlich werden. Man mußte ihn stets im Auge behalten.
»Wenn sie auf die Autobahn zurückfahren«, sagte Art, »wird es schwierig werden.«
Er hat recht, dachte Ken. Sie müßten es an einem Rastplatz versuchen. Zu dieser Tages- und Jahreszeit ist vielleicht einer leer. »Überlassen wir es dem Zufall«, sagte er.
Er nahm das Wechselgeld und startete.
Greg war besorgt. »Sie haben fast fünf Minuten Vorsprung.«
»Drei«, verbesserte Art.
»Wenn er fünfundneunzig fährt, müssen wir mindestens hundertfünfunddreißig fahren, um sie auch nur einzuholen.«
Ken zuckte die Achseln. »Mach kein Theater. Er trinkt Kaffee, erinnert ihr euch?«
Der Ford schwankte bei der Kehrtwendung, und Ken achtete darauf, daß die Reifen nicht zu auffallend kreischten. Sobald er jedoch die Tankstelle verlassen hatte, gab er Gas. Sie fuhren hundertfünfzig und holten Nancy und Martin ein, gerade als die beiden auf die Autobahn zurückgekommen waren.
Art stellte die logische Frage: »Ich frage mich, warum sie überhaupt heruntergefahren sind, wenn sie nach Kanada wollen?«
Ken erinnerte sich an das Päckchen, das Nancy getragen hatte, als sie die Straße herunterkam. »Drugstore«, rief er. Und dann: »Seht her! Rastplatz.« Er zeigte auf ein Schild, das einen Rastplatz nach drei Kilometern ankündigte. »Drückt die Daumen.«
»Fahr nicht zu nahe an sie ran. Sonst kommen ihnen noch dumme Gedanken.«
Das war schwierig. Martin fuhr langsam, bloß achtzig. Ken stieg fast ganz vom Gas und hielt einen Abstand von zweihundert Metern.
Aber Nancy hatte sie schon entdeckt und wunderte sich. »Marty, dort sind die drei Typen.«
»Was für drei Typen?«
»Hinter uns.«

»Was ist mit ihnen?«
»Die von der Tankstelle.«
»So?« Er warf einen kurzen Blick in den Rückspiegel.
»Sie waren auch im Motel.« Sie drehte sich in ihrem Sitz herum. Der Ford war momentan hinter einer Kuppe verschwunden. Martin lachte. »Privatdetektive?« Er legte seine Hand auf ihren Schenkel.
»Nun ja, sie *könnten* welche sein.« Ihre Stimme klang defensiv.
»Aber Nancy.« Jetzt spottete Martin offen. »Privatbullen kosten zwanzig Dollar die Stunde. Jeder einzelne. Kann sich Eddie das leisten?«
Natürlich konnte er das nicht. Und auch Jean hätte niemals so viel von dem ersparen können, was Martin ihr gab. Außer sie hatte heimlich einen reichen Freund. Und außerdem, seit wann trugen Privatdetektive Jagdkleidung und führten Boote und Motoren am Dach ihres Wagens mit?
Nancy war ruhig und erinnerte sich an die Mädchen am frühen Morgen.
»Martin?«
»Was ist jetzt?«
»Gestern nacht hatten sie Mädchen bei sich.«
»So?«
»Was ich meine – in einem so netten Motel – Mädchen. Ich war erstaunt.«
»Woher weißt du das?«
»Ich habe sie gesehen. Früh am Morgen. Als sie weggingen.«
»Solche?«
»Was heißt, solche?«
Er lachte. »Für Geld.«
»Wahrscheinlich.« Neckend fragte sie: »Hast du schon eine ›solche‹ gehabt?«
Sofort wurde er verlegen und zögerte. »Einmal.«
»Nur einmal?«
Diesmal antwortete er nicht. Sie lehnte sich an ihn und kicherte. »Es macht mir nichts aus«, sagte sie. Männer sind manchmal so komisch mit ihren Geheimnissen, dachte sie. Armer Martin, natürlich hatte er dafür bezahlen müssen. Mit einer Frau wie Jean. Männer waren nicht wie Frauen, die auch ohne sein könnten. Wenn sich ein Mann nicht von Zeit zu Zeit erleichtert, wird er verdreht, deprimiert und schlecht gelaunt. Es machte ihr nichts aus, wenn er zu Huren gegangen war. Es war nicht leicht für einen Mann, eine nette Freundin zu haben, wenn er verheiratet war. Sie schmiegte sich an ihn und sagte: »Ich habe ein neues Parfüm gekauft. Gefällt es dir?« Sie schob ihre Wange ganz nahe an seine. Er schnüffelte.
»Es riecht gut«, sagte er.
»Ehrlich?«

»Ja, wirklich. Ich mag es.«
Sie setzte sich wieder gerade hin und blickte dabei zurück. Der Ford war knapp hinter ihnen.
»Martin.«
Ihre Stimme klang scharf. Er drehte sich um und sah dabei ihre besorgten Augen; diesmal spottete er nicht. Vielleicht stimmte *wirklich* etwas nicht. Er blickte selbst zurück.
Und plötzlich dachte er, ja, sie hat recht. Jemandem zweimal innerhalb von vierundzwanzig Stunden begegnen, das geht. Aber dreimal? In einem Staat so groß wie Michigan? Die Kerle mußten wohl auch nach Kanada fahren. Das war die einzige Erklärung. Viele Jäger fuhren nach Kanada. Aber da gab es noch etwas anderes. Er glaubte sich selbst nicht, als er sagte: »Hör zu, reg dich nicht auf. Viele Leute fahren nach Kanada.« Plötzlich hatte er Angst.
Dann ertönte ein pfeifendes Geräusch, der Ford fuhr seitlich an sie heran, Greg hielt ihnen, halb aus dem Fenster gelehnt, eine Marke hin und deutete auf den Straßenrand. Der Ford brauste vorbei, das rechte Blinklicht zeigte Martin an, daß er auf den Rastplatz fahren sollte.
Nancys Stimme war schrill. »Siehst du? Polizei. Ich habe es dir gesagt.«
»Hör zu, beruhige dich. Wir haben nichts getan.«
Martin stieg vom Gas. Der Ford war stehengeblieben. Greg war ausgestiegen und wartete.
»Wir haben uns als Mann und Frau eingetragen.«
»Dafür wird man nicht verhaftet.«
»Es ist ungesetzlich. Eddie wird es herausfinden. Ich weiß es.«
»Wirst du um Himmels willen den Mund halten?«
»Er wird es tun.« Jetzt klang ihre Stimme fast wie ein Schrei.
Martin hielt an. Es waren keine anderen Autos da. Er fummelte am Handschuhfach.
»Was wollen Sie?« Nancys Stimme war tränenerstickt, aber sie hatte sich nun etwas unter Kontrolle.
»Die Wagenpapiere.«
Martin fand sie und stieg aus dem Wagen. Greg kam gerade von dem Ford zurück, mit finsterer Miene. Art folgte. Martin nahm seine Dokumentenmappe heraus und öffnete sie, um den Führerschein herauszusuchen.
»Was ist los, Inspektor?«
Greg nahm die Mappe, warf einen Blick auf den Führerschein, steckte die Wagenpapiere in seine Tasche und wies mit dem Daumen nach hinten.
»Hinein mit euch.«
»Aber was habe ich getan?«
»Hör zu, Freundchen, diskutier nicht mit mir, oder du verbringst eine Woche im Knast.«

»Aber ich habe doch nichts getan.«
Gregs Griff wurde fester. Seine riesige Hand packte Martin am Genick; mit der anderen faßte er ihn zwischen den Beinen an der Hosenvorderseite und den Genitalien. Martin wurde von der einen Hand vorwärtsgeschoben, von der anderen, unteren, gehoben und zurückgezogen. In Sekundenschnelle war er auf den Beinen und wurde zum Ford befördert. Er war völlig hilflos. Er drehte den Kopf und sah, wie sich die Tür an Nancys Seite öffnete und Art, die Marke vorweisend, sich bückte, um mit ihr zu sprechen.
Dann wurde er wie ein Sack auf den Rücksitz des Ford geschubst. Greg kletterte hinter ihm hinein und sagte zu Ken: »Da ist Romeo. Sanft wie ein Lamm.«
Ken lachte. Nancy erschien, fast weinend vor Schmerz, als Art ihr den Arm auf den Rücken drehte. Er grinste breit.
Greg langte hinaus und zerrte sie so heftig zu sich und Martin herein, daß es ihr den Atem verschlug und sie einen Augenblick lang nicht sprechen konnte. Art knallte die Tür zu. Greg versperrte sie.
»Erste Ausfahrt«, rief Ken Art zu.
Art nickte und ging auf Martins Wagen zu.
Martin fand seine Stimme wieder. »Hören Sie, können Sie uns sagen, was da gespielt wird?«
»Maul halten.«
»Wir haben ein Recht, es zu erfahren, oder?«
»Klappe, habe ich gesagt!« Ken im Fahrersitz drehte sich abrupt um, die Augen weit geöffnet, die Lippen zu einer maskenhaften Grimasse zusammengekniffen.
»Er meint es ernst«, sagte Greg.
Der Ford beschleunigte. Alles hatte sich in weniger als einer Minute abgespielt.
Nancy bekämpfte die Hysterie, die in ihr hochstieg, holte Atem und versuchte, ihrer Stimme einen geduldigen Ton zu verleihen. »Bitte. Wenn Sie uns bloß einen Hinweis geben könnten, was wir getan haben.«
Greg antwortete nicht. Ken beäugte sie im Spiegel, und seine Stimme war kalt. »Für dich gilt dasselbe.«
Sie hörte die Warnung nicht. Sie drängte weiter.
»Bitte. Wir wollten nichts Böses tun. Was immer es war. Bitte.«
Ken warf wieder einen Blick in den Rückspiegel, diesmal auf die Straße. Art fuhr knapp hinter ihnen. Sonst niemand. Jetzt war es an der Zeit. Er hielt den Volant mit seiner linken Hand gerade, drehte sich halb auf seinem Sitz herum und schlug Nancy mit dem rechten Handrücken über den Mund.
Es war ein kurzer, harter, starker Hieb, der ihre weichen Lippen gegen die

Zähne drückte und das Zahnfleisch verwundete, so daß es blutete. Greg griff ein, bevor der Schrei aus ihrer Kehle dringen konnte. Er hielt eine Hand über ihren Mund, so riesig, daß sie fast ihr gesamtes Gesicht bedeckte, und als Martin sich aufbäumte, um sie zu beschützen, drückte er ihm den Ellbogen in den Solarplexus. Martin stieß ein tiefes, grunzendes Geräusch aus und dann ein hohes Quietschen wie ein Schwein, beugte sich vornüber und würgte. Greg ließ Nancys Mund wieder frei, packte sie beim Haar, zerrte ihren Kopf zurück, hielt ihn fest, damit ihr Hals nicht zur Seite kippen und brechen konnte, und schlug sie zweimal ins Gesicht, fest, aber nicht fest genug, um ihr den Kiefer zu zermalmen.

Martin stiegen Tränen in die Augen. »Du Schwein!«

»Was?«

»Du dreckiger Hurensohn!«

Darauf griff Greg nach vorn zum Vordersitz, wo Art sein Gewehr vorbereitet hatte. Er schwang das schwere 35er nach hinten, als wäre es eine Feder, stemmte den Lauf unter Martins Kinn und drückte dabei Martins Kopf gewaltsam gegen das Fenster. Seine Finger umschlossen den Abzug. »Was hast du mich genannt?«

Martin konnte nicht sprechen.

»Mach nur. Sag es noch einmal. Na wird's?«

Ken steuerte den Ford schwungvoll in eine Autobahn-Ausfahrt. »Autos«, sagte er ruhig.

Sie näherten sich einer zweispurigen Asphaltstraße, die unter der Autobahn durchführte und im Westen in den dichten Wäldern der Nordhalbinsel verschwand. Aber es gab eine Tankstelle, einige Geschäfte und Querverkehr.

Greg sagte: »Ein Wort von einem von euch, und es wird euch beiden verdammt übel ergehen. Verstanden?« Er ließ das Gewehr zwischen seine Knie hinuntergleiten, damit man es nicht sehen konnte, legte einen Arm um Martins Schultern, den anderen um Nancy.

Sie hielten an, und Art parkte Martins Wagen auf einem öffentlichen Parkplatz. Er versperrte ihn, kam zurück, setzte sich auf den Vordersitz des Ford neben Ken und überreichte Martin die Schlüssel. »Vergiß nicht, wo du sie hingibst«, sagte er.

Der Ford fuhr wieder los. In einigen Sekunden hatten sie das bebaute Gebiet verlassen, und die Straße war wieder leer. Es war die Bundesstraße 28, die ohne nennenswerte Unterbrechungen, abgesehen von Marquette, hundertachtzig Kilometer weiter am Südufer des Oberen Sees, direkt nach Wisconsin führte. Auf halbem Weg lag Schoolcraft County, eine der schönsten, wildesten, abgelegensten und unverdorbensten Landschaften Nordamerikas. Es gab noch Wölfe dort.

»Okay«, sagte Ken. Langsam, erleichtert atmete er aus. Alles war gutgegangen.
Greg raufte Martins Haar und gab Nancy einen Schmatz auf den Kopf; es gefiel ihm, wie sie roch, und er hielt einen Moment inne, um sie zu beschnüffeln.
Dann nahm er Martins Dokumentenmappe aus der Tasche, gab sie Art und zwinkerte. »Es stimmt, er *ist* Martin Clement.«
Art grinste, blätterte die Mappe durch und pfiff. »Mensch«, sagte er. »Die Versicherungskarten, die einer mittragen muß, alles wegen eines Computerjobs in einer Scheißbank.« Er schloß die Mappe endgültig mit einem scharfen Knall, gab sie Greg zurück, der sie fröhlich Martin in die Tasche stopfte.
Martin rührte sich nicht.
Art sagte: »Okay, Martin. Du bist unschuldig.«
Ken warf einen freundlichen Blick nach hinten. »Vielleicht sollten wir uns jetzt vorstellen. Ich bin Ken; das ist Art. Und Greg. Ken, Greg und Art. Okay?«
Greg streichelte sanft Nancys Haar. Er legte den Arm um ihre Schultern und betastete den Ansatz ihres langen Brustmuskels. »Wie heißt du, Süßes?« Sie antwortete nicht. Er fragte Martin: »Wie heißt deine Freundin?«
»Nancy«, antwortete Martin mit schwerer Zunge.
»Nancy was?«
Martin biß sich in die Lippen. Greg packte wieder Nancys Haar, riß ihr Gesicht herum und zog es ganz nahe an das seine heran. Ein paar Zentimeter, und ihre Lippen hätten einander berührt. »Nancy was?«
»Stillman. Nancy Stillman.« Ihr warmer Atem streifte seinen Mund. Er ließ sie zurückfallen. »Okay«, sagte er. »Tolle Sache.«
Ken sagte beschwichtigend: »Nancy. Das gefällt mir.« Er blickte sie an. »Paßt zu dir. Fürchte dich nicht, Nancy. Wir werden dir nicht weh tun. Setz dich nur ruhig hin und genieße die Landschaft.«
Greg bemerkte Martins leichenblasses Gesicht, schnalzte mit der Zunge und wühlte weiter in Martins Haar. »Marty glaubt, wir sind Psychopathen oder so was.«
Art meinte: »Vielleicht sollten wir ihm etwas über uns erzählen. Das wird ihn beruhigen.«
»Marty«, sagte Ken. »Wir sind alle anständig verheiratet. Wir haben alle Kinder. Ich habe vier, Greg hat vier und Art hat drei. Ich bin in der Werbebranche, Art ist Management-Berater und Greg Geschäftsmann. Baumaschinen. Wir sind, nun –« Er schien einen Augenblick nachzudenken, auf der Suche nach den richtigen Worten. »Nun ja, man könnte wahrscheinlich sagen, wir sind ganz einfach typische Mittelschicht-Stadt-

randamerikaner. Wie du selbst, aber vielleicht mit etwas mehr Geld. Wir haben alle drei ziemliches Glück gehabt. Wir sind erfolgreich. Ich habe gerade –«

Er wurde durch eine Flut von Flüchen unterbrochen, die Greg ausstieß. Er blickte zurück und sah, wie sich ein Ausdruck entrüsteter Ungläubigkeit auf Gregs derben Zügen ausbreitete. »Was ist los?« Automatisch bremste er den Ford.

Nancy saß zusammengekauert da, die Hände über dem Gesicht, ihr Kopf war gebeugt. Greg war halb aus seinem Sitz draußen und wölbte den Rücken, um sein Hinterteil hochzukriegen.

Dann sah Art die feuchten Flecken auf dem Sitz und Gregs nasse Hose. Art krümmte sich vor Lachen, Tränen traten ihm in die Augen. »Nancy hat einen kleinen Unfall gehabt«, sagte er.

»Um Gottes willen!« rief Ken mit gespieltem Entsetzen. Er begann zu lachen. Dann lachte auch Greg. Er legte den Arm um Nancy und drückte sie fest an sich.

Ken stieg aufs Gas, und der Ford fuhr wieder schneller.

9

BALD HATTEN SIE HUNDERTFÜNFUNDFÜNFZIG KILOMETER auf der einsamen Straße der Nordhalbinsel zwischen der Sault Sainte Marie-Autobahn und Marquette zurückgelegt. Der Verkehr war schwach, dichter Wald breitete sich an beiden Straßenseiten aus, und die Dörfer Raco, Hulbert Corners, Soo Junction, McMillan und Seney waren die einzigen Stellen, an denen man achtgeben mußte. Dort verlangsamten sie das Tempo und hielten sich an die vorgeschriebene Geschwindigkeit. Man konnte nie wissen, wo eine Straßenpatrouille lauerte, mit Polizisten, die im warmen Wagen saßen, auf die fallweisen, stockenden Botschaften ihres Radios horchten, rauchten, kauten und wahrscheinlich hin und wieder ein Glas kippten.

Tief im Inneren von Schoolcraft County bog Ken von der Bundesstraße 28 ab, und in Sekundenschnelle war der Ford vom dichten Gebüsch des schmalen Fahrwegs verschluckt.

Art fühlte sich eindeutig erleichtert. Im Gegensatz zu Ken und Greg war er nicht entspannt. Martin gefiel ihm nicht. Der Kerl schien mürrisch und trotzig zu sein, so als könne er unerwartet und unvorhergesehen explodieren. Das war alles Teil des Spiels, sicher, aber trotzdem beunruhigte es ihn. Er hätte einen handfesten Raufbold vorgezogen, den sie zusammenschlagen konnten, oder einen elenden Feigling, entweder oder. Nach einigen Blicken auf Martin und Nancy hatte er nicht mehr zurückgeschaut. Er hätte auch ein jüngeres, lebendigeres Mädchen lieber gehabt, ein weniger schüchternes, weniger weibliches. Nicht, daß es ihm wirklich etwas ausmachte. Wenn er tatsächlich über Frauen nachdachte, dann erschienen sie ihm einfach nur als unendlich viele gesichtslose Klumpen Menschheit. Die einzige, mit der er je Kontakt gehabt hatte, war Pat. Trotz all ihrer Verbitterung und kaum verborgenen Geringschätzung für ihn war sie doch wirklich. Zwischen ihr und ihm gab es die fast greifbare Wirklichkeit des Hasses, so daß er, zu den seltenen Gelegenheiten, bei denen sie ihn zu sich heranließ, doch zumindest die Erregung der Feindseligkeit genoß. Geistig konnte er sie, ohne daß sie es wußte, bestrafen, und er genoß ihre Verachtung während jeder rhythmischen Bewegung des kurzen Sexualaktes. Mit anderen Frauen hatte er aber überhaupt keinen Kontakt, und er benützte ihre Körper nur, um sich einer Phantasiewelt von Geheimnissen hinzugeben, die ihm sonst verboten war. Denn Sex mit einer fremden Frau gestattete ihm, sich in seinem tiefsten Inneren vorzustellen, er wäre mit einem Mann zusammen. Und wenn es zufällig eine Frau war, die er mit Ken und Greg teilte, dann gab es noch den zusätzlichen bittersüßen Genuß, wenn er ihnen zusah, wie sie sie nahmen, und er sich vorstellte, an der Stelle dieser Frau zu sein. Hatte einer von ihnen es jemals erraten? Machte es etwas aus? Bestätigte nicht der Kinsey-Report (und so auch der Psychiater – Pat bestand darauf, ihn fallweise gemeinsam aufzusuchen), daß seine Gefühle ganz normal waren und von vielen anderen Männern geteilt wurden? Auf jeden Fall hatte er noch nie den geringsten Verdacht in Kens oder Gregs Zügen gelesen, noch jemals die geringste Anspielung von ihrer Seite gehört.

Sie kamen zu einem Gittertor. Art stieg aus und öffnete es. Der Ford fuhr langsam durch. Art schloß das Tor hinter dem Auto und stieg wieder ein. Niemand sprach. Nancy und Martin waren bleich. Greg hatte Nancys Platz gesäubert, und seine Hose war fast trocken.

Sie rumpelten noch einige hundert Meter über die Straße und gerieten dann plötzlich in ein heruntergekommenes Touristenlager, das den Winter über geschlossen war: rostiges Eisengitter, ein Schindelhaus mit abblätternder Farbe sowie ein halbes Dutzend schäbiger, kleiner, reparaturbedürftiger Einzimmer-Hütten. Seit August hatte niemand das Gras gemäht, und entlang des Straßenrandes wuchs überall Unkraut, braun, vom Novemberfrost angegriffen; es wand sich an kahlen Bäumen empor, die genauso karg und dürr aussahen.

Ken fuhr zu einer windschiefen Garage. Die Türen waren versperrt. Er zog die Handbremse an und schaltete den Motor ab.

»Hast du den Schlüssel?«

Art zog ihn aus der Brusttasche seiner Jagdjacke und stieg wieder aus.

Ken wandte sich an Nancy und Martin. »Jetzt hört einmal zu, ihr beiden.

Wir müssen alles vom Dach herunternehmen, zwei Boote aufblasen und alles in die Boote packen. Wir haben Motoren, niemand muß paddeln, aber es ist noch weit.«
»Was er meint, ist«, sagte Greg, »daß es euch viel besser gehen wird, wenn ihr mitmacht.«
»Genau.« Ken musterte Martin. »Martin, du denkst offensichtlich daran, davonzulaufen. Nun, ich würde dir raten, es nicht zu versuchen.«
Greg fragte: »Nancy wird nicht versuchen, wegzulaufen, stimmt's, Nancy?« Er drückte sie an sich und lachte, als sie zurückzuckte.
»Okay?« fragte Ken. »Verstehen wir einander?«
Martin fand seine Stimme wieder. »Hören Sie zu. Sie haben sich geirrt. Wir haben kein Geld.«
Greg heuchelte Überraschung. »Mein Freund, alle haben Geld.«
»Wir nicht. Wir könnten miteinander keine zehntausend aufbringen.«
»Bitte«, sagte Nancy sanft. »Ich habe Kinder.«
»Es ist nicht zu spät, uns wieder laufenzulassen«, sagte Martin. »Wir kennen eure Familiennamen nicht. Ich habe eure Autonummer nicht. Ich habe sie nicht gesehen.«
Greg glotzte nur. Ken lächelte schwach.
»Ich habe nichts gesehen«, bat Martin. »Ich schwöre bei Gott.«
Nancy flüsterte mit letzter Kraft: »Bitte, bitte.«
»Alles klar. Ran an die Arbeit«, sagte Ken forsch. Er stieg aus dem Wagen. Greg öffnete die Tür auf Nancys Seite, stieß sie etwas und folgte ihr ins Freie. »Hier geht's raus«, sagte er zu Martin. Martin rutschte hinüber und stieg hinter ihm aus. Greg deutete mit dem Kopf auf das Dach. »Zuerst die Gummispanner. Achtgeben auf die Augen, wenn einer losläßt.«
Martin schrie: »Verdammt noch mal, ihr seid alle verrückt!« Gregs freundliches Lächeln verschwand.
Aber Martin schrie weiter: »Was, zum Teufel, wollt ihr von uns?«
Ruhig fragte Greg: »Hör zu, worauf haben wir uns geeinigt, als du das letztemal halsstarrig warst?« Martin begegnete Nancys Blick. Ihr Kopf bewegte sich unmerklich, und ihre Augen baten stumm »nein«. Martin hielt den Mund und half mit, die gespannten Schnüre loszumachen und dann die Gummiplane über die Ladung zurückzuschlagen. Nancy ging zu ihm, um auch anzupacken. Da hörte sie gleich neben sich ein lautes Geräusch von plätscherndem Wasser. Sie schaute hin. Völlig unberührt, als existierte sie nicht, hatte Greg sein Gewehr unter den Arm geklemmt, seinen Hosenschlitz geöffnet und urinierte nun. Nancy stand wie versteinert da, fasziniert, unfähig zu glauben, was sie sah. Es war nicht die enorme Größe des Gliedes, das war zu unwirklich, um glaubhaft zu sein; sie hatte sich nie vorgestellt, daß ein Mann so aussehen könnte. Es war

eher die bodenlose Unverschämtheit seines Benehmens. Entsetzt starrte sie weiter, bis sie plötzlich erkannte, daß sie dastand und zuschaute. Sie gab sich einen Ruck, wandte sich Martin zu und versuchte, nicht zuzuhören. Ihr schwindelte; alle Kraft strömte aus ihren Gliedern, sie wurde hilflos und schwach. Als Greg fertig war und helfen kam, fühlte sie in seiner Nähe nackte Angst, und sie konnte sich nicht dazu bringen, ihn anzusehen.

In einigen Minuten hatten sie die ganze Ladung freigelegt und holten nun die Schlauchboote herunter, die in Leinensäcke verpackt waren, die beiden Außenbordmotoren, die Propangasflaschen und Kens neues Rohr für den Brunnen.

Greg öffnete die Tür des Kofferraums. »Da. Fangen wir damit an, Nancy?« Er reichte ihr einen schweren Karton mit Lebensmitteln. Mit dem Kopf deutete er auf den Weg, der durch das Unkraut führte. »Dorthin.«

Martin und Ken waren bereits aufgebrochen. Ken führte. Fünfzig Meter weiter lag ein schieferfarbener, ungefähr fünfzig Meter breiter Fluß. Er floß, tief eingebettet, träge dahin, und der immergrüne Wald auf der anderen Seite bildete einen dichten Wall. Nancy folgte ihnen, und Art kam hinter ihr. Greg blieb beim Auto.

Der Pfad war schmal. Martin überlegte, ob er im Gebüsch am Rande untertauchen sollte, wagte es aber nicht. Auf der ganzen Strecke zwischen dem Fluß und dem Kombiwagen würde er sichtbar sein. Sowohl Art wie auch Greg beobachteten ihn. Er verlangsamte seine Schritte, damit ihn Nancy einholen konnte, und verlagerte die Gasflasche von einer Schulter auf die andere. Der schwere Stahl rieb ständig und schmerzhaft.

Dicht hinter ihm flüsterte Nancy: »Martin, was wollen sie?«

»Weiß nicht. Hat etwas mit der Bank zu tun.« Er sprach, ohne den Kopf zu wenden.

»Versuch zu flüchten.«

»Und was ist mit dir?«

»Du mußt. Wir müssen Hilfe finden.«

Martin wollte nachdenken, woher diese Hilfe kommen könnte. Aber alles, was sein Gehirn erfaßte, war das einsame Straßenband, das vierhundert Meter hinter ihnen durch den Wald führte. Wie weit war es bis zu einem Haus oder einem Dorf? Er versuchte, sich zu erinnern. Zehn Meilen weiter hinten – waren da nicht eine Querstraße, eine Bar und ein Lebensmittelladen gewesen?

Aber wenn er es bis zur Autostraße schaffen könnte, würde er zumindest im offenen Gelände sein. Alle paar Minuten fahren dort Autos vorbei, und die drei Kerle würden es nicht wagen, ihm zu folgen.

Sie waren am Flußufer angelangt. Martin stellte seine Flasche nieder und

half Nancy mit ihrer Schachtel. Art kam von hinten heran, und Ken sagte: »Ich werde hierbleiben. Vielleicht bringt ihr die Boote her, damit ich gleich hier laden kann?«
»Okay«, sagte Art. Er winkte mit dem Gewehrlauf zum Auto; er benahm sich so, als wäre das alles eine nette Party, und stach Martin mit dem Gewehr gutmütig in den Hintern. »Gehen wir. Kehrt euch.«
Plötzlich sah Martin seine Chance und versetzte Nancy einen leichten Stoß, damit sie ihm auf dem Pfad vorangehe. Als sie zwanzig Meter zurückgelegt hatten, blieb er absichtlich hinten.
»Geh schon, geh«, sagte Art.
Martin schleppte sich noch einige Meter weiter, drehte sich dann um und sagte: »Hören Sie –«
»Wirst du weitergehen?«
»Ich habe schreckliche Bauchschmerzen.«
Art grinste. »Wenn du fertig bist mit dem Abladen, werden wir uns in den Wald begeben und du kannst etwas dagegen unternehmen.«
Er stieß ihn wieder mit dem Gewehr. Martin sah, daß Arts Finger nicht am Abzug war, sein Herz stockte, wurde schwer wie ein Stein. Brust und Hals wurden ihm so eng, daß es ihm den Atem raubte. Er spürte ein brausendes Geräusch in den Ohren, und eine graue Wand war zwischen ihm selbst und Art.
»Was ist los?« Arts träges Lächeln war verschwunden. Sein Blick verriet leichte Beunruhigung.
Martin packte den Gewehrlauf, schleuderte ihn hoch und gegen Arts Gesicht. Dann hielt er ihn dort, den Bruchteil einer Sekunde zu lange, so daß Art sich wieder besinnen konnte, ihn wegzustoßen versuchte und mit den Fingern den Abzug umschloß. Das gewaltige Dröhnen des Schusses war ohrenbetäubend.
Nancy wirbelte herum und sah Martin und Art ineinander verkeilt kämpfen. Sie wandte sich um und erblickte Greg, der das Schlauchboot, das er in den Armen hielt, fallen ließ und zu seinem Gewehr griff, das an der Tür des Ford lehnte. Sie drehte sich noch einmal herum und erkannte Ken hinter Art und Martin, eingerahmt von zwei Bäumen am Flußufer. Er schickte sich an, loszulaufen.
Nur ein Moment war vergangen. Plötzlich lag Art auf dem Rücken, das Gewehr noch immer in der Hand; Martin stürzte sich blindlings ins Gebüsch, watete durch Stechwinden und Sumach. In Sekundenschnelle war er hinter einer der Sommerhütten verschwunden. Kens Schuß riß ein Stück der Bretterwand von der Ecke der Hütte ab und zischte ins Leere. Auf der anderen Seite der Hütte wurde das Gebüsch spärlicher. Martin rannte vorwärts; zwischen ihm und der Garage, wo Greg beim Kombi stand, lag jetzt das Strauchwerk. Sein Herz pochte, und seine Lungen

stachen. Es war ihm, als wäre er sein ganzes Leben lang gelaufen. Hinter sich hörte er, wie Ken Art etwas zurief und wie Art hinter ihm herstürzte. Jenseits des Hauses war Wald. Martin lief um einen Abfallhaufen – ein verrostetes Auto, eine alte Hundehütte und einen Ofen – herum und tauchte zwischen den Bäumen unter. Er lief immer weiter und hörte das Geräusch von Wasser. Es kam ganz nahe von rechts; es war der Fluß. Er pflügte weiter durch das Dickicht und gelangte auf eine Lichtung, wo er entdeckte, daß er in eine Falle geraten war.

Dort, wo Martin sich nun befand, machte der Fluß eine so enge Schlinge, daß er beinahe wieder in sein eigenes Bett zurückfloß. Das Haus dahinter lag dicht an der Engstelle der Schlinge; als Martin vorhin in den Wald rannte, war er, ohne es zu wissen, nur einen Steinwurf vom Fluß entfernt gewesen, sowohl zu seiner Rechten wie zu seiner Linken. Jetzt steckte er ganz drinnen in der Schlinge, und es gab keinen Weg hinaus, außer gerade nach vorne. Er hörte hinter sich, einige Meter voneinander entfernt, Art und Ken einander zurufen. Er hatte keine Möglichkeit mehr, zurückzukehren, ohne gesehen zu werden.

Gleich vorne am Flußufer lag ein kleines Bootshaus. Die Tür war versperrt. Planlos und ohne eine Vorstellung, wozu, zertrümmerte Martin blindlings ein kleines Fenster und hievte seinen Körper über das Fensterbrett. Plötzlich schien ihm jeder Platz recht als Unterschlupf. Er fiel schwer, mit dem Gesicht voran, auf den feuchten, mit Unrat übersäten Betonboden. Als er sich erhob, schmeckte er Blut. Es floß aus einer Schnittwunde auf seiner Nase, und mehr Blut sickerte aus einer bösen Abschürfung am Kinn. Er sah sich um. Im Halbdunkel erkannte er Ruderboote, ein halbes Dutzend, und ein altes Kanu. An der Flußseite gab es eine Doppeltür, die mit einem Riegel verschlossen war. Er schob den Riegel zur Seite und warf sich gegen die Türflügel. Rostige Scharniere kreischten; die unteren Kanten der Türen kratzten scharf am Beton, aber die Flügel öffneten sich, und Licht und das Geräusch des Flusses strömten herein.

Martin drehte das Kanu um, sah sich um nach einem Paddel. Er entdeckte keines. Er packte ein Ruder, das zusammen mit einem Dutzend anderer in einer Ecke stand, schob das Kanu, Bug voran, eine kurze, seichte Rampe hinunter in den Fluß und kletterte hinein. Er drückte das Ruder hart gegen die Rampe, stemmte sich dagegen und stieß ab. Das Kanu schwankte wild und stieß seitlich vor ins Wasser.

Dann sah Martin Ken und Art. Sie waren keine drei Meter vom Bootshaus entfernt und beobachteten ihn, die Gewehre lässig über die Arme gelegt. Er wußte, daß sie die ganze Zeit dort gewesen waren, während er die Türen geöffnet und das Kanu hinausgeschoben hatte. Sie waren bloß dagestanden und hatten gewartet.

Ken sagte: »Du hast diese Scheiße gebaut, Artie. Er ist dein Täubchen.«
In der eiskalten Ewigkeit, die folgte, beobachtete Martin, wie Art zielte; er sah aber nicht Art, sondern nur das obszöne, runde, schwarze Loch der Mündung des Gewehrlaufs, das direkt auf ihn gerichtet war. In einem Augenblick würde etwas aus diesem Loch herauskommen, so rasch und so hart, daß er es nie erblicken würde. Ein schrecklicher Schock würde folgen, und dann Finsternis. Am schlimmsten war aber, daß es zu spät war, etwas dagegen zu unternehmen. Der Tod – das war jetzt. Er fühlte, wie er innerlich schluchzte, aber kein Ton kam über seine Lippen.
Dann knallten Schüsse. Einer nach dem anderen, so rasch, wie Art nur ballern konnte. Und gleichzeitig spürte Martin ein heftiges Zerren an seinen Füßen. Holzsplitter flogen, und etwas Kaltes umspülte unmittelbar darauf seine Fußgelenke. Starr setzte er sich hin, kehrte in die Wirklichkeit zurück. Der Bug des Kanus war zur Hälfte weggeschossen; Wasser strömte herein. In weniger als einer Minute war das Kanu in einem halben Meter eisigen Wassers sanft auf dem schlammigen Grund festgefahren.
Ken lachte, schüttelte den Kopf und wandte sich ab. Art wartete, ohne zu lächeln, bis Martin starr vor Kälte an das Ufer zurückgewatet war.

10

IN DER ABENDDÄMMERUNG ERREICHTEN SIE IHR ZIEL. Der Fluß weitete sich zu einem ungefähr zweihundert Meter breiten und eineinhalb Kilometer langen See. Dann wurde er wieder enger und schlängelte sich durch die endlosen, wogenden Wipfel des schweigenden Waldes.
Das Gebiet war vor der Jahrhundertwende stark gerodet worden. Jetzt war der Wald wieder nachgewachsen; Kiefern herrschten vor, sie hatten sich vermehrt und ihre volle Größe erreicht; Ahorn, Esche, Buche und Waldeiche waren dazugekommen. In jener längst vergangenen Zeit war eine kleine Sägemühle illegal und eilig gebaut worden, auf einem Stück Land, das einmal eine Halbinsel mit felsigem Steilufer gewesen war, die wie eine Zunge in den See stach. Hier waren Baumstämme, die über den See oder stromabwärts trieben, gesammelt, geschält, zu groben Brettern zersägt und auf einheitliche Länge zugeschnitten worden; im Winter hatte man sie dann mit Schlitten zu einer längst aufgelassenen, einige Kilometer entfernten Eisenbahnlinie und schließlich zu den neuen, aus dem Boden schießenden Städten der Ebenen des Mittelwestens gebracht. Heute war der Wasserspiegel des Sees dank des Fleißes von Generationen von Bibern gestiegen. Der niedrige, schmale Hals der Halbinsel war verschwunden, wodurch sich das höher gelegene Land der Halbinsel

selbst in eine Insel verwandelt hatte, die vom Ufer durch einige hundert Meter schultertiefen Stauwassers getrennt war, hier und da unterbrochen von büscheligen Hügeln von Sumpfgras und vereinzelten astlosen Baumstämmen, die wie einsame Maste verlassener Schiffswracks aus der Wasserfläche ragten.
Die Mühle selbst war noch sichtbar unter den Bäumen, der Schlot aus Ziegelsteinen zerbröckelte, das derbe Schindeldach war arg durchlöchert und von dunklen Moosflecken bedeckt, die Planken der Wände waren silbrig zerfasert von Jahrzehnten nördlichen Frostes und den kurzen Zeiten brennender Sonnenhitze in den Monaten Juli und August.
Und nicht weit davon entfernt, in einer unterholzfreien Lichtung, nahe beim See, stand Kens, Gregs und Arts Jagdhütte.
Martin sah sie zuerst, als sie den See hinauffuhren, der jetzt eine spiegelglatte violette Fläche unter einem nur wenig helleren Himmel war, auf dem die letzten tastenden Finger des rasch verblassenden nördlichen Sonnenunterganges entlangglitten.
Er stupste Nancy. Vor Kälte fröstelnd, blickte sie verstohlen hin. Ihre halbgeschlossenen Augen streiften rasch den See und verweilten auf dem dunklen Gestein des Strandes, den überhängenden Immergrünpflanzen und dem dichten Gebüsch, das hier und da unterbrochen wurde durch den silbrigen Leichnam eines längst umgestürzten Baumes, verkrümmt und knorrig durch die Einwirkung von Zeit, Eis und Seewasser.
Sie sah die Jagdhütte nicht ohne Schwierigkeit, denn das Häuschen paßte sich so gut der Umgebung an, daß es mit ihr fast eins zu sein schien. Die Hütte war fest gebaut, mit sorgfältig abgedichteten Außenwänden aus Holzbalken. Sie hatte ein niedriges, abfallendes Schindeldach, das an der Seeseite über eine aus breiten Planken gebaute Eingangsterrasse vorragte, die etwas erhöht und über zwei Steinstufen erreichbar war. Die Fenster zu beiden Seiten der Eingangstür waren gegen Eindringlinge fest mit Läden verschlossen, und die Hütte wirkte, obwohl irgendwie einladend, doch unheilvoll – und zwar wegen ihrer vollständigen Isoliertheit. Als Nancy sie betrachtete, empfand sie dasselbe wie ein Gefangener, wenn sich nach Verhandlung und Urteilsspruch die Zellentür endgültig hinter ihm schließt. Sie hatte eine dunkle Vorahnung, daß sicherlich bald ein neuer, noch nie geträumter Alptraum beginnen würde.
Ken drosselte den Motor. Einen Augenblick später stieß der Gummibug des Schlauchboots sanft knirschend gegen das Ufer unterhalb der Hütte, das aus Schottersand bestand.
»Endlich daheim«, sagte Ken.
Sie waren vier Stunden lang bei ziemlich raschem Tempo auf der Wasserstraße in den Wald hinein unterwegs gewesen. Erst vor sechs Stunden waren Nancy und Martin gekidnappt worden.

Ken war, nachdem sie Martin eingefangen hatten, wieder zurückgekommen, kurz darauf traf Art mit dem armen Martin ein, dessen Augen stumpf waren vor Angst und Hoffnungslosigkeit. Bevor sie die Boote bestiegen, bestrafte ihn Art öffentlich. Lächelnd erklärte er, daß Kaugummi Martins Adrenalinspiegel wieder auf gleich bringen würde und damit auch seine Stimmung. Er holte seine eigenen, gut durchgekauten Klumpen aus dem Mund, zwängte ihn Martin zwischen die Zähne und befahl ihm, zu beteuern, wie gut es ihm schmeckte. Als Martin sich zuerst weigerte, knallte Art den Lauf seiner 35er-Flinte zwischen Martins Beine, der daraufhin vor Schmerz zusammenklappte. Dann spannte Art den Hahn und richtete die Mündung auf Martins Genitalien.
»Sag: ›Es schmeckt gut, Art.‹«
»Es schmeckt gut.«
»Art.«
»Art.«
»Besonders – besonders, weil du heute früh nicht die Zähne geputzt hast.«
»Nachdem du gestern nacht Bourbon gekotzt hast.«
Martin begann, wie ein Kind zu weinen.
»Kau, du dreckiger kleiner Arsch.« Ein scharfer Gewehrstoß.
Martin schrie und kaute.
Und Nancy würde nie ihr eigenes, geringeres Elend vergessen. Geringer, aber trotzdem eine Qual. Als die erschöpfende Arbeit des Beladens der Schlauchboote getan war, wurden sie und Martin in ein Boot gesetzt, das Ken steuerte. Greg und Art im anderen Boot blieben nahe bei ihnen. Sie fuhren los, und Ken begann, sie über ihr Privatleben auszufragen. Sanft. So sanft und höflich, daß es manchmal unmöglich war, daran zu denken, wer er war. Und gleichzeitig mitleidlos und unnachgiebig. Er bestand auf Antworten. Und wenn Nancy sie nicht freiwillig gab, überführte er sie durch rücksichtslose Kreuzverhöre.
Was arbeitete ihr Mann, wieviel verdiente er, warum schlich sie sich übers Wochenende mit Martin fort? War es nur wegen des Spaßes im Bett oder war es etwas Ernstes? Hatte sie andere Affären gehabt? Wie war es vor ihrer Heirat gewesen? Hatte sie bessere Liebhaber als Martin gehabt, oder waren sie nicht so gut gewesen? Und wie war Martins Frau? Hatte sie sie jemals getroffen? Und log Martin nur, oder wollte er Jean wirklich verlassen?
Kens Augen hatten gelächelt, er hatte ganz durch sie hindurchgesehen und die Lügen und Halbwahrheiten, zu denen er sie zwang, durchschaut, so daß am Ende alles zwischen ihr und Martin schmutzig, billig und unehrlich erschien. Sie hatte sich noch nie so nackt und verletzbar gefühlt. Sie wagte es nicht, Martin anzublicken.
Ein- oder zweimal hatten sie ein Reh gesehen und einen Fuchs überrascht,

der sie von einem Felsen herab beobachtete. Auch einem Biber waren sie begegnet. Aber sie hatten weder ein Haus entdeckt noch überhaupt ein Zeichen der Anwesenheit von Menschen.
Jetzt hatten auch Greg und Art angelegt; sie sahen sich um, erfreut, wieder zu Hause zu sein, und Ken befahl den anderen ruhig, die Lebensmittel und den Alkohol auszuladen und sich in Bewegung zu setzen.
»Mach schon, Martin, um Himmels willen. Ich sterbe vor Hunger.« Das war Greg, riesig und fröhlich. Er bepackte Martin mit einer Kiste Bourbon. Ken hob eine andere hoch und ging gleich über die Lichtung hinauf zur Hütte. Greg lachte wieder, schlug Nancy spielerisch auf das Hinterteil, über dem sich die Blue Jean spannte. »Ich rate dir, sei eine gute Köchin«, sagte er, reichte ihr eine Schachtel mit Lebensmitteln und schubste sie. Dann folgten er und Art mit den Gasflaschen. Sie beeilten sich. In einer halben Stunde würde die Nacht hereinbrechen.
Ken erreichte als erster die Hütte. Er rasselte mit den Schlüsseln, und gleich darauf sprang die Tür auf. »Wartet hier«, sagte er und verschwand im finsteren Inneren. Greg und Art stellten die Flaschen nieder und kehrten zu den Booten zurück. Nancy und Martin warteten folgsam, zu schwach, um zu sprechen. Martin hatte keine Chance mehr gesehen, davonzulaufen. Auch wußte er, daß er es, sollte sich plötzlich und wie durch ein Wunder ein Ausweg finden, keine zwanzig Meter durch das Gebüsch schaffen würde, daß seine Beine nachgeben und er vornüber auf den gefrorenen, lehmigen Waldboden fallen würde.
»Geschafft«, verkündete Ken. Sein Feuerzeug flammte auf, und fast unmittelbar darauf war der Raum vom hellen, grellen Licht der Aladin-Gaslampe erleuchtet.
Nancy und Martin traten ein. Es roch schal, muffig und dumpf.
»Gefällt es euch?« In Kens Stimme lag der Stolz des Besitzers. Sie sahen einen großen Raum mit einem offenen Kamin in der Ecke, darüber einen Hirschkopf und eine Reihe von alten Vorderlader-Doppelflinten.
Das Zimmer war gemütlich und geschmackvoll eingerichtet; da gab es einen langen Eßtisch aus Hartholz, ein altes Regal aus Kiefernholz, auf dem Teller standen und Tassen aufgehängt waren, einige Lehnstühle und eine Couch beim Feuer und zwei Sitzbänke entlang der beiden Wände unter den Fenstern, die in einer beleuchteten Ecke, in der sich Bücherregale befanden, zusammenstießen; auf dem Bretterboden lagen verstreut einige handgewebte Baumwollteppiche. Das Dach war zugleich die Decke, mit grob behauenen Balken und nicht zu hoch, so daß der Raum nicht an Weite verlor. Gleich rechts neben dem Eingang führte eine offene Doppeltür in die Küche. Vom hinteren Teil des Zimmers aus konnte man über zwei Stufen zu einer Art Loggia hinuntersteigen, in der sich ein modernes Badezimmer mit einer kleinen Duschkabine und ein

recht großes Schlafzimmer mit drei Betten befanden. Über allem lag eine dünne Staubschicht, und tote Insekten, die im Sommer hier hereingeraten waren, übersäten Boden und Möbel.

Sobald Ken die Lampe angezündet hatte, führte er Nancy und Martin in die Küche, wo er ebenfalls die Lampe anzündete, die in einem altmodischen viktorianischen Schirm von der Decke hing.

»Da wären wir, Nancy. Ich würde sagen, du beginnst gleich zu kochen.«

Er blickte automatisch auf die Uhr, dann öffnete er ein Fenster über der breiten Nirosta-Doppelspüle und entriegelte die Fensterländen, so daß das letzte Graulila der Abenddämmerung hereindrang. »Heute abend koche, was dir am leichtesten fällt. Uns ist es egal. Spaghetti wären fein.«

Er deutete auf einen Gasherd mit vier Kochstellen. »Die Gasflaschen stehen draußen. Es sollte genug in der einen sein, an die er jetzt angeschlossen ist.«

Ken öffnete die Türen der Kiefernholzschränkchen über und unter der beschichteten Arbeitsfläche. »Büchsen und Alkohol sind da unten«, sagte er. »Trockenes Zeug und Kartons da oben. Dieser Schrank hier ist isoliert und hat hinten einen Schlitz, damit Luft hereinströmen kann. Hier bewahren wir Fleisch und verderbliche Lebensmittel auf, mit dem Trockeneis, das du gesehen hast.«

Er schloß die Schränkchen und drehte den Wasserhahn über der Spüle auf. Luft zischte heraus. »Greg wird in einigen Minuten das Wasser angeschlossen haben. Wir pumpen es aus einem alten Brunnen, der aus der Zeit stammt, in der dieses Gebiet gerodet wurde. Er funktioniert gut. Aber laß es eine Minute laufen, damit der Rost herauskommt.«

Dann wandte sich Ken zu Martin und sagte weniger freundlich: »Jetzt gehen wir aber. Du hast uns am Anfang aufgehalten. Mindestens eine halbe Stunde. Wir werden doppelt so lange brauchen, weil wir jetzt im Finstern erledigen müssen, was wir sonst vor Sonnenuntergang gemacht hätten.«

Plötzlich sprach Nancy: »Wieso glauben Sie, daß ich Ihre Mahlzeiten kochen werde?«

Zuerst war Ken überrascht, dann lächelte er. »Du wirst.«

Sie antwortete absichtlich langsam: »Nein, ich werde nicht. Wenn Sie zum See zurückgehen, werde ich zur Tür hinausgehen, und ihr werdet mich nie wiedersehen.« Sie starrte ausdruckslos auf die Spüle. Sie hatte sich nicht bewegt, seit sie den Lebensmittelkarton niedergestellt hatte.

Sanft fuhr Ken fort: »Aber Nancy, so darfst du nicht reden.«

»Wie, zum Teufel, glauben Sie, soll sie reden?« brach es aus Martin hervor. »Soll sie vielleicht singen und tanzen?«

Langsam drehte sich Ken zu ihm, und jeder Ausdruck wich aus seinen Augen. Seine Stimme war weich. »Hör genau zu, Martin. Ich werde es nicht wiederholen. Das nächste Mal werde ich Art damit beauftragen. Ja? Es geht um folgendes: Wir müssen noch einige Zeit miteinander auskommen, und diese Hütte ist nicht besonders groß. Eines der ersten Dinge, die man beim Kampieren lernt, ist Höflichkeit. So vermeidet man, einander auf die Nerven zu gehen. Verstanden?«

Wieder lächelnd wandte er sich Nancy zu. »Du bist ein intelligentes Mädchen. Du wirst es dir einige Minuten überlegen und dich fürs Kochen entscheiden.« Er bückte sich plötzlich und zog unter der Spüle eine lange, in der Balkenwand verankerte Kette hervor. An einem Ende war ein Fußeisen. Mit einer raschen, lässigen Bewegung ließ er es um Nancys schlanke Fessel zuschnappen. Dann sprach er weiter, in freundlichem Ton, als wäre überhaupt nichts geschehen. »Sauce brauchst du keine zu machen. Es gibt ein paar Dosen Sugo da unten. Die mußt du nur aufwärmen.«

Von draußen drang unerwartet das Knattern eines kleinen Gasmotors herein, die Abendstille zerschmetternd.

Ken hob die Stimme. »Das ist das Wasser. Es braucht fünfzehn Minuten. Es wird in die Tanks auf dem Dach gepumpt.« Er zeigte zur Decke, die, anders als jene im Wohnzimmer, aus flachen Brettern bestand und niedriger war. »Wir machen es gewöhnlich jeden Morgen.«

Dann nahm er Martins Arm, um ihn aus der Küche zu steuern. Martin schüttelte ihn heftig ab und sprang zurück.

»Sie haben sie angekettet!« Seine Stimme klang ungläubig.

Nancy hatte sich noch immer nicht bewegt. Aber jetzt untersuchte sie die Kette, und ihre Augen waren plötzlich nicht mehr blicklos und leer. Sie waren wach und scharf, mit einem Male verstand sie.

»Wie einen Hund!« schrie Martin. »Sie haben sie angekettet!«

»Es tut nicht weh«, sagte Nancy. Es klang fast erleichtert, als hätte sie eine Entscheidung getroffen.

»Gehen wir, Marty.« Ken nahm wieder seinen Arm. Sein Griff war fest. Martin gehorchte und ging, halb zu Nancy gewandt, durch die Tür, die Augen noch immer auf die Kette und das Fußeisen geheftet.

Als sie draußen waren, rebellierte er wieder. »Aber warum sie? Ihr wollt doch mich. Die Kette ist doch für mich, nicht wahr?«

»Vielleicht«, sagte Ken. »Aber sie war diejenige, die ankündigte, sie würde spazierengehen.«

Er weigerte sich, mehr zu sagen, und nachdem er Martin den halben Weg zum See geführt hatte, gab Martin auf. Er schleppte eine halbe Stunde lang Vorräte, bis die Boote leer waren. Dann zogen sie sie herauf, aus der Reichweite möglicher Sturmwellen.

Als Martin in die Küche zurückkam, brannten auf dem Herd zwei Gasflammen. Es war warm und roch nach kochendem Reis und den

Knoblauchzehen, die Nancy gehackt hatte. Martin verspürte einen Schock. Sie kocht also doch. Warum? Als sie seine Überraschung sah, lächelte sie sarkastisch. »Weißt du was? Das ist das erste Mal, daß ich dir ein Essen koche.«
»Das ist gar nicht komisch.«
»Aber es ist wahr.«
Er verstand ihre an Heiterkeit grenzende Ruhe nicht. Er fragte sich immer wieder verzweifelt, was sie dazu bewogen hatte, doch zu kochen. Aus irgendeinem Grund, den er ebenfalls nicht verstand, hatte er Angst, zu fragen. Aber irgendwie fühlte er, daß sie sich selbst und ihn hintergangen hatte. Er hatte Aggressionen gegen sie und mußte sich zum Sprechen zwingen. »Kann ich dir helfen?« Er vermied es sorgfältig, hinunterzuschauen. Sie stand beim Herd, und er wußte, daß der ganze Küchenboden von der schwarzen Linie der Kette durchschnitten war. Er glaubte nicht, daß er den Anblick ertragen könnte.
»Ist da draußen alles erledigt?«
»Sie sagten mir, ich solle hineingehen.«
»Du kannst ein paar Büchsen öffnen. Da.« Sie schob ihm welche über den Küchentisch hin. »In diesen beiden ist Paella. Und da sind Pfirsiche. Zum Nachtisch. Darin sind Artischockenherzen und da Erbsen. Der Büchsenöffner ist dort.«
Martin schaute hin. Das Gerät war neben der Tür an der Wand befestigt. Er trug eine Dose hinüber, während Nancy etwas Speiseöl in eine große Bratpfanne schüttete und großzügig Pfeffer und einige Kräuter hineinstreute, die sie gefunden hatte.
Martin flüsterte ihr zu: »Sie trinken viel.«
Nancy antwortete nicht. Sie war damit beschäftigt, das Öl zu erhitzen, und drehte die Pfanne so, daß es vom tiefer liegenden Rand zur Mitte rann. »Verdammt, kann niemand eine anständige Pfanne konstruieren?« Sie warf den gehackten Knoblauch hinein.
»Vielleicht ist das die Antwort«, sagte Martin. »Man muß sie stockbesoffen machen.«
»Wo ist meine Paella?«
Er trug ihr die offene Dose hinüber. Sie enthielt nur die Fleischzutaten, getrocknete, gehackte Pilze und Gemüse. Nancy leerte den Inhalt in die Pfanne und breitete ihn mit einer Gabel aus. »Wo ist die andere?«
Sie zerrte an Martins Nerven. »Mußt du wirklich so reden, als mache es dir Spaß?«
»Spaß machen – was?«
»Das Kochen.«
»Ich koche für mein Leben gern.«
»Ich meine, kochen für *sie*.« Seine Stimme zitterte vor Anspannung. Er

packte grob ihren Arm. »Was, zum Teufel, führst du im Schilde? Was ist los mit dir?«
Sie riß sich los. »Martin, was willst du, daß ich tue?«
»Du brauchst nicht so dreinzusehen, als mache es dir Spaß.«
»Es macht mir keinen.« Einen Augenblick lang wich aller Mut aus ihren Augen, und sie sah verloren aus, zerknirscht, wie sie es im Auto gewesen war.
»Dann hör auf damit!«
Sie nahm sich mit sichtbarer Anstrengung zusammen. »Es ist auch unser Essen«, sagte sie. »Wir werden nicht weiterkommen, wenn wir gegen sie kämpfen. Wir können nicht. Wir müssen mitspielen, ob es uns paßt oder nicht. Bis wir sehen, was geschieht. Es ist die einzige Möglichkeit.«
Sie hatte recht, und er wußte es. Aber ihm wurde übel, wenn er daran dachte, auch nur einem von ihnen ins Gesicht zu blicken. Alles, was er denken konnte, war, ein Gewehr in die Hand zu bekommen und es auf sie zu richten. Er war nicht beim Militär gewesen. Wie war es, einen Hahn zu spannen, ein lautes Geräusch zu hören und zuzusehen, wie ein Mann fällt und im selben Moment zu etwas gänzlich Unbeweglichem wird? Man konnte sich niederbeugen und ihn schütteln und mit ihm sprechen, und er würde sich nie mehr bewegen oder antworten. Martins Herz war schwer vor Angst.
Er öffnete die zweite Paellabüchse, und Nancy schüttete das Reiswasser ab und vermengte den Reis mit dem Inhalt der Dose in der Bratpfanne. Nachher ergriff sie spontan Martins Arm, küßte ihn auf die Wange und lächelte schüchtern. »Wir werden schon einen Weg finden«, sagte sie. »Ich bin sicher.«
Greg erschien in der Tür. »Himmel, Nancy, das riecht gut. Wann essen wir?« Sein Lächeln war durch und durch freundlich. Er nahm eine Bourbonflasche aus dem Schränkchen und öffnete den Schraubverschluß.
»In zehn Minuten«, sagte Nancy.
Er hielt ihr die Flasche hin und kratzte sich völlig unbewußt zwischen den Beinen. »Willst du einen Schluck?«
Sie tat so, als hätte sie nichts gesehen, und sagte: »Danke.« Ganz beiläufig ergriff sie die Flasche, goß sich zwei Finger Whisky ins Glas und fügte etwas Leitungswasser hinzu. Sie war formell, ohne unhöflich zu sein, aber Martin wurde es kalt im Magen, und er hörte, wie das Blut in seinen Ohren dröhnte.
Dann sagte Nancy ruhig: »Zehn Minuten, und nun hinaus mit Ihnen. Sie machen mich nervös.«
Sie schob Greg zur Tür hinaus.
Er war überrascht, dann grinste er, schwenkte die Flasche zu einem angedeuteten Gruß und fragte Martin: »Was ist mit dir? Schluck?«

Martin antwortete nicht. Er konnte nicht. Er schaute zu Boden, steif und unnachgiebig.
Greg zuckte die Achseln, blickte ein letztes Mal auf Nancy, die ihre Pfanne schüttelte, damit der braun werdende Reis nicht am Boden kleben bleibe; dann vermengte Nancy den Reis mit der brutzelnden Paella.
Greg ging hinaus. Martin glotzte ihm nach, dann starrte er auf Nancy. Sie nippte an dem Getränk und machte sich wieder ans Kochen. Er blickte auf die Kette hinunter. Sie sah obszön aus, gräßlich, eine lange schwarze Schlange, die in Windungen dahinglitt, wenn Nancy sich bewegte. Nancy hatte ein Schwammtuch in das Fußeisen gesteckt, um ihr Fußgelenk vor der Reibung zu schützen.
Aus dem Nebenraum hörte man Gelächter und das Knistern des Feuers. Art spielte leise auf einer Mundharmonika.
Es konnte nicht wahr sein, nichts davon. Gestern nacht um die gleiche Zeit, dachte Martin, hatten sie gerade die Mackinac-Brücke überquert, und das einzige, woran er gedacht hatte, war, Nancy zu füttern, auszuziehen und ins Bett zu kriegen.
Mechanisch begann er die anderen Büchsen zu öffnen.

11

ALS DAS ABENDESSEN AUFGETRAGEN WURDE, waren sie bereits auf dem besten Weg, betrunken zu werden. Nachdem sie Nancys Kochkunst gelobt hatten, begannen sie, Toasts auszubringen. Der erste galt ihr, der Köchin. Martin, der nicht trank, weil bei ihm Verdacht auf ein Magengeschwür bestand, stach aus der Gruppe heraus wie ein böses Omen, und Greg zwang ihn, ein halbes Glas Bourbon hinunterzustürzen, und dann noch eines.
Später, als sie alle zu Bett gegangen waren und die Hütte finster und ruhig dalag, war ihm davon schlecht geworden. Eine zweite Kette mit Fußeisen war aufgetaucht; sie war an der Wand des Wohnzimmers unter einer der Sitzbänke befestigt. Diesmal war Martin dran.
»Tugend wird belohnt«, hatte Ken gesagt, als er Nancy freiließ. Was er wirklich meinte, war, daß sie es nicht wagen würde, jetzt allein in den eiskalten Wald zu fliehen. Er wußte es. Sie wußte es. Sie war eine Gefangene, ob angekettet oder nicht.
Aber Martin war nicht Nancy. Da stand er nun draußen auf der Terrasse, lehnte sich über das Geländer und würgte, den beißenden, süßlich-scharfen Gestank von Bourbon und Galle in der Nase und zwischen den Zähnen, und seine Kette war über die ganze Länge straff gespannt, das Eisen schnitt in sein Fußgelenk.

Drinnen kauerte Nancy in eine Decke gehüllt auf einer der Bänke und wartete. Sie hatte sich den ganzen Abend lang gut gehalten, seit sie beschlossen hatte, mitzuspielen. Ihr Gehirn war leer, ihr Kopf schien ihr ganz leicht zu sein nach der Anstrengung, und sie fühlte einen Druck auf ihren Lungen, irgendwo unterhalb der Rippen, wie von einem Eisenband. Es war der Schmerz von der stundenlangen Anspannung. Um nichts in der Welt hätte sie sich aufraffen können, um Martin zu helfen. Sie wußte, daß sie einen Punkt erreicht hatten, an dem keiner mehr imstande war, sich um den anderen zu kümmern. Obwohl zusammen, waren sie ganz allein.

Während des Abendessens hatte sie auf die Vergewaltigung gewartet. Das mußte geschehen. Sie hatte sich seelisch darauf vorbereitet; nichts konnte schlimmer sein als Eddie. Sie hätte ihnen ohne Protest erlaubt, einander abzuwechseln; eine Frau stirbt nicht am Geschlechtsverkehr. Sie wurde nur schwanger. Aber sie betete, daß sie sie nicht schlagen würden.

Sie und Martin mußten mit ihnen am Tisch sitzen. »Eine große, glückliche Familie«, hatte Art gesagt. Sie hatten sie zwischen Ken und Greg gesetzt. Greg hatte einmal absichtlich ihre Brust mit dem Rücken seiner riesigen Hand gestreift, als er nach etwas langte; sie wußte, daß es Absicht war, das wußte eine Frau immer. Aber sie hatte nichts gesagt, und er auch nicht. Dann war Art schließlich umgekippt, und nachdem ihn Ken und Greg zu Bett gebracht hatten, war Ken zurückgekommen, um ihr und Martin das Badezimmer zu zeigen; er war bei Martin geblieben, während er die Toilette benützte und sich die Zähne putzte, hatte sie dann aber allein gelassen und ihr sogar gezeigt, wie man die Tür versperrte. Es war wie in einem Alptraum. Ken spielte den umsichtigen Gastgeber, und sie waren einfach willkommene Gäste, die mit ihnen das Wochenende verbrachten.

Später hatte er ihnen Decken und Kissen gebracht, hatte Martin angekettet, die verglühenden Kohlen zusammengeschürt und war gegangen. Die Schlafzimmertür war diskret geschlossen worden. Nach einigen Minuten war der Lichtspalt, der noch unter der Tür hervorgedrungen war, verschwunden.

Stumpf hatte Nancy zwei Betten hergerichtet, sich auf eines gelegt und das Licht ausgeschaltet. Ken hatte Zigaretten zurückgelassen, und sie rauchte. Bald würden sie kommen. Wahrscheinlich zuerst Greg, dann Ken. Vor Art war sie heute nacht sicher. Mein Gott, wenn sie sie gebrauchen wollten, dann bitte schnell, damit sie es hinter sich hatte.

Niemand kam.

Dann wurde Martin übel.

Jetzt kehrte er zurück und sank erschöpft auf seine Bank, zog die Decken hoch und zitterte haltlos. Nancy setzte sich auf und legte eine Hand auf

seine Stirn, die sich kalt und feucht anfühlte. Nancy hüllte sich noch enger in ihre Decke und setzte sich neben Martin.
»Geht es dir jetzt besser?« flüsterte sie.
»Ja. Mann, wie kann jemand so was trinken?«
Sie drückte ihre Zigarette aus, zündete sich eine neue an und versuchte, den Mut zu finden, ihm zu sagen, was sie sagen wollte. Die Worte formten sich noch nicht in ihrem Gehirn, deshalb redete sie von etwas anderem. »Es ist eine Neun-Dollar-Flasche.« Das war eine dumme Bemerkung, sie wußte es, aber sie mußte mit irgend etwas beginnen. Sie hörte die Veränderung im Rhythmus seiner Atmung, vielleicht war er irritiert. Schnell fuhr sie fort: »Ich meine damit nicht, daß der Bourbon deshalb gut sein muß, vor allem, wenn du Alkohol nicht ausstehen kannst. Ich dachte nur, wieviel Geld die haben. Reiche Leute werfen es einfach weg.«
»Wieviel hat das Abendessen gekostet?« fragte Martin. Seine Stimme hatte einen unangenehmen Unterton. Überrascht dachte Nancy: Regt er sich noch immer darüber auf, daß ich gekocht habe? War er vielleicht sogar böse?
»Ich habe dir doch erklärt, warum ich gekocht habe«, sagte sie.
»Du hättest dich weigern können.«
»Das hatte keinen Sinn«, sagte sie. »Ich dachte, du hättest verstanden. Ich habe versucht, es dir zu erklären.« Die seltsame Kraft, die sie vorher, am Abend, verspürt hatte, das Gefühl, die Situation akzeptiert und eine Entscheidung getroffen zu haben, verstärkte sich jetzt noch. Etwas war geschehen. Sie war sich selbst fremd. Die Furcht, mit Martin entdeckt zu werden, die brutale Unwirklichkeit von Eddie, ihrem Heim und ihren Kindern – irgendwie zählte das alles nicht mehr. Das hatte alles aufgehört, als sie durch den Wald den Fluß hinuntergefahren waren. In ihr war nun eine neue, furchtlose Frau, die sie nicht kannte, eine, die es ganz unerwartet müde geworden war, defensiv und duckmäuserisch zu sein. Sie ging zu ihrem Bett zurück und setzte sich darauf, streckte den Rücken und kreuzte die Beine.
Wieder hörte sie Martin sprechen, mit leiser Stimme. Was er sagte, entging ihr, und dann hörte sie ihn weiterreden. »Drei Dreckskerle kommen aus dem Blauen, kidnappen uns, schlagen mich zusammen, schleppen uns davon zu einer Bude im tiefen Norden, Gott weiß, wo, und du kochst ihnen eine Schlemmermahlzeit.«
Es war unglaublich, dachte sie. Er versuchte nicht einmal zu verstehen. Sein Mannesstolz erlaubte es ihm nicht. Und gleichzeitig hatte sie den schrecklichen Verdacht, daß es nicht einmal das war; er war bloß kindisch. Er benahm sich wie ein verwöhnter kleiner Junge. Dafür war aber jetzt keine Zeit.

Er fuhr fort: »Du kochst ihnen nicht nur ein leckeres Essen, du setzt dich auch hin und trinkst mit ihnen.« Nun schmollte er schon weniger. Es klang aufrichtig empört und gekränkt. »Du hättest ja nicht trinken müssen!« Einen Augenblick schwieg er. Dann fügte er hinzu: »Ich sage dir, was geschehen wird. Wenn du nicht aufpaßt, werden sie dich vergewaltigen.«
Seine Stimme klang rachsüchtig. Nancy merkte, wie sie ein Lachen unterdrückte. Er wurde von Minute zu Minute unglaubhafter, unwirklicher.
»Glaubst du?« fragte sie. »Du glaubst, deswegen haben sie mich hier? Sex? Was hat dich denn zu dieser brillanten Schlußfolgerung gebracht?« Wenn er rachsüchtig war, dann durfte sie wohl auch sarkastisch sein.
Er antwortete nicht, und nun sprudelten die Worte, die sie vorher zu formulieren versucht hatte, ungehindert hervor. »Und du?« fragte sie. »Was haben sie mit dir vor? Die Bank? Glaubst du, sie haben dich gekidnappt, und die Bank wird für dich Lösegeld zahlen? Das glaubst du wohl, oder? Vielleicht eine halbe Million Dollar. Wie bei Diplomaten und Leuten, die in Südamerika verschleppt werden. Das ist es, was du glaubst. Ich meine, eine Bank könnte sich doch nicht erlauben, dich *nicht* auszulösen, oder? Was würde da aus ihrem Image? Und ich – ich war nur zufällig dabei. So mußten sie mich auch nehmen, und jetzt haben sie also eine Frau am Hals, aber solange sie sie haben, können sie sie ja auch ausnützen.« Ihre Stimme wurde rauh von aufwallender Verbitterung. »Kochen, Putzen, Ficken, alles, wozu Frauen immer nützlich sind!« Sie spuckte die Worte aus.
»Ist schon gut«, sagte Martin. Die Arroganz und der beleidigte Ton waren aus seiner Stimme gewichen. Nancy hatte angegriffen, und er hatte den Rückzug angetreten. Sie erkannte – und sie fühlte einen Stich –, daß die meisten verwöhnten Kinder auch Tyrannen waren. Warum hatte sie diese Seite an Martin nie bemerkt? Es zerstörte so viel zwischen ihnen. Ein Moment wie dieser, ein Schimmer der Erkenntnis, und nichts war mehr wie früher zwischen zwei Menschen.
»Wieso glaubst du, daß die Kette speziell für dich ist?« fragte sie. So. Endlich war es heraußen. Sie hatte es sagen wollen, seit Ken zum erstenmal das Fußeisen um ihr Gelenk gelegt hatte.
Zuerst war er still, verstand nicht. Dann fragte er scharf: »Wie meinst du das?«
Sie antwortete absichtlich nicht. Er setzte sich abrupt auf, zutiefst getroffen. Ihre Zigarette war ein roter Lichtpunkt, als sie sie aus dem Mund nahm, lässig ausatmete und wartete.
»Verdammt noch mal, Nancy, was meinst du?«
Sie horchte auf die Angst und den Verdacht in seiner Stimme und fragte

sich, wie er so blind sein konnte, es nicht zu ahnen, bis sie es ihm sagen mußte.

»Ich meine, ich glaube nicht, daß wir die ersten sind«, sagte sie.

»Wer noch?«

»Ich weiß es nicht. Sie kommen jedes Jahr hierher, nicht wahr?«

Sie konnte förmlich hören, wie er nachdachte und den Gedanken sofort wieder verwarf. Es war einfach zuviel für ihn. Er konnte ihn nicht durchdenken.

Rundheraus antwortete er: »Nein, es hat niemand anderen gegeben.«

»Wir wissen es nicht.« Sie machte einen tiefen Zug aus ihrer Zigarette. »Das kannst du nicht einfach so behaupten.«

»Kidnapping versucht man nicht zweimal. Es ist zu riskant.« Martin legte sich wieder nieder. »Hast du noch eine Zigarette?« fragte er undeutlich. Er wies die Wirklichkeit gänzlich von sich.

»Ja«, sagte Nancy. Sie zündete eine Zigarette für ihn an und steckte sie ihm zwischen die Finger. Während sie das tat, traf sie eine Entscheidung. Sie würde barmherzig sein und zulassen, daß er sich versteckte. Es war das einzige, was sie für ihn tun konnte. Und vielleicht, auf lange Sicht, auch das einzige für sie beide, obwohl sie diesen Entschluß nicht aus Eigensucht gefaßt hatte.

»Ich verstehe das einfach nicht«, sagte er. »Außer, sie wollen damit zu Geld kommen. Drei Männer, mit Heim, Frau und Kindern. Zumindest *sagen* sie, daß sie verheiratet sind und Kinder haben. Sie ersticken im Geld. Eine Jagdhütte in den Wäldern des Nordens, alles. Jeder träumt davon. Und nichts davon ist rechtmäßig erworben. Das paßt nicht zusammen. Ich meine, es paßt nicht zu *ihnen*. Sie sehen nicht aus wie Gangster. Sie sprechen nicht wie Gangster.« Er setzte sich wieder auf. »Hör zu«, sagte er plötzlich, erregt von dem Gedanken. »Vielleicht haben sie nur die falschen Leute erwischt.«

Nancy antwortete nicht.

»Ich meine, wenn sie von der CIA wären, oder von etwas ähnlichem, und irgendwelche französische Kanadier aus politischen Gründen entführen sollten und sich geirrt hätten!«

Es klang lächerlich. James-Bond-Gewäsch. Martin erinnerte sich an Arts scheinbare Vertrautheit mit seinem Namen und seiner Person, als er seine Mappe und seine Papiere durchsucht hatte. Art hatte gewußt, daß er für eine Bank arbeitete.

Wirklich? Vielleicht hatte er bloß geblufft?

Dann versuchte Martin, überhaupt nicht zu denken. Er legte sich wieder hin. Morgen würde ihm schon etwas einfallen. Die drei waren keine Supermänner. Auch sie machten Fehler wie er. Irgendwann, während des Tages, würden sie einen Fehler begehen. Er würde bereit sein.

Nancy sagte: »Wir beide zusammen haben keine Möglichkeit, uns zu wehren. Nur ich kann etwas tun.«
Ihre Stimme verriet Entschlossenheit. Er antwortete nicht. Sie sollten schlafen. Sie würden das bißchen Schlaf brauchen, das sie noch finden konnten.
»Hörst du mich?«
»Ja.«
»Verstehst du, was ich meine?«
Was hatte sie gesagt? Er versuchte sich zu erinnern, aber diese Anstrengung war zuviel für ihn.
»Ken mag mich«, fügte sie hinzu.
»Na und?«
»Er schaut mich immer an und spricht mit mir. Und Greg berührt mich immer wieder.«
Dann begann Martin zu verstehen. »Was, zum Teufel, willst du damit sagen?«
»Daß vielleicht ich das einzige Mittel besitze, uns zu wehren. Marty, wir sind in einer Klemme. Einer wirklich bösen.«
»Wirst du jetzt endlich aufhören, um den heißen Brei herumzureden?«
»Muß ich es dir schriftlich geben? Was ich zu sagen versuche, ist, daß ich vielleicht meinen Sex verwenden sollte.«
Schweigen. Betonte Ungläubigkeit, um den Zorn zu unterstreichen. »Du machst Witze. Das kann nur ein Witz sein.« Feindseligkeit klang wieder aus seiner Stimme.
»Bevor alle meine Chancen verspielt sind und uns nichts mehr nützen. Schließlich bin ich eine Frau.«
»Du meinst, du – du würdest es mit einem von ihnen *tun*?«
»Sie werden mich sowieso nehmen, oder?« Nancy preschte weiter vor. »Ich könnte vielleicht herausfinden, was sie mit uns vorhaben. Oder vielleicht einen gegen die anderen ausspielen.«
Aber Martin weigerte sich zu kooperieren, weigerte sich zu denken. »Einer dieser kranken, dreckigen Psychopathen dort drinnen? Du würdest dich freiwillig zu einem hinlegen?«
Dann erkannte sie endlich, warum er den ganzen Abend böse gewesen war. Er war eifersüchtig. Es war nicht so sehr ihretwegen, sondern es handelte sich um eine andere, wütendere, männliche Eifersucht, die des Schwächeren. Er war eifersüchtig auf die Stärke und Freiheit von Ken, Greg und Art. Das war zuviel für Nancy. Zu unglaublich dumm, zu eigensüchtig. Oder war Martin immer so gewesen, und sie hatte es nur nicht wahrhaben wollen?
»Hast du einen besseren Vorschlag?« fragte sie böse, und sie dämpfte ihre Stimme nicht mehr.

Er fand keine Antwort. Er konnte nicht an Ken, Greg oder Art und Sex denken, ohne daß ihn Entsetzen packte. Wenn sie Nancy vergewaltigten, würden sie dann nicht auch ihn belästigen? Und er wußte genau, was sie tun würden, abwechselnd, während jeweils zwei ihn für den dritten festhielten. Und es gab noch Schlimmeres. Sie könnten ihm ein Gewehr an den Kopf halten und ihn zwingen, es mit ihnen zu treiben.
Nancy sagte: »Himmel, wie du sprichst! Du scheinst zu glauben, daß ich selbst es will.«
Er konnte noch immer nicht sprechen.
»Marty?«
Schweigen.
»Begreifst du denn nicht? Marty, du mußt. Vielleicht habe ich in ein, zwei Tagen keine Chance mehr. Sehr bald werde ich keine Trümpfe mehr in der Hand haben. Nicht einmal für mich selbst.«
Er wandte abrupt das Gesicht zur Wand und ließ sie mit sich allein, und seine Ablehnung traf sie. Ihre neugefundene Stärke begann zusammenzuschrumpfen. Gegen ihren Willen stellte sie sich vor, wie sie Kens, vielleicht auch Gregs Annäherungsversuche ermutigte. Sie dachte an Greg, heute nachmittag, nicht so sehr an seine groteske Größe, als an seine unmenschliche Arroganz. Eine Frau kann Schmerzen ertragen, nicht aber, daß sie angespuckt wird. Sie dachte an Art, als er den Gewehrlauf in Martins Genitalien stieß und ihn zwang, den Kaugummi zu kauen, und sie erinnerte sich an Arts grausames, süßliches Lächeln. Wie sie sich da in der Finsternis zusammenkauerte, eng in die Decke gehüllt, verlor sie plötzlich all ihre Kühnheit. Sie war ganz allein, sie wollte Martin zurückhaben. Er war ein Mann; er würde schon eine Lösung finden, wenn sie ihm half. Sie würden fliehen, und dann würde er sie von Eddie wegholen. Stockend sagte sie: »Wenn du nein sagst, werde ich es nicht tun. Es war nur so eine Idee.«
Aber dann hörte sie, daß er nun anders atmete; rhythmisch und tief. Er hatte sie verlassen. Er schlief. Verdammt noch mal, verdammt. Warum sollte er ihr nicht helfen? Martin, hilf mir, bitte, ich fürchte mich.
Sie zündete sich noch eine Zigarette an. Eine Weile saß sie in der Dunkelheit und starrte abwechselnd in das verglimmende Feuer und auf das Spiel der Schatten an der Decke. Es war kalt draußen, und eisige Luft drang herein.
Sie wußte genau, wozu sie und Martin da waren. Und Martin wußte es wahrscheinlich auch, nur wollte er es nicht wahrhaben. Oder konnte es nicht, und das war dasselbe. Er konnte es nicht einmal ganz allein sich selbst eingestehen.
Als Ken ihr das Fußeisen abgenommen hatte, hatte sie dessen Innenseite gesehen. Da waren dunkelbraune Flecken auf dem Metall – Blut.

12

KEN, GREG UND ART FRÜHSTÜCKTEN am nächsten Tag gleich bei Morgengrauen und gingen auf die Jagd. Sie ketteten Martin in der Küche an, da es dort Wasser gab, und ließen ihm eine kleine aufklappbare Campingtoilette zurück. Er würde den ganzen Tag nichts zu tun haben, außer vielleicht lesen, deshalb gaben sie ihm auch einige Taschenbücher.

Nancy nahmen sie mit auf die Jagd. Art wollte allein sein, daher warfen Ken und Greg eine Münze, wer sie haben sollte. Ken gewann und stattete Nancy mit warmer Kleidung aus, die ihr zu groß war; sie stopften Zeitungspapier in ein altes Paar Stiefel, um an ihre Schuhgröße zumindest so weit heranzukommen, daß sie nicht gleich wieder aus den Stiefeln herausschlüpfte.

Sie sah aus wie ein Clown, und sie mußten alle herzlich lachen. Nancy zwang sich zu einem Lächeln. So war es leichter für sie. Wenn sie sich sehr bemühte, über die Tatsache hinwegzusehen, daß die drei sie nicht laufen lassen würden, daß Martin angekettet war, daß sie sie vielleicht sogar erschießen würden, wenn sie sich davonmachte, dann konnte sie die drei als Männer betrachten, die zu bekommen sich jedes Mädchen glücklich schätzen würde. Ken sah gut aus, seine Augen waren klar und intelligent, seine Manieren geschliffen. Er strömte Ruhe und Gelassenheit aus. Sie fragte sich, wie wohl seine Frau sei. Und Greg. Selbst seine schreckliche Arroganz erschien ihr heute anders. Er war weniger demütigend, wenn man wußte, daß er ganz einfach ein Tier war, das nicht dachte. Wenn man ihn nahm, wie er war, konnte man verstehen, was Ken und Art an ihm fanden. Er konnte einen sogar zum Lachen bringen.

Art bestieg eines der Boote und fuhr als erster los. Als Nancy, Greg und Ken ihr Boot gestartet hatten, war der Motorlärm von Arts Boot bereits nur noch ein schwaches Flüstern drüben beim Festland, gegen Westen zu, wo die Insel einst als Halbinsel begonnen hatte. Dann fuhren sie alle drei zur gegenüberliegenden Seite des Sees und trennten sich. Ken zog mit Nancy nordwärts; Greg wandte sich nach Süden. Sie vereinbarten, einander um vier Uhr wiederzutreffen.

Freundlich, doch mit nüchternem, warnendem Blick, sagte Ken: »Nancy, wenn du versuchen willst, davonzulaufen, ist das deine Sache, aber ich werde dich wieder holen müssen, das wird den Tag verderben.«

Sanftmütig stapfte sie hinter ihm drein. Selbst wenn sie es riskierte und davonrennen wollte, wohin sollte sie laufen? Sie hatte keine Ahnung, aus welcher Richtung sie ursprünglich gekommen waren. Sie hatte nie einen guten Orientierungssinn gehabt.

Um neun Uhr erlegte Ken einen Hirsch. Sie waren eine tiefe Schlucht entlanggeklettert, wo ihnen ein Gewirr von umgestürzten Bäumen und sumpfig-feuchter Quellboden den Weg erschwert hatten. Es war mühsam, über und unter Baumstämme und moosbedeckte Felsblöcke zu klettern, sich durch Herbststechwinden und Gebüsch den Weg zu bahnen, und Nancy fragte sich, wie lange sie es noch schaffen würde. Ihre Beine wollten ihr nicht mehr gehorchen, und ihr Atem ging in schmerzhaften Stößen. Schließlich kamen sie zum Ende der Schlucht und arbeiteten sich einen steilen Hang empor zu einem Grat, auf dem der Wald weniger dicht war. Plötzlich erstarrte Ken und machte ein warnendes Zeichen mit der Hand. Seine Flinte hob sich lautlos, und Nancy sah den Hirsch. Er blickte direkt in ihre Richtung, reglos, mit erhobenem Kopf. Er war jung, das Geweih nur zweimal gegabelt, und wunderschön, mit gertenschlanken Beinen und hohen Schultern.

Nancy hatte noch nie ein Tier auf freier Wildbahn gesehen. Ihr Herz schlug heftig in Erwartung des schrecklichen Ereignisses.

Der Schuß krachte durch den Wald, lauter, als sie es sich vorgestellt hatte. Gleichzeitig zuckte der Hirsch zusammen; sein Fleisch kräuselte sich vom Hals bis zu den Schenkeln. Die Hinterbeine schienen einzuknicken. Er drehte sich, schwankte und versuchte, mit gesenktem Kopf von der Stelle zu kommen. Ken feuerte noch einmal, und das Tier fiel.

Ken senkte die Flinte und lächelte, seine Augen waren dunkel.

Vögel kreischten im Davonfliegen. Der Wald war wieder ruhig.

Nancy fand ihre Stimme wieder. »Ist er tot?«

»Wahrscheinlich.« Er bedachte den Vorderteil seines Gewehrlaufes mit einer Art rituellem Kuß und lud die Waffe wieder. »Ich habe ihn das erstemal in den Nieren erwischt. Es zog etwas nach rechts. Das wird beim nächsten nicht mehr geschehen.«

»Dürfen Sie denn nicht nur einen schießen?«

»So sagt man.« Er zwinkerte ihr zu. »Komm.« Er machte kehrt und schlug den Weg zurück zur Schlucht ein.

»Aber was ist mit dem Hirsch?«

»Was soll mit ihm sein?«

»Nehmen Sie ihn nicht mit?«

Sein Auge maß den Abstand zu dem toten Tier. »Wir werden einen näher beim Haus erlegen. Müssen ihn dann weniger weit tragen.«

Plötzlich, weit weg, ertönte ein Schuß. Es krachte; dann verhallte das Echo in einem hohlen Dröhnen.

»Das ist Art«, sagte Ken. Fast unmittelbar darauf hörten sie noch einen Schuß, dann einen dritten. »Der tobt sich aus«, lachte er. »Wahrscheinlich Vögel. Er haßt sie.«

»Vögel?«

»Weiß nicht, warum. Ich nehme an, er denkt, es wird ihm einmal einer mitten ins Gesicht fliegen.«

Sie gingen zurück, wieder den zugewachsenen Grund der Schlucht entlang, kletterten dann an einer Seite hinauf, überquerten ein flaches Waldstück und stiegen hinunter in eine andere Schlucht.
»Der See liegt links«, sagte Ken.
Sie fragte sich, wieso er das wußte.
Sie kamen zu einem kleinen Teich, und dort waren Biber. Ken schoß zwei, so schnell, daß der zweite, der sich ganz knapp neben dem ersten Tier befand, keine Zeit mehr hatte zu flüchten, als er den Schuß hörte, der seinen Genossen tötete. Beide Biber tauchten unter, der Teich schloß sich über ihnen, die Wellen glätteten sich, und dunkelrote Blasen färbten das Wasser, das ringsum rosa verebbte.
Nun ertönte Gregs Flinte. Greg war viel näher als Art, das Knallen lauter und das Echo kürzer. Er war nur etwas mehr als einen halben Kilometer entfernt, und was auch immer er schoß, er verfehlte es nie. Nie gab er einen zweiten Schuß ab. Sein Gewehr bellte, und dann hörten sie es zehn Minuten nicht mehr.
Dann schoß Ken ein Reh. Er zuckte die Achseln. »Die Weibchen nicht zu töten, finde ich doof. Nach der Theorie schießt man einige Hirsche, und die, die übrigbleiben, sind dann nicht imstande, mit der ganzen Arbeit allein fertig zu werden. Daher vermehren sie sich nicht zu rasch, und das Rotwild muß nicht verhungern. Wenn es aber zuviel davon gibt, warum soll man nicht auch die Weibchen schießen?« Er grinste Nancy charmant an. »Was ist so heilig an einem Weibchen? Warum müssen so viele Männchen sterben, damit sie zu fressen haben?«
In der Ferne hörte sie wieder das Echo von Arts Schüssen.
Zu Mittag aßen sie auf einer Lichtung, auf einem niedrigen Hügel, Zwieback, eine Fleischkonserve, einige Gürkchen und tranken Bier. Hinter ihnen breitete sich der Wald meilenweit aus, endlos und menschenleer, hie und da vom Silber der Seen und der träge fließenden Flüsse durchzogen.
»Dort wohnen wir, dort drüben«, sagte Ken und deutete auf einen schimmernden Punkt in der Größe einer Münze. »Na ja, nicht ganz. Das ist bloß das Ende des Sees. Die Jagdhütte liegt mehr gegen die Mitte zu. Hinter dem Hügel.«
Nancy stellte sich die Hütte vor und erinnerte sich zum erstenmal seit Stunden an Martin. Und an die Kette und das Fußeisen, an das, was sie bedeuteten, daran, wer Ken wirklich war. Sie hatte es fast vergessen.
Schweigend aß sie, und es wurde ihr plötzlich kalt. Der Wind umwehte sie sanft und fegte trockene Blätter weg. Sie hörte Kens Stimme von weit her.
»Nichts ist schöner als die Jagd«, sagte er. »Sie entspricht den natürlichen Instinkten eines Mannes. Sie fehlt ihm – und daran krankt heute die Hälfte der Welt. Der Mensch ist ein jagendes, reißendes Tier, und er hat

nie die Möglichkeit, diesen Trieb zu befriedigen. O ja, sicher, vielleicht kann er jemandem von Zeit zu Zeit ein Messer in den Buckel rennen, im Büro. Aber das ist kein wirkliches, tägliches Töten, nicht das Richtige.«
Nancy drehte sich langsam zu ihm, und Ken schien ihre Gedanken zu lesen. »Ich weiß, du wirst sagen, was ist mit dem Krieg? Aber, zum Teufel, viele Kerle kommen ja nie an einen Krieg heran. Und von all denen, die es schaffen, erleben nur wenige richtige Schießereien, der Hälfte davon sitzt es so tief in den Köpfen, daß der Krieg schlecht ist, daß sie ihn nicht genießen können. Sie wurden nicht entsprechend konditioniert, als sie jung waren, verstehst du, was ich meine? Nehmen wir die alten Griechen, die Spartaner; sie lernten töten, sobald sie laufen konnten. Wenn sie dann tatsächlich jemanden aufspießten, erschien es ihnen als die natürlichste Sache der Welt. Sie verschwendeten keine Zeit mit Schuldkomplexen.«
Er hielt inne und deutete von der Lichtung weg. »Schau!« sagte er.
Auf der nächsten, niedrigen Bodenerhebung befand sich ein toter, astloser Baum, dessen Rinde abgeschält war. Weiß stach er aus dem Grün des Waldes heraus. Auf seiner Spitze saß ein Habicht, dessen Leib sich schattenhaft braun gegen das dunkler werdende Blau des Himmels abhob, denn die Sonne war im Sinken.
Ken beugte sich vor und flüsterte: »Jetzt wirst du sehen, wie man schießt. Worum wetten wir?« Er kontrollierte den Entfernungsmesser auf dem Zielfernrohr. »Ich gebe ihm dreihundert Meter. Kein Wind.« Er steckte den Unterarm durch die Leinenschlinge des Gewehrs und stützte den Kolben gegen Schulter und Wange.
Entsetzen durchströmte Nancy, schlimmer als vorhin, als Ken den Hirsch geschossen hatte. Der Habicht war kaum zu erkennen. Er drehte seinen Kopf hin und her, als säße dieser auf einen Kugelgelenk. Warum diesen Vogel töten? Wozu? Der Habicht konnte unmöglich ihre Anwesenheit ahnen. Er war ein Vogel. Vögel wissen nicht, daß sie von etwas angegriffen werden können, das Hunderte Meter weit entfernt ist, von jemanden, der sich auf dem Boden befindet. Vögel kennen den Tod auf der Erde nur, wenn sie selbst dort unten sind, sie erkennen den Fuchs oder Wolf oder Luchs, der plötzlich aus dem Dickicht hervorbricht und sich auf ihre eigene Beute stürzt. Oder den Schrei eines größeren Vogels, eines Adlers, das Rauschen seiner Schwingen und den bösartigen Zugriff seiner Klauen, wenn er das frisch erbeutete Fleisch rauben will.
Aber eine Flinte, dreihundert Meter weit weg, und einen kleinen Stahlkegel, der so rasch war, daß man ihn nicht hören konnte, und der von irgendwoher kam?
»Nein!« sagte Nancy. »Bitte nicht!«
Ken spannte langsam den Hahn.

Nancy zupfte an seinem Ärmel, aber es war zu spät. Der Schuß krachte. Den Bruchteil einer Sekunde verharrte der Habicht aufrecht und reglos. Dann lösten sich, wie in Zeitlupe, langsam Federn von seinem Hals, der kopflos zurückblieb. Der Körper fiel in sich zusammen; die Klauen lösten sich vom Baum; der Vogelleib sackte wie ein nasses Tuch herab.
Ähnlich verlief der Rest des Nachmittags. Alles, was Ken sah, schoß er. Und Art und Greg erlegten noch mehr, den Schüssen nach zu schließen. Das Echo ihrer Flinten ertönte ohne Unterlaß.
Zuerst wurde Nancy übel. Doch schließlich kümmerte sie sich nicht mehr um die toten und verstümmelten Tiere. Als sie und Ken zum See gingen, um Greg zu treffen, war sie sich nur noch Kens Schweigen und Männlichkeit bewußt. Er marschierte neben ihr, physisch anziehend und herrisch. Sie hatte das Gefühl, ihn immer gekannt zu haben, ihm immer gefolgt zu sein. Sein Gesicht, sein Körper, sein Geruch und seine Bewegungen waren ihr völlig vertraut. Martin war eine andere Person in einem anderen Leben.
Greg lachte, als sie einander trafen. Seine Hände waren rot von Blut, seine Kleider vom geronnenen Blut befleckt. Er wies mit dem Daumen hinter sich in den Wald. »Der letzte, den ich erwischt habe, liegt nur fünfzig Meter von hier. Ein Fuchs. Ich habe auch einige Felle dort gelassen.«
Ken grinste und sagte: »Wir werden warten.«
Greg verschwand. Sie hörten, wie er sich ins Dickicht stürzte. Ken zündete zwei Zigaretten an und gab Nancy eine; sie war feucht von seinen Lippen. Es erschien ihr ganz normal; es war die Lässigkeit unter Freunden.
Bevor Nancy die Zigarette noch halb ausgeraucht hatte, war Greg wieder zurück, mit einem schweren Bündel blutiger Felle über der Schulter. Sie luden die Felle ins Boot und fuhren los, gerade als die Sonne hinter einigen Kiefern verschwand. Einen Augenblick glitzerte sie noch, die Strahlen zerstoben, dann war sie untergegangen.
Nancy sah, wie die Hütte immer näher und näher rückte. Dabei schwand zunehmend das Gefühl, beschützt zu sein. Während sie vorher allein gewesen war mit Ken und dem Wald und dem Jagen, gab es jetzt Greg, und bald würden auch Martin und Art da sein und wieder das alte Entsetzen.
Art begrüßte sie von der Veranda der Jagdhütte aus. »Was für eine Knallerei. Und ihr?« Er grinste von einem Ohr zum anderen, seine Gesichtsfarbe war kräftig von der frischen Luft.
»Großartig«, sagte Ken.
»Ich habe eine Wildkatze. Seht!« Art hielt sie hoch, ein gelbliches, schlaff herunterhängendes Bündel mit einem dunklen Klumpen gestockten Blutes um die halb weggeschossene Schnauze.

Ferner hatte er einen Habicht mitgebracht, sechs Biber und ein paar kleine Vögel. »Keine Ahnung, was für welche.« Zwei Hirsche, einige Eichhörnchen und ein Krähenpaar, drei Waschbären und das Beste – einen Kojoten. »Hab ihn erwischt, als er sich von einem Hirsch wegschlich, den ich vorher geschossen hatte. Dem hab ich's gegeben!«

Dann verschwand sein Grinsen, und er sagte: »Übrigens, wartet nur, bis ihr von unserem Kleinen hört.« Er meinte Martin und führte die anderen in die Hütte.

Irgendwann im Lauf des Tages hatte Martin einen Stuhl auf den Küchentisch gestellt und eine Falltür in der Decke aufgestoßen, die zu den Wassertanks führte. Dort oben hatte er, inmitten von Schutt, ein zerbrochenes Metallsägeblatt gefunden, das sie vor Jahren zurückgelassen hatten, als sie die Wasserleitung installiert hatten. Martin war dann hinuntergeklettert und hatte sich an der Kette zu schaffen gemacht, wobei er das Sägeblatt noch einmal zerbrach, aber geduldig weiterarbeitete, obwohl er sich dabei die Hände blutig schnitt.

Und fast hätte er es geschafft. Wenn nicht Art noch gerade rechtzeitig gekommen wäre. »Man muß sie schweißen«, sagte er. »Ich konnte es nicht tun, weil ich ihn gleichzeitig mit dem Gewehr in Schach halten mußte.«

Sie standen in der Küche herum. Martin saß da, sein Körper war eingefallen, die Niederlage stand in seinem Gesicht geschrieben. Stumm blickte er Nancy an, und sie las Verzweiflung in seinen Augen.

»Ich habe ihn noch nicht bestraft«, sagte Art.

»Vergiß es«, sagte Ken. »Er hat schon genug bekommen, allein dadurch, daß du ihn erwischt hast. Nicht wahr, Marty?« Er lachte und blickte auf Martins Hände. »Man muß ihn verbinden, sonst blutet er uns alles voll. Nancy, Verbandzeug ist im Badezimmer.«

Sie holte es. Während sie Martins Hände bandagierten, brachte Greg ein tragbares Schweißgerät. Ken öffnete eine Flasche Bourbon und hatte sie fast leergetrunken, als Greg das Kettenglied geschweißt hatte. Ken saß neben Nancy am Küchentisch, den Arm locker um ihre Schultern gelegt. Sie konnte Martin nicht mehr anschauen. Sie spürte, daß jenes diffuse Gefühl von Geborgenheit, das ihr Ken gab, endgültig verschwinden würde, wenn sie es täte. Sie könnte sich den drei Männern nicht einmal ein bißchen zugehörig fühlen, die letzte Spur von Sicherheit, die sie an diesem Jagdtag gewonnen hatte, würde ihr entgleiten. Sie würde wieder ihr altes Ich sein, gekidnappt, ein Teil von Martin.

Dann öffnete Greg Martins Kette und schickte ihn Holz schleppen, und Ken, entspannt und weich gestimmt, beschloß, Nancy eine Kochlektion zu erteilen, während Art am Feuer saß und las. Kens Angebot gab ihr neue Hoffnung, und sie schaffte es, zu lächeln.

»Es ist nichts Besonderes. Bloß eine Steaksoße, die ich in Frankreich kennengelernt habe.« Er untersuchte fünf große gefrorene Steaks, die er am Morgen aus der Kühltruhe genommen hatte. »Okay. Perfekt.« Er goß sich etwas Bourbon ins Glas, füllte ein Glas für Nancy und fuhr fort: »Ich war in Cannes und übernachtete auf dem Weg nach Paris in einem Dorf namens Vitteaux, nördlich von Dijon. Dort gibt es eine kleine Pension. Der Küchenchef hat mir das Rezept verraten.«

Er holte die große Bratpfanne hervor, sagte Nancy, sie solle anfangen, und erklärte ihr dabei, wie man eine Weinsoße zubereitet. Sie empfand seine Stimme, seine Anwesenheit als angenehm und vertraut. Das Kochen dauerte einige Zeit, und sie standen nahe beieinander am Herd. Ken trank seinen Bourbon aus, öffnete eine neue Flasche und goß auch etwas in Nancys Glas, doch als zwei Finger hoch Whisky darin war, schob sie die Flasche weg und schüttelte den Kopf. Ihre Glieder begannen vom ersten Drink langsam zu glühen. Sie wollte nicht betrunken werden. Sie wollte wissen, was sie tat.

Dann legte Ken den Arm um sie und beugte sich plötzlich zu ihr hinunter. Schlagartig hob sich ihre Stimmung. Sie war in Sicherheit. Sie war akzeptiert worden. Sie gehörte zu ihnen. Nancy öffnete ihren Mund für Ken, erforschte die süße, nasse Härte seiner Zunge mit der ihren erst sanft, dann begierig. Nur einen Augenblick lang dachte sie an ihre wunden Lippen und daß er derjenige war, der sie geschlagen hatte.

Er lachte und tätschelte ihre Hinterbacken durch die dicke Jagdhose hindurch. »In Jeans gefällst du mir besser«, sagte er. Und einen Moment lang hielt er eine ihrer Brüste, wog sie in der Hand und betastete sie durch das grobe wollene Jagdhemd. Nancy hinderte ihn nicht daran. Es schien ihr natürlich, daß er das tat.

Das war es also, dachte sie. Also doch Sex. Aber nicht Vergewaltigung. Sex, wie er sein sollte, mit Wärme und Gefühl und Kontakt. Aber was wollten sie mit Martin? Brauchten sie ihn auch für Sex? Und für wen? Art? Alle? Heutzutage weiß man das ja nicht so genau.

Aber einen kurzen Moment lang flutete etwas von dem alten Entsetzen zurück. Ernüchtert dachte sie, daß man doch nicht einen Mann und eine Frau zu kidnappen braucht, wenn man Sex will. Es gibt eine Menge Mädchen und auch Männer, die alles nur Erdenkliche für Sex tun und nicht einmal Geld dafür verlangen. Bloß so, weil sie es gerne tun.

Und das Fußeisen und die Kette? War wirklich auch voriges Jahr jemand dagewesen? Was für ein Mädchen? Wo war es jetzt? Was für ein Mann? Oder waren die dunkelbraunen Flecken etwas anderes, nicht Blut, und sie bildete es sich nur ein? Oder doch Blut, weil die beiden nicht hatten mitspielen wollen?

Im Hintergrund hörte sie Ken, der in beruhigendem Tonfall die

Zusammensetzung der Soße erklärte und darin umrührte, als wäre nichts geschehen.
Nancys Sicherheit strömte zurück. Es war richtig, wenn sie mitspielte. Was immer sie wollten, es war richtig. Es war die einzige Möglichkeit. Heute nacht würde Ken wünschen, nie eine andere Frau als sie gehabt zu haben, so würde sie es machen! Auch bei Greg, wenn sie mußte. Ihre Hochstimmung stieg sprunghaft weiter. Sie war frei; sie hatte es geschafft. Plötzlich war es ihr egal, ob sie betrunken wurde; sich nicht mehr unter Kontrolle zu haben, war nicht mehr gefährlich. Sie trank den Bourbon aus, und als Ken nachgoß, schob sie die Flasche nicht weg. Sie lächelte, und bevor sie trank, küßte sie ihn wieder, freiwillig, ihren schlanken Körper hart an den seinen gepreßt.

13

DEN GANZEN TAG hatte er ihre Bewegungen im Wald beobachtet. Die Schüsse aus den einzelnen Flinten hatten einen verschiedenen Klang; die eine klang knallender und tiefer, die andere schärfer und höher. Art hatte die gesamt Nord-Süd-Länge des Sees abgegrast, dabei schoß er mit einer leichten 20er-Kaliber-Schrotflinte, dann hatte er sich direkt landeinwärts gewandt und danach drei Kilometer weit nach Westen, wo er mit seiner 35er-Remington jagte. Zu Mittag war er wieder nordwärts gestoßen, und in der Mitte des Nachmittags, als er nach Osten zurückkam, den See an dessen nördlichem Ende erreichte und dann am Ufer entlang zu seinem Ausgangspunkt zurückkehrte, hatte er ein fast vollkommenes Rechteck beschrieben. Am meisten hatte er in sumpfigen Gegenden geschossen. Von Zeit zu Zeit waren Schwärme von Zugvögeln aufgestiegen, ihre Schreie waren selbst auf diese Entfernung noch hörbar gewesen.
Er wußte, daß Ken mit Greg und dem Mädchen den See überquert hatte und erst nach Nordosten, dann nach Osten und schließlich nach Südwesten gezogen war; ein langer Weg in Dreiecksform, der den Tag ausgefüllt und Ken zu seinem Treffpunkt mit Greg zurückgeführt hatte. Einmal hatte er Ken gesichtet, als er eine Anhöhe hinaufkletterte: ein ameisengroßer Punkt, gefolgt von einem zweiten. Daher wußte er, daß Ken das Mädchen mitgenommen hatte, und wie er Ken, Greg und Art kannte, wußte er auch, daß Art sie wahrscheinlich nicht gewollt hatte und daß Ken und Greg gelost hatten, wer sie nehmen sollte.
Gregs Jagdschema war ganz anders gewesen. Er war ziellos umhergewandert. Offensichtlich hatte er den Wald im Zickzack durchmessen, mit keinem anderen Gedanken, als dorthin zu gehen, wohin es ihn gerade trieb, oder vielleicht Wild zu verfolgen, das vor ihm um sein Leben lief.

Nun, das entsprach eben Gregs Charakter. Trotzdem war er schnell vorangekommen. Einmal schienen seine Schüsse in mindestens vier Kilometer Entfernung zu fallen, in einer ziemlich unwegsamen Gegend. Aber Greg war auch ein brutaler, zäher und kräftiger Mann, der auf seine ausgezeichnete Kondition achtete.

Von seinem Ausguck auf dem felsigen Steilufer über der alten Sägemühle hatte er später beobachtet, wie Greg, Ken und das Mädchen bei Sonnenuntergang zurückkehrten; er hatte sie ganz nahe durch sein Fernglas gesehen, das zwölffach vergrößerte, und einmal auch durch das Leupold-Zielfernrohr seiner Holland & Holland-Doppelflinte. Er hatte sie, die Ahnungslosen, unerkannt betrachtet, genauso wie er dem männlichen Gefangenen durch das Küchenfenster der Jagdhütte zugesehen hatte, als dieser auf den Dachboden geklettert und heruntergekommen war, mit der Absicht, sich den Weg in die Freiheit zu sägen.

Es war schlimm für den Burschen. Er war im Grunde wie ein Kaninchen, das weder die Schlauheit noch den notwendigen Willen hatte, sich zu retten, geschweige denn das Mädchen. Jetzt, da er einen Mißerfolg erlitten hatte, war sein Kampfwille wahrscheinlich gebrochen.

Das Mädchen aber machte einen anderen Eindruck. Sie war zunächst wie ein Lamm gewesen und verhielt sich jetzt wie eine Löwin. So etwas kam oft vor. Unglück erzeugte Mut, Durchtriebenheit, Kühnheit und feste Entschlossenheit. Das Mädchen war mit auf die Jagd gegangen, hatte den ganzen Tag ausgeharrt und auf der Rückfahrt im Schlauchboot sogar die Nerven gehabt, zu lachen. Sie hatte noch eine Chance, während für den Mann alles bereits verloren war. Wußte sie, was ihr bevorstand? Wahrscheinlich. Sie sah genügend ängstlich, genügend mißtrauisch aus, um intelligent zu sein. Heute nacht, jetzt gerade, wird sie wohl mit ihnen schlafen. Ihr krankhaftes, fast homosexuelles Ritual mitmachen.

Da war der eine, kurze Moment vor nicht allzu langer Zeit gewesen, als er im Blickfeld seines Visiers behoste Beine im Wohnzimmer, auf dem Boden, gesehen hatte, eingerahmt vom dunklen Küchenfenster und der Tür. Sie waren von irgendwo nahe beim Eßtisch gekommen, dann waren plötzlich die Beine des Mädchens dabei und dann die eines anderen Mannes. Wahrscheinlich war es Greg. Schließlich sah er Arts Beine; Art stand da und sah zu, wie sich die anderen zu entwirren versuchten. Und dann rollten die drei Körper in sein Blickfeld, ineinander verstrickt, das Mädchen, Greg und Ken kitzelten einander wie Kinder und lachten unkontrolliert. Als sie aufzustehen versuchten, fiel das Mädchen hin. Sie war offensichtlich betrunken.

Er bekämpfte das allmählich stärker werdende Unbehagen, das von seiner verkrampften Lage hervorgerufen wurde. Er atmete tief, rückte seinen vorgebeugten Oberkörper zurecht, den er auf die Ellbogen gestützt hatte, und bewegte leicht die Beine, um die Steifheit in seinen Hüften zu lindern, ohne dabei die Arme zu bewegen. Sie bildeten zwei Komponenten der dreiteiligen Stütze, auf der seine Holland & Holland mit dem tiefmontierten Zielfernrohr ruhte. Die dritte Komponente, die aufklappbare Gewehrauflage, war in den dünnen Schieferton zwischen zwei der verwitterten Felsen gerammt, die sein Versteck bildeten. Er lag ganz oben auf dem Steilufer.

Jetzt bemerkte er, daß das Licht im Wohnzimmer der Hütte plötzlich verlosch, und dann sah er nur noch das schwache Glimmen des sterbenden Feuers.

Geduldig wartete er. Die Gefahr war vorbei. Nur das Training bewirkte, daß er sich so verhielt, die Disziplin, die er sich im Laufe der Jahre angeeignet hatte. Die Wahrscheinlichkeit, daß die Menschen in der Hütte seine Anwesenheit ahnten, war geringer als eins zu einer Million. Aber ein solcher Schuß konnte genausogut töten wie ein Schuß, der mit einer Wahrscheinlichkeit von eins zu fünf abgegeben wurde. Ja, es genügte ein Zufall!

Zehn Minuten verrannen, die Erde wurde kälter und feindlicher. Er spürte einen Windstoß, und die Sterne erschienen ihm wie Nadelköpfe aus Eis, die verächtlich auf ihn herabblickten. In der Hütte regte sich nichts mehr. Kein verräterischer Schatten löste sich aus der Dunkelheit der Eingangstür oder des hinteren Fensters.

Langsam entspannte er sich. Er fühlte Schmerzen, als sein Blut wieder normal kreiste. Er setzte sich auf, rieb seine Fußgelenke und Schenkel, um den Blutkreislauf zu unterstützen. Dann griff er in den Rucksack, um seine Feldrationen hervorzuholen – Zwieback, Trockenfleisch, Gemüsewürfel. Als seine Hand die Feldflasche berührte, hielt er inne. Nein, es wäre besser, nicht hier zu essen. Er sollte es nur dort tun, wo er ganz sicher jede mögliche Spur beseitigen konnte. Sorgfältig glättete er den Boden, vernichtete die Fußabdrücke und schob mit geübter Hand in der tintenschwarzen Finsternis Blätter, trockenes Gras und Schieferton zurecht, die er zusammengescharrt oder zerstreut hatte. Er zog sein Gewehr aus dem Boden und klappte die Auflage zurück. Dann montierte er das Zielfernrohr ab, wickelte es sorgfältig in eine Plastikhülle und steckte es in den Rucksack. Er würde es jetzt mindestens zwölf Stunden lang nicht brauchen, vielleicht auch länger. Auch das Fernglas verstaute er im Rucksack. Das Gewehr in der Hand, stand er auf in der Kälte und machte sich lautlos auf den Weg. Er wanderte am Steilufer entlang, zu den sumpfigen Wäldern am Nordufer der Insel.

Er ging sehr langsam und erinnerte sich an Erkennungsmerkmale, die er sich am Vortag eingeprägt hatte: ein moosbedeckter Felsblock, die haarigen, ausgetrockneten Wurzeln eines Baumes, der von einem

Sommergewitter entwurzelt worden war, ein glattrindiger junger Baum, ein niedriger, von würgenden, scharfdornigen Stechwinden durchzogener Busch.

Bald darauf verließ er die relativ kahle Rückseite des Steilufers und erreichte den Wald. Er wartete lauschend. Kein Geräusch außer dem Zirpen einer Grille. Zwischen ihm und der Hütte lagen die kompakte Mauer des dichten Waldes, hundert Meter breit, dann die alte Sägemühle, die teilweise gerodete Lichtung darum herum und schließlich noch ein Streifen Dickicht.

Er holte eine Stablampe aus einer Innentasche seiner Jagdjacke und knipste sie an. Den dünnen Strahl richtete er auf den Boden, um sicher zu sein, daß keiner der hohen Äste das Licht reflektierte. Er hatte am Morgen einen Pfad gebahnt. Hier war ein herabgebogener Zweig, von einem anderen gehalten; einige Schritte weiter lagen ein oder zwei Steine. Der Pfad wirkte so unauffällig und natürlich, daß nur ein im Dschungelkrieg geschulter Pfadfinder ihn hätte entdecken können. Er folgte diesem Pfad, bog Zweige auseinander und legte Steine zurück an ihren Platz. Nach fünf Minuten spiegelte sich der dünne Lichtstrahl im Wasser. Er hatte das Nordufer erreicht. Sofort machte er das Licht aus und untersuchte vorsichtig das Gebüsch. Seine Finger berührten etwas Hartes, Metallisches, Hohles. Es war der Bug seines Kanus. Er machte zwei gleich lange Schritte vorwärts zum Kiel, hockte sich nieder und tastete weiter. Seine suchende Hand griff in einen tiefen Tunnel im Gebüsch. Er nahm seinen Rucksack ab, schob ihn in das Loch und folgte dann sehr vorsichtig selbst, das Gewehr knapp über dem harten Boden. Das brauchte Zeit und Geduld, aber fünf Minuten später wurde er damit belohnt, daß er sich unter seinem getarnten Kanu ganz ausstrecken und den Kopf auf den Rucksack legen konnte. Er hatte die Feldrationen und die Feldflasche herausgenommen und genoß seine erste Mahlzeit seit dem Morgengrauen.

Er hatte gute Arbeit geleistet, dachte er. Das Kanu würde ihn erstens davor schützen, vom Nachtfrost durchnäßt zu werden, und dann davor, in seinen Kleidern einzufrieren. Es schirmte auch jedes Licht ab, das er vielleicht kurzfristig anzünden würde. Er faltete das Papier zusammen, in dem seine Rationen verpackt gewesen waren, stopfte es in den Rucksack und zog einen kleinen Metallbehälter mit fünf Zigaretten und ein Gasfeuerzeug heraus. Das Feuerzeug machte ein kratzendes Geräusch und flammte nahe bei seinen Augen hell auf. Er steckte das filterlose Ende einer Zigarette in den Mund. Er hatte filterlose Zigaretten gekauft, weil die Filter nicht schnell verrotteten und später möglicherweise von jemandem gefunden werden könnten, der das Gebiet sorgfältig nach Beweismitteln durchkämmte. Anderseits ließen sich gewöhnliches Zigarettenpapier und ungerauchter Tabak leicht zerdrücken, so daß die Reste

entweder beim ersten Wintersturm in alle vier Winde zerstreut oder vom Schnee in wenigen Tagen vernichtet würden.
Er steckte das Feuerzeug und den Zigarettenbehälter wieder in den Rucksack. Schweigend rauchte er, auf dem Rücken liegend, und überdachte den nächsten Tag. Es war schwierig, Pläne zu schmieden; man konnte nicht alle Schritte anderer Leute voraussehen. Aber man konnte sich ungefähre, allgemeine Vorstellungen davon machen und sichere Aufenthaltsorte und Ausweichpositionen überdenken, für den Fall, daß jemand sich anders verhält, als man es vorausgesehen hat, und zufällig über einen stolpert.
Ziemlich schnell hatte er seine Zigarette ausgeraucht. Er machte sie neben sich aus. Entfernen würde er den Stummel erst am nächsten Morgen. Dann hielt er das leuchtende Zifferblatt der Uhr nahe an sein Gesicht und stellte das Läutwerk auf sechs Uhr ein. Zu dieser Zeit würde es noch finster sein. Die fünf in der Hütte würden kaum vor sieben Uhr dreißig wach sein. Das würde ihm Zeit geben, zu essen, aus dem Kanu zu kriechen, die Schäden zu beseitigen, die er an dem schützenden Gebüsch beim Hineinkriechen verursacht hatte, und zum Beobachtungspunkt des nächsten Tages zu gelangen.
Heute nacht war es das letztemal für lange Zeit, daß er sich ausstrecken und wirklich schlafen konnte. Morgen würde er ein neues Lager, ein neues Versteck bauen müssen; erstens, weil es eine notwendige Sicherheitsmaßnahme war, denn er würde gesucht werden, verzweifelt gesucht werden, und zweitens, weil er sich möglichst schnell in mehrere Richtungen bewegen können mußte. Von morgen an – außer er hatte großes Glück – würde er vielleicht bis zu zweiundsiebzig Stunden nicht mehr schlafen.
Er klappte den Kragen seiner Jacke hoch, rollte sich auf die Seite, lauschte auf das ruhige Plätschern des Seewassers gegen die Felsen zu seinen Füßen und fiel bald in tiefen, ruhigen Schlaf.

14

FRÖSTELND ERWACHTE NANCY. Sie fror und verspürte pochende Kopfschmerzen und dumpfe Übelkeit; sie hatte einen Kater. Noch halb im Schlaf versuchte sie zuerst, sich an Gregs langem, nacktem Rücken zu wärmen, aber das genügte nicht. Die Decken waren herabgeglitten und auf den Boden gefallen. Sie müßte über ihn klettern, um sie wieder zu holen, doch dazu war ihr zu übel. Art und Ken hatten sich auf die anderen Betten geworfen und lagen in tiefem Schlaf da.
Dann war die Angst wieder da, und Nancy wachte endgültig auf. Die

schützende Finsternis der Nacht war zerstoben, und mit ihr das blinde Vertrauen und die entfesselte Hysterie, denen sie sich freimütig hingegeben hatte. Verwundbar blieb sie zurück, und schreckliche Abscheu und Schuld erfüllten sie, als sie sich an die Lust erinnerte, die sie empfunden hatte. Am schlimmsten war das zehrende Gefühl tief in ihr, das sich rasch ausbreitete; nachdem sie sich mit den drei Männern so ganz hatte gehen lassen, besaß sie keine Waffen mehr, verschwunden war ihre rätselhafte, verführerische Weiblichkeit.

Denn sie hatte bei allem mitgemacht. Sie hatte intime und verbotene Liebe mit Ken und Greg genossen, während sie alle drei Art ignorierten, der zusah, mit schlaffem Mund und brennenden Augen. Dann kamen Ken und Greg einzeln bei ihr dran, abwechselnd, während sie bereits mit dem anderen weitermachte. Das war aber nur der Anfang. Unersättlich stürzten sie sich wieder auf sie, beide gleichzeitig. Vollkommen enthemmt und nun bereits ebenso unersättlich wie sie, war Nancy ihren lachenden Anleitungen gefolgt, hatte ihrem trunkenen Aufbäumen und Tasten nachgegeben, das qualvolle Aneinanderreiben der Gliedmaßen verspürt, als sie nach der rechten Stellung suchten, bis es schließlich zu spät war, zu verhindern, was dann kam und was sie erst dann erkannte: Der lang anhaltende, stechende Schmerz, als Ken sich von hinten in sie bohrte, begann gleichzeitig mit Gregs unvorstellbar gewaltigen und brutalen Stößen in ihre Vagina. Dann steckten beide Männer tief in ihr, hart gegeneinandergepreßt. Der Schmerz verging und der Sex behauptete sich. Ihr schweißgebadeter Körper hatte sich willig diesem starken, rhythmischen Drängen entgegengebäumt, das Erfahrung verriet; ihre Münder suchten den ihren, der heiß und naß war, sie brüllten Gemeinheiten und Obszönitäten, die sie lustvoll zurückgab, bis Art mitmachte, zuerst ein Fremder, der sich erdrückend auf sie legte, aber am Ende begehrte sie ihn sogar mehr als Ken und Greg, bis alles in ihr und ihnen barst und ihr entfesselter Hunger gestillt war.

Armer Martin, hatte sie gedacht und gehorcht. Später hatte sich Art aufreizend vor Martin in einen Stuhl geworfen, grotesk nackt und herausfordernd. Mit schwerer Zunge, trunken, kicherte Art und schilderte Martin alles genau, was Nancy getan hatte. Und dann fummelte er an Martins Hose.

Sie war in die Küche gegangen, um ihr Glas aufzufüllen, und war, nur noch halb wach, an der Tür gelehnt, die Bourbon-Flasche in der Hand. Das süße Feuer des Bourbons sickerte aus ihren Mundwinkeln; fasziniert hatte sie Art zugehört, mit neuer Erregung. Martin hatte Nancy gesehen, im Schein des Feuers, nackt, und versucht, sich wegzudrehen. Aber Art hatte ihn festgehalten, fummelnd, tätschelnd und kichernd; und Nancy war zu Greg und Ken zurückgekehrt, die wach lagen und auf sie warteten.

Nun hob sich ihr Magen; vorsichtig würgte sie, löste sich von Greg und stieg aus dem Bett. Ihr Körper schmerzte so sehr, wie sie es nie für möglich gehalten hätte. Nackt stand sie im Zimmer, zerstört, zerschlagen und hilflos fröstelnd. Dann fand sie die Hose und das Hemd, die sie am Vortag getragen hatte, und die dicken Jagdsocken, die ihr Ken als Hausschuhe gegeben hatte. Sie raffte alles zusammen, ging ins Badezimmer und kleidete sich an. Als sie herauskam, war Martin wach. Ganz leise hörte sie seine Kette rasseln. Er setzte sich an der Kante der Bank auf, mit schweren Lidern; die Augen erfüllt von Unglauben über Nancys Anwesenheit und darüber, was ihm zugestoßen war. Sein Körper war verkrümmt und erschöpft, er legte die Unterarme auf die Knie, die Hände hingen schlaff hinunter.

Er war ein völlig Fremder. Und doch war er noch immer Martin. Eine Erinnerung schoß ihr durch den Kopf – daran, wie er sie am Flughafen erwartet und schüchtern ihren Kuß erwidert hatte. Wann war das gewesen? Wer war er?

Er sprach nicht. Sie schlich an ihm vorbei, öffnete leise den Riegel der Tür und trat hinaus.

Die Sonne ging gerade auf. Ihre Strahlen brachen sich, bohrten sich in gezackten Mustern in die Baumwipfel des Waldes jenseits des Sees.

Das Wasser war silbrig rot. Nancy bückte sich und tauchte die Hand hinein. Sie wurde starr vor Kälte. Noch ein paar Tage, und es würde Eis geben, hatte Ken gestern gesagt. Dann hörte sie ein Lachen. Sie drehte sich um. Ken kam über den weißen frostigen Boden vom Blockhaus herüber, nackt, ein Handtuch um die Schultern geschlagen; sein Körper hob sich seltsam weiß vom dunklen Haar seiner Lenden ab. Sie dachte, wie sonderbar ein nackter Mann doch aussieht, so schmal in den Schultern und dünnbeinig. Nur Greg sah anders aus.

Da kam auch schon Greg. Und Art.

»Hallo, Nance!«

Ken stieß einen Schrei aus, schleuderte die Mokassins von den Füßen, stürzte sich so rasch, daß er es sich nicht mehr anders überlegen konnte, ins Wasser, das eisig aufspritzte, und tauchte unter.

Schreiend kam er wieder hoch. Greg griff nach Nancy, zerrte an ihren Hemdknöpfen.

»Hinein mit dir, Mädchen.«

Er ignorierte ihr Gekreisch, und Ken stieg brüllend vor Lachen aus dem Wasser und zog ihr die Hose herunter; seine Hände waren so kalt, daß sie brannten. Greg packte sie an den Händen und Ken an den Füßen. So trugen sie sie, stellten sich ans Ufer und zählten bis drei, wobei sie sie höher und höher schwangen.

Als sie auf dem Wasserspiegel des Sees aufprallte, stach es sie wie mit

Nadeln über die ganze Länge ihres Rückens. Das Wasser schloß sich über ihr – ein riesiger Block, erdrückend schwer, so schwer, daß sie nicht atmen konnte. Schließlich öffnete sie die Augen und sah eine Welt von dunstigem Braun, den laubbedeckten Grund des Sees und darüber einen silbrigen Schimmer, das Tageslicht.

Sie kam hoch, und das Morgengrauen umfing sie wie ein warmer Mantel. Ken und Greg planschten neben ihr ins Wasser und dann Art.

»Morgen, Nance.« Das war Greg. »Wie geht's unserem Mädchen?«

Und Ken sagte: »Warum hast du uns nicht aufgeweckt?«

»Mensch! Was für eine Nacht!« Greg umschloß mit seinen massigen Händen ihr Gesäß und zog sie grob und eng an sich, seine Augen tanzten. »Du bist schon was, das muß ich sagen. Ganz toll!«

Er küßte sie, hob sie hoch aus dem Wasser und schlug ihr fest auf den Hintern. Röhrend bahnte er sich den Weg zum Ufer. »Das nennt man einem Blechaffen die Eier abfrieren! Mann!«

Ken stieg langsam aus dem See, den Arm um Nancys Schultern gelegt. »Ja, das war ganz groß, Nance.« Er lachte. »Ich bin völlig ausgepumpt. Wie steht's mit dir?«

Sie lächelte schüchtern. Er drückte sie fest an sich. »Hat dir gefallen, nicht? Mein Gott, du mußt es zwanzigmal gemacht haben. Ziemlich gut.«

Er lachte, suchte ihren Mund und fand ihn, küßte sie fest und führte sie aus dem Wasser. Plötzlich war da seine Wärme und Vertrautheit; da war Art, blau vor Kälte, aber er grinste und hielt ihr ein Handtuch hin, als sie auf ihn zuging, mit einem besonderen Ausdruck wegen der besonderen Intimität, die sie geteilt hatten; da war Greg, der seinen großen Körper abrieb und darüber witzelte, wie sehr er durch das eisige Wasser eingeschrumpft sei; und Ken trocknete sie ab, wie er ein kleines Mädchen abtrocknen würde, eines seiner Kinder.

Die andere Kälte, tief in ihr, verging allmählich. Sie gehörte noch dazu und konnte den dreien bei Tageslicht nüchtern und ohne Angst gegenübertreten. Sie betrachtete ihren schlanken Körper, die volle Rundung ihrer Brüste, gestrafft vom Schwimmen, den flachen Bauch, die glitzernden Wassertropfen im braunen Gewirr ihrer Haare, und die schmalen Schenkel und Waden. Bald würden sie sie wieder begehren, nicht nur, weil sie eine Frau war, sondern weil sie ihre ganz besondere Nancy war.

Sie gingen zurück zur Hütte. Sie hielt Kens Hand; Gregs Arm lag lässig um ihre Schultern, Art folgte und schlug verspielt mit dem Handtuch gegen jeden der drei Hintern, der ihm gerade unterkam.

Ihr Gelächter erfüllte das Wohnzimmer, als sie eintraten, und niemand scherte sich um Martin, nachdem Greg ihn in der Küche angekettet und ihm aufgetragen hatte, das Frühstück zuzubereiten.

»Mann, was schaust du so sauer drein? Du hast doch sicher deinen Teil beim Zuhören abgekriegt.« Es war die Sorte grober, beleidigender Bemerkungen, die sich nur Greg leisten konnte. Ken und Art lachten, sogar Nancy mußte lächeln. Ken forderte Nancy zum Trinken auf: Man müsse den Kater in Alkohol ersäufen.
»Du machst wohl Witze!« sagte Greg.
»Warum denn nicht?« rief Art.
Sie trank. Der scharfe Bourbon brannte wie Feuer, und beinahe übergab sie sich. Aber als er einmal unten war, fühlte sie sich gut. Sie kreischten vor Lachen. Greg versetzte ihr noch einen recht schmerzhaften Klaps auf den nackten Hintern; Ken gab ihr einen Kuß. Gemeinsam zogen sie sich vor dem Feuer an, und dann schickte Ken Nancy in die Küche um eine neue Flasche und um nachzusehen, ob sie Martin helfen könne.
Martin stand am Spülbecken und rührte den Teig für die Pfannkuchen an. Nancy fühlte sich äußerst unbehaglich und ignorierte ihn zuerst. Sie leerte den Kaffee aus der Espressomaschine in die Kanne, die sie auf den Küchentisch stellte. Dann fühlte sie, daß sie sprechen mußte. »Bitte, sei mir nicht bös, Martin«, sagte sie sanft. Und dann: »Aber du bist es. Ich weiß es. Ich habe wohl nicht das Recht, dich zu bitten, es nicht zu sein, oder?«
Er antwortete nicht sofort. Als er es doch tat, klang es scheußlich. »Wo ist der Schlüssel?«
Der Schlüssel? Welcher Schlüssel? Sie zwang sich, sich nicht umzudrehen. Sie fühlte seine Feindseligkeit instinktiv wie ein Tier. Sie spürte sie physisch, so als zerrte er an ihr. Sie holte einige Tassen vom Regal herunter.
Dann wiederholte er: »Wo ist er?« Er packte Nancys Arm und drehte sie so, daß sie ihn ansehen mußte.
»Welcher Schlüssel, Martin?«
»Die ganze Nacht hast du es getrieben, und es ist dir nicht einmal eingefallen, wie? Die Garage. Damit ich mit dem Familienauto einen Sonntagsausflug machen kann.« Er schob sein höhnisches Gesicht nahe an sie heran, und seine Augen weiteten sich vor Haß. »Das hier.« Er hob sein Fußgelenk und schlug gegen das Fußeisen.
Er hatte recht. Sie hatte nicht daran gedacht. Plötzlich verabscheute sie ihn, weil er nicht verstand und weil er sie daran erinnerte, daß er nicht so hatte entkommen können wie sie.
»Martin, versuch dich zu erinnern, wo wir sind.«
»Erinnern?« Er lachte derb. »Du verlangst von mir, daß ich mich erinnere?«
»An das, was mit uns geschehen ist. Warum ich es getan habe.«
»Soll ich daran denken, wie gut es dir gefallen hat? Und erzähl mir nicht,

daß es dir nicht gefallen hat. Ich hab dich gehört. O ja, ich habe dich gut gehört.«

Es gab kein Entrinnen. Es war schrecklich. Sie versuchte genau nachzudenken. Es hatte keinen Sinn, ihm etwas vorzulügen. Er würde es durchschauen. Sie mußte die Wahrheit sagen, aber in einer Art, die ihn nicht zu sehr in Wut bringen würde. Irgendwie.

»Als ich mich dazu entschloß«, sagte sie, »*wußte* ich ja nicht, daß es mir gefallen würde.«

Er ignorierte sie. »Frauen geben nicht alle Tage solche Geräusche von sich«, sagte er. »Und schon gar nicht eine frigide Hure wie du.«

Himmel, dachte sie. Das war es also. Gestern nacht hatte er endlich erkannt, daß er sie nie befriedigt hatte, sie nie befriedigen könnte. Das vermochte sein Stolz nicht zu ertragen; der Chauvinismus des Mannes, der sich als Versager fühlte, wenn er eine Frau nicht zum Orgasmus bringt, während andere Männer es schaffen. So einfach war das. Es war eine tödliche Wunde. Weit schlimmer als die, die Art ihm zugefügt hatte. Davon hatte er nicht gesprochen.

Sanft sagte sie: »Marty, Liebling, glaub mir, bitte. Ich konnte nichts dafür. Vielleicht war ich ganz einfach sinnlos betrunken. Bitte versteh mich. Ich *wußte* es nicht. Ich wußte nicht, daß es mir schließlich gefallen würde. Ich wollte es nicht.« Und beinahe flehentlich fügte sie hinzu: »Hätte es mir doch nicht gefallen!«

Er klammerte sich an das Spülbecken und drehte ihr den Rücken zu. »Gefallen, das kann man wohl sagen.« Er wandte sich wieder um. »Wenn noch Platz gewesen wäre, daß ein vierter Kerl seinen Zapfen reinsteckt, du hättest ihn auch rangelassen.«

Das war reiner Haß. Da schnappte etwas in ihr ein. Eine Wahrheit, die sie immer gekannt hatte, eine Verzweiflung, die sie stets verborgen hatte. Martin hatte sie nur begehrt, um sie zu benützen. Und all ihr verzweifeltes Sehnen, Eddie zu entfliehen, war nur Hoffnung und Selbsttäuschung gewesen. Martin hatte sie unrein und pervers gemacht, genauso wie die Mädchen, die er bezahlte. Ja, es war noch schlimmer, denn er hatte sie, Nancy, auch lächerlich gemacht. Und das Ärgste war, daß sie sich aus Verzweiflung selbst belogen und ihm nachgegeben hatte. Bitterkeit und Wut, auch auf sich selbst, stiegen in ihr hoch, und als sie ihn ins Gesicht schlug, schlug sie gleichzeitig sich selbst. Es klang wie ein Pistolenschuß. Und der wutentbrannte Schrei, den sie plötzlich ausstieß, war der Schrei einer völlig fremden Frau.

»Du Schwein! Du elender kleiner Kriecher. Du hast deinen Teil gehabt. Laß deine dreckige Bosheit nicht an mir aus.« Er glotzte ungläubig, während seine Finger über das brennende Rot in seinem Gesicht tasteten. Seine Augen wurden plötzlich weiß, und nun holte er aus.

Sein Schlag war so heftig, daß Nancy durch die halbe Küche taumelte, und der siedendheiße Kaffee spritzte gegen die Wand. Die Bourbon-Flasche zerbrach. Durch ein schreckliches klirrendes Geräusch hindurch hörte sie Martin schreien.
»Du dreckige kleine Nutte!«
Sie schmeckte Blut und maß die Entfernung. Die Kette hatte sich um den Küchentisch gewickelt und hielt ihn in Schach, er hing daran wie ein Hund, und sie war außer Reichweite, fast, aber nicht ganz. Er packte ihren Arm, seine Oberlippe kräuselte sich über den Vorderzähnen, und Schaum quoll ihm aus dem Mund, wie er sie zu sich hinüberzerrte.
Greg trat in die Küche, sah und lachte. Er löste Martins Finger von Nancys Arm und hob dann Martin hoch, als handle es sich um ein Kind, schleuderte ihn zurück gegen die Spüle und versetzte ihm einen Fußtritt. Martin klappte kreischend zusammen und hielt sich den Schenkel.
»Mein Bein. Sie, Sie haben mir das Bein gebrochen!«
»Du leck mich am Arsch. Aufräumen!« Greg stieß ihm die zerbrochene Flasche hin. »Okay, Nance?«
Sie erhob sich, die Hand an ihrem blutigen Mund. Ken und Art kamen, stellten sich in der Tür auf, und Ken sagte zu Martin: »Blödes Arschloch! Warum, zum Teufel, hast du das gemacht?« Und zu Nancy: »Wo hast du den nur aufgegabelt?«
Nancy schrie Martin schluchzend an: »Feigling! Wann hast du Jean das letztemal geschlagen?«
Er rappelte sich auf. »Laß nur Jean aus dem Spiel, du dreckiges Flittchen.« Er ging auf sie los. Diesmal hielt ihn Ken zurück.
»Hör mal. Jetzt reicht's.«
»Die Kinder waren nur eine Ausrede, nicht wahr?« sagte Nancy. »Du wolltest nie mehr als ein Wochenende mit mir. Das freie Wochenende.«
»Verlogene Hure. Heuchlerin. Als ob ich für dich nicht nur eine Abwechslung gewesen wäre, statt Eddie. Als ob du mich nicht auch benützt hättest!«
»Ich habe gesagt, Schluß jetzt«, rief Ken scharf. Er schob Martin energisch an die Spüle zurück, und Martins Kampfgeist versiegte plötzlich. »Dasselbe gilt für dich, Nancy.«
Er nahm Nancy mit ins Wohnzimmer, und Greg befahl Martin, das Frühstück fertigzumachen und die Unordnung zu beseitigen. Er nahm eine zweite Flasche vom Regal und folgte Ken. Aber Art blieb noch einen Augenblick und beobachtete Martin amüsiert.
»Martin«, sagte er, »was ist dir über die Leber gelaufen? Manche Typen kriegen eine Frau in den Griff, und manche eben nicht. Das solltest du doch wissen. Da braucht man sich doch nicht so aufzuregen.«
Im Wohnzimmer nahmen sie alle noch einen Schluck aus der Flasche und

warteten auf Martin. Nach einer Weile kam er aus der Küche, mit Eiern und Kaffee. Sie aßen schweigend. Die gute Stimmung war vorbei. Martin hatte etwas zerstört. Nancy spürte das. Er hatte die Wärme und Vertrautheit getötet, und dumpf ahnte sie, daß es vielleicht für immer damit vorbei war. Und da wußte sie auch, daß er die Wahrheit gesprochen hatte. Über sie und über sich. Die ganze Zeit, während sie ihn beschuldigt hatte, war sie selbst genauso schuldig gewesen.

Sie sah, wie Greg auf ihren Ausschnitt starrte, und wurde sich bewußt, daß sie ihr Hemd nicht zugeknöpft hatte, aber es war ein anderes Lächeln als vorher. Er begehrte sie, aber nur, weil er sich erleichtern wollte.

»Okay, Chef«, sagte er zu Ken. »Was willst du tun? Zurück ins Bett und noch ein wenig spielen oder kommen wir zur Sache?«

Ken überlegte und fragte: »Was meint ihr?«

Greg beäugte Nancy und kratzte sich angelegentlich. »Die Nacht war schon recht kurz. Zurück in die Federn kriechen, das könnte nicht schaden.«

»Nichts da«, sagte Art kalt. »Der dreckige kleine Wurm dort drinnen macht Schwierigkeiten. Gehen wir die Sache an.«

»Art hat recht«, sagte Ken. »Außerdem ist es gegen die Regeln.«

»Wir könnten sie ändern. Stimmen wir ab.«

»Nein. Wir haben sie aus einem guten Grund aufgestellt. Erinnerst du dich? Sich auf nichts einlassen.«

Greg erinnerte sich und gab widerwillig zu: »Ja. Stimmt.«

»Was für Regeln?« fragte Nancy schüchtern.

»Bloß Regeln«, sagte Ken. Er sah sie nicht an.

»Aber welche?«

Es kam keine Antwort, und dieses Schweigen war beunruhigend. Etwas stimmte nicht. Ken war plötzlich verschlossen. Ein Vorhang war gefallen.

»Martin!« rief er. »Komm herein.« Er fischte den Schlüssel zu dem Fußeisen aus seiner Tasche. Nancy sah es und bemerkte, daß Greg wieder auf ihre Brust hinschaute. Er spürte, daß sie ihn beobachtete, streckte den Arm aus, nahm eine ihrer Brüste in die Hand, hob sie spielerisch auf, ließ sie fallen, fing sie auf und lachte. Eine verzweifelte Hoffnung durchzuckte Nancy. Vielleicht konnte sie irgendwie erreichen, daß alles wieder gut würde. Sie langte nach Gregs Hose, griff nach seinem Glied und spürte sofort die Erregung.

Ken bemerkte es und runzelte die Stirn. »Hör auf, Greg. Um Himmels willen!« Seine Stimme klang scharf und zornig.

Greg gab nach. »Ist schon gut.« Er ließ Nancy los und schob ihre Hand weg.

Martin kam herein und blieb wartend stehen. Ken musterte ihn langsam von oben bis unten.

»Was ist los?« fragte Martin. Er war sehr blaß.
»Da, trink was, Marty«, sagte Ken. Er goß einige Finger hoch Bourbon in ein Glas und reichte es Martin, der es widerspruchslos nahm; seine dunklen Augen wanderten langsam von einem Mann zum anderen. Nachdem er getrunken hatte, nahm Ken das Glas wieder zurück. Martin hatte sich nicht bewegt. Er war nur blasser geworden, aber eine tiefe Erkenntnis stand auf seinem maskenhaften Gesicht geschrieben, und um seinen Mund lag ein entschlossener Zug, der vorher nicht dagewesen war. Ken bemerkte es und fragte: »Was hast du mit ihm gemacht, Greg?«
»Nichts«, protestierte Greg und verstand nicht. »Ich habe ihm einen Fußtritt gegeben. Gegen den Schenkel. Wie sie es uns beim Heer beigebracht haben.«
Art beobachtete Martin angespannt. »Das ist es nicht«, sagte er. »Ken hat recht. Er hat es gespürt. Nicht eine intellektuelle Erkenntnis, o nein, aber eine instinktive Ahnung. Wie bei einem Tier. Das ist interessant.« Er lächelte. »Nun ja, vielleicht ist es auch nicht interessant. Schließlich ist er ja ein Tier.«
Ken forschte nachdenklich weiter. »Ja«, stimmte er zu. »Stimmt, Artie. Gefahr. Er hat sie gewittert . . .« Und dann zu Martin gewandt: »Da. Er sei dein.« Er überreichte Martin den Schlüssel zum Fußeisen. Martin wandte den Blick von Art ab.
»Nimm ihn, nimm ihn«, sagte Ken eindringlich. Er ließ den Schlüssel in Martins Brusttasche gleiten.
Martin preßte die Worte mühsam hervor. »Wieviel Vorsprung bekommen wir?«
»Siehst du?« triumphierte Art. »Ich hab's dir gesagt.«
Nancy stammelte verwirrt: »Ken, ich verstehe nicht.«
»Ist doch ganz einfach«, lachte Greg. »Wir lassen euch laufen.«
»Ihr bekommt zwanzig Minuten«, sagte Ken zu Martin.
Art nahm einen kleinen Rucksack von einer der Bänke. »Das könnt ihr haben. Drei Tagesrationen, Streichhölzer, eine Notapotheke, alles, was ihr braucht.«
»Kann mir einer von euch erklären, was das alles soll?« platzte Nancy heraus.
»Ich habe es dir doch gesagt«, antwortete Greg. »Auf Wiedersehen.«
Es klang faul. Sie wandte sich an Martin. Sein Lächeln war unangenehm.
»Du weißt genausogut wie ich, worum es geht.«
Und selbstverständlich wußte sie es auch, tief in ihrem Inneren. Ebenso wie Martin. Sie hatte es gewußt und sich selbst eingestanden, lange vor ihm. Alles, was sie danach gedacht hatte, war einfach eitle Hoffnung und Selbsttäuschung gewesen, aus der Verzweiflung entstanden. Sie fragte sich, wann Martin sich wohl entschlossen hatte, der Wahrheit ins Gesicht

zu blicken. Gestern? Während sie auf der Jagd waren? Oder letzte Nacht? Es machte nichts aus. Sie konnte es noch nicht glauben. Ihre Todesangst war vermengt mit dem Gefühl, aus der kleinen Welt ausgestoßen zu werden, die sie als Schutz um sich aufgebaut hatte. Noch vor einigen Minuten waren sie alle nackt gewesen und hatten gemeinsam gelacht. Greg hatte die Arme um sie gelegt, und er und Ken hatten sie geküßt. Und gestern nacht hatten sie alles geteilt. Sie waren Freunde gewesen.

Nancy konnte nicht sprechen.

Martin öffnete gelassen das Fußeisen und ergriff den Rucksack, den Art ihm reichte.

»Wie viele andere waren vor uns da?« fragte er.

Ken zögerte, dann antwortete er: »Sechs.«

»Sechs Paare«, sagte Art scharf.

»Bloß so?« fragte Martin. »Ihr habt jedes Jahr eine Urlaubsfahrt gemacht, jemanden mitgenommen, etwas Spaß gehabt und ein paar Spielchen gespielt? Ihr habt sie dann laufen lassen und eine Treibjagd veranstaltet? Bloß so?« Sein Tonfall war sachlich.

Ken und Art wechselten einen Blick. »Schau, Marty«, sagte Ken. »Betrachten wir es so. Das ist ein großer Wald da draußen. Da könnte alles mögliche geschehen.«

Art grinste hämisch. »Wer weiß? Vielleicht erschießt ihr am Ende uns?«

»Womit zum Teufel?« platzte Martin heraus. Einen Augenblick lang verlor er die Fassung. »Damit?« Er streckte ihnen die Hände entgegen, die Handflächen nach oben.

Niemand antwortete. Wild blickte er von einem zum anderen. »Ich hab es schon gesagt. Ihr seid verrückt. Alle. Geisteskrank. Hört zu, wir sind nicht in Vietnam oder sonst wo. Wir sind keine Gooks oder Nigger. Wir sind weiße Leute. Wie ihr. Ich arbeite in einer Bank. Ich bin ein anständiger Mann. Ich bin verheiratet, habe Kinder.«

Ken drückte den Hebel seiner Stoppuhr. »Es geht jetzt los für euch.«

Aber Martin wollte nicht aufhören. »Um Himmels willen, hört zu. Okay, euer Vergnügen ist also die Menschenjagd. Aber das ist nicht richtiges Jagen. Davon kann nur die Rede sein, wenn einer die Chance hat, davonzukommen oder sich zu wehren. Warum laßt ihr uns überhaupt laufen? Warum knallt ihr uns nicht gleich hier ab?«

»Weißt du, die Leute sind schon komisch«, sagte Greg. »Vor einer Stunde hatte er nichts anderes im Kopf, als von dieser Kette loszukommen. Nur frei sein, das war alles, was er wollte.« Er mimte gekränkte Verwirrung.

Ken ignorierte ihn und antwortete Martin. »Du kannst natürlich hier bleiben, wenn du willst. Du kannst dir Kaffee kochen oder einen Drink nehmen und sitzen und warten. Aber ich glaube nicht, daß du das tust. Ach ja, das hätte ich fast vergessen.« Er zog einen Taschenkompaß hervor.

»Etwa dreieinhalb Kilometer westlich von hier gibt es die Überreste einer alten Eisenbahnlinie. Bloß eine Spur. Wenn ihr die südwärts verfolgt, stoßt ihr auf die Bundesstraße Nummer achtundzwanzig.« Er schob Martin den Kompaß über den Tisch hin zu.

Martin nahm ihn. »Du bist deiner Sache verdammt sicher, nicht wahr?« sagte er. »Ich werde dir mal was sagen, großer Boß, ich werde mich, wie ich hier stehe, aus dem Staub machen, und dreimal darfst du raten, was das für euch bedeutet.«

Greg schaute Art an. »Was sagst du dazu? Es sieht aus, als hätten wir diesmal was Lebendiges gefangen.«

Art grinste. »Vielleicht hast du recht.« Er wandte sich Martin zu. »Martin, du bist ein Mensch, ein Homo sapiens. Mit einem Gehirn, das, als Waffe eingesetzt, durchaus tödlicher sein kann als ein Gewehr. Wir haben uns genauso in Gefahr begeben wie du. Viel Glück. Möge der Beste gewinnen.«

»Könnte ich etwas Wasser haben?« fragte Martin. Seine Stimme klang wieder kalt und geschäftsmäßig.

Ken erhob sich, nahm schweigend eine kleine Feldflasche von einem Haken an der Wand und reichte sie ihm. Martin ergriff sie und ging langsam rückwärts zur Tür.

Endlich vermochte Nancy zu sprechen: »Ken, nein!« Sie begann zu weinen.

»Geh schon, Nancy«, sagte Greg. »Hau ab.« Es klang irgendwie ungemütlich, und er sah auch so aus.

»Ken! Gestern nacht habe ich nicht versucht, wegzulaufen. Ich hätte den Schlüssel zur Kette stehlen können, und ich habe es nicht getan, nicht wahr? Gestern nacht, das war . . . weil ich es wollte.« Sie wandte sich Greg und Art zu und versuchte, sie durch ihre Tränen hindurch anzusehen. »Und dich auch. Beide. Ich wollte es gestern nacht.«

Greg zuckte die Achseln. »Sicher. Wir hatten Spaß.«

»Wir könnten noch mehr solche Nächte haben. Ich würde nichts sagen. Zu Hause könnte ich für euch alle da sein, wann immer ihr wollt.« Sie klammerte sich an Ken. »Ken, hör mir zu!«

Ken schob sie weg und sagte: »Jetzt hör mal, Nancy. So ist die Sache nun mal, und du verschwendest deine Zeit. Ich werde es mir nicht anders überlegen. Auch Greg nicht. Und Art auch nicht.«

Brutal sagte Art: »Schau, kleines Mädchen, willst du es schriftlich? Du bist gefüttert und gefickt worden. Jetzt hau ab.«

»Ken!« Sie schlang die Arme um ihn. Entsetzen packte sie, finster und kalt, und Ken schien unendlich weit weg zu sein.

Sie hörte, wie Arts Stimme lauter wurde, schrill vor Ungeduld. »Ken, würdest du bitte dieses blöde Weibsstück von hier entfernen?«

»Komm schon, Nancy. Jetzt aber schnell.«
Sie fand sich draußen wieder. Martin war schon halb die Stufen der Terrasse hinunter. Konnte er helfen? Warum ging er so ruhig weg?
»Martin!«
Er blickte nicht zurück. Er marschierte weiter über die Lichtung, beschleunigte seine Schritte mehr und mehr. Noch lief er nicht. Diese Freude wollte er ihnen nicht machen.
Art erschien neben Ken. Er hatte sein Gewehr mitgenommen. Nancy konnte sich nicht aufrappeln. Sie versuchte es, aber ihre Knie gehorchten nicht. Sie kroch zu Ken. Wenn er ihr nur erlaubte, seine Füße zu küssen!
»Ken, ich will alles tun!«
Sie hörte seine zornige Antwort. »Verdammt noch mal, hau ab!«
Und dann war Art über ihr, stieß sie mit dem Fuß, drosch auf sie ein. Sie schlug mit dem Rücken gegen die glatten Steine der Terrassenstufen. Benommen setzte sie sich auf.
Arts Gewehr krachte ohrenbetäubend. Etwas peitschte und brannte an ihrem Schädel. Dann wurde ihr alles klar. Ken, der auf sie hinuntersah, mit eisigem Blick, weiß vor Zorn; Art, der mit einer widerwärtigen Grimasse lachte. Er hatte in den Boden geschossen, die Kugel hatte ihr Haar gestreift. Blut sickerte aus der kleinen Schürfwunde unter dem Haar. Greg erschien in der Tür und steckte eine Patrone ins Magazin seiner Flinte.
Das waren dieselben fremden Männer, die Martin und sie angehalten und gezwungen hatten, in den Kombiwagen zu steigen.
Nancy stand abrupt auf. Aus großer Entfernung strömte alles wieder auf sie ein und wurde kristallklar.
»Ihr abscheulichen Mistkerle«, sagte sie. »Ich weiß nicht, wie ihr für das alles büßen werdet. Aber ihr werdet büßen. Alle drei. Ihr seid nichts als Dreck.«
Sie spuckte auf die Steinstufen.
Sie drehte sich um und folgte Martin. Gregs Flinte krachte, aber sie zuckte nicht zusammen. Sie wußte, daß sie nicht auf sie schießen würden. Noch nicht. Sie benahmen sich bloß wie der Mob, der dem Nigger noch etwas Angst einjagen will, bevor er Seil, Benzin und Streichhölzer hervorholt. Noch mehr Schüsse knallten. Dreck spritzte auf, drang in ihre Hosenbeine und zerkratzte ihr Fleisch.
Sie ging weiter.

15

ART GOSS DEN KAFFEE aus der Kaffeemaschine und sagte: »Ich glaube nicht, daß du ihnen die zusätzlichen zehn Minuten hättest geben sollen.« Er hatte die Tassen hinausgetragen, und sie saßen alle drei auf den Stufen und genossen die Wärme der aufgehenden Sonne. Wieder würde es ein wunderschöner Tag werden. Einige Krähen stritten irgendwo in der Nähe der Mühle; blaue Eichelhäher schwatzten; der See hatte die gleiche Farbe wie der Himmel und spiegelte den Wall immergrüner Pflanzen am Ostufer mit all ihren dunklen Einzelheiten wider. Ganz weit weg, hoch in den Lüften, kreiste ein Habicht.

»Warum nicht?« fragte Ken.

»Weil der Kerl nicht so dumm ist, wie er aussieht.«

Ken dachte darüber nach. Vielleicht hatte Art recht. Da war etwas in Martins Augen gewesen, das gar nicht zu dem unfähigen Idioten paßte, den sie an der Tankstelle gesehen und später am Rand der Autobahn aufgelesen hatten. Der Mann von damals war ein Schwächling gewesen; einer, der immer zögert und aus Unentschlossenheit immer zu spät reagiert. Der Mann, den sie jetzt gesehen hatten, war entschlossen.

Ein Gefühl physischen Vergnügens durchströmte Ken bei dem Gedanken, Martin zu töten: eine sexuelle Regung, die von den Lenden bis zum Rückgrat ausstrahlte. Dasselbe verspürte er, wenn ein Mädchen, das er begehrte, ihm mit ihren Blicken zu verstehen gab, daß auch sie wollte und daß ihr alles recht sei. Es war die Freude der Erwartung von etwas Verbotenem.

»Keine Angst«, sagte er, »wir kriegen ihn schon.«

Greg lehnte sich zurück, die Ellbogen auf das rauhe Bretterwerk der Terrasse gestützt. Er lachte. »Was haltet ihr von dieser Nancy?«

»Das Beste, was wir jemals hatten«, sagte Art. Er erinnerte sich an Nancys kreischenden, nassen Mund und fügte hinzu: »Hundertprozentig.«

Ken dachte über Nancy nach, ihre wilden Laute, ihr heißes, heftig zuckendes Becken, ihre Hände mit den scharfen, bohrenden Fingernägeln. Aber vor allem erinnerte er sich an die weiche Art, mit der sie ihn anzusehen begonnen hatte. Sie hatte es gemeint, o ja. »Ich weiß nicht«, überlegte er. »Wie hieß doch die Biene vor drei Jahren?«

»Die Dunkelhaarige?«

»Ja. Die Flachbrüstige.«

»Du meinst Ellen. Das war vor vier Jahren.«

»Ja, vielleicht«, meinte Greg.

Ken versuchte, sich zu erinnern und zu vergleichen. Nach einer Zeit, wenn man älter wurde, konnte man sich kaum noch entsinnen, wie die einzelnen Frauen gewesen waren.

»Aber ihr Freund«, sagte Art, »war anders.«
Ken versuchte auch, sich den Mann ins Gedächtnis zu rufen. Einen Augenblick lang sah er ein undeutliches Gewirr von Gesichtern vor sich, dann wurde eines klarer und verwandelte sich in das Antlitz eines dicklichen, kahl werdenden jungen Mannes mit feuchten blauen Augen und bibbernden Lippen. Es verzerrte sich, wurde zur Grimasse und begann sich im Zeitlupentempo aufzulösen, als in Kens Erinnerung ein Schuß krachte, den rechten Backenknochen durchbohrte, in die Nase drang und die ganze linke Seite des Kopfes spaltete.
»Stewart«, sagte er.
»Stimmt«, gab Greg zu. »Er wollte nicht laufen.«
»Wir mußten ihn gleich da draußen niederknallen«, meinte Art. »Erinnert ihr euch? Gleich dort.« Er zeigte auf einen Punkt der Lichtung.
»Klar«, sagte Ken. »Ich erinnere mich sehr gut. Machte in die Hosen, der blöde Kerl.«
Und selbst als Toter hatte er ihnen noch Schwierigkeiten bereitet. Die Leiche war an einem Hindernis unter der Wasseroberfläche hängengeblieben, an den verzweigten Überresten eines Baumstammes, als sie sie, beschwert mit einem rostigen Eisenstück vom Triebwerk der verlassenen Sägemühle, zusammen mit dem Leichnam des Mädchens im tiefen Sumpfwasser am Nordende der Insel versenkt hatten. Im Frühjahr darauf war das Fleisch sicherlich von Fischen und Schildkröten abgeknabbert gewesen, und die Knochen waren im ätzenden Schlamm, in dem sie versunken waren, rasch verrottet.
»Nein«, warf Greg ein. »Die Beste, die wir jemals hatten, war das Mädchen damals im College.«
»Alicia?«
»Ja, die.«
»In puncto Sex?« fragte Art ungläubig.
»Eher, weil sie ein so schwieriger Fall war«, meinte Ken.
»Ja, so ungefähr«, sagte Greg. Aber das war es nicht wirklich. Ihm hatte es gefallen, wie sie Alicia gezwungen hatten, und wie sie gebissen und um sich geschlagen und geschrien und gekratzt und sich gewehrt hatte. Wenn eine Frau nicht will, ist das schon der halbe Spaß.
»Mann, worüber sprecht ihr da?« Art war empört. »Die zählt doch nicht. Wir haben sie nicht gejagt.«
»Wir hätten es getan, wenn du nicht die Hosen gestrichen voll gehabt hättest«, lachte Ken.
»Wo hätten wir es denn tun sollen? Mitten in Ann Arbor?«
Genau das hatte er zu tun beabsichtigt, dachte Ken. Alles im Auto erledigen, nicht in einem Motel, und das Mädchen dann irgendwo in einer Wohngegend hinauswerfen. So hätten sie nie Schwierigkeiten gehabt. Er

dachte an den 38er-Revolver, den er mit so vielen Vorsichtsmaßnahmen gekauft und nie verwendet hatte. Die Frustration von damals und die Tatsache, daß sie gesehen worden waren – das Motel war Gregs und Arts Idee gewesen –, hatte sie auf den Gedanken mit der einsamen Jagdhütte gebracht. Das war der Anfang gewesen.

Art rührte in seinem Kaffee. »Was mich immer fasziniert hat, ist, daß alle Männer immer gleich denken, sie würden als Geisel gefangengenommen, und daß alle Mädchen zu dem Schluß kommen, sie könnten uns mit Sex rumkriegen.«

»So muß es sein«, sagte Ken. »Das ist die grundlegende männliche und weibliche Psychologie, wenn man etwas darüber nachdenkt.«

»Was *mich* fasziniert«, warf Greg ein, »ist, daß man nie voraussagen kann, wie sie davonlaufen werden. Denkt nur an Marina. Wir dachten, sie würde vor Angst sterben, bevor sie noch den halben Weg zur Mühle zurückgelegt hatte, nicht wahr?«

»Das stimmt«, erinnerte sich Ken. Marina, klein, blond, gedrungen, das hübsche Gesicht eines unschuldigen Kindes. Sie war buchstäblich an den Rand der Lichtung gekrochen, zu entsetzt, um aufrecht zu gehen.

Dann hatten sie sie drei Tage lang nicht gefunden. Und hatten drei hektische Nächte durchwacht. Sie war einfach verschwunden gewesen. Zuerst durchkämmten sie das Seeufer. Danach schwärmten sie eilig aus, teilten den Wald zunächst in große, dann in immer kleinere Planquadrate, fünfzehn Kilometer landeinwärts und südwärts. Das hatten Ken und Greg getan. Art war auf die andere Seite des Sees gegangen.

Nach zwei Tagen und zwei Nächten des Suchens hatten sie immer noch kein Lebenszeichen entdeckt. Sie waren zu der Überzeugung gelangt, daß Marina auf die Insel zurückgekommen war oder sie vielleicht nie verlassen hatte, und weitere vierundzwanzig Stunden lang, einen ganzen Tag und eine ganze Nacht, durchstreiften sie dann die umliegenden Wälder, das Steilufer, den Sumpf am Nordende, das gesamte Ufer, die Sägemühle.

Zum erstenmal, seit sie die Hütte gebaut hatten, waren sie beinahe in Panik geraten. Sie hatten daran gedacht, das Land zu verlassen, denn selbst wenn das Mädchen sich befreit hatte, hätten sie noch genügend Zeit dazu gehabt. Soeben noch. Sie hatten Spekulationen angestellt über die genaue Mindeststundenanzahl, die das Mädchen benötigen würde, um zur Polizei oder zur Försterei zu gelangen und zurückzukehren, sollte ihr gleich am Anfang die Flucht gelungen sein.

Nur Ken hatte sich eindeutig dagegen ausgesprochen. Und er hatte recht behalten. Schließlich hatte sich Marina selbst verraten, als sie im Schlaf stöhnte, in dem gemütlichen Nest, das sie sich mitten unter dem Küchenboden in der Hütte gebaut hatte; es gab da ein loses Brett, so daß

sie jede Nacht hatte hinaufkommen und sich mit Nahrung und Wasser versorgen können.
Das war knapp gewesen. Noch knapper wurde es nur noch einmal, als der Mann zwei Jahre vor Marina zur Hütte zurückgeschlichen war, um ein Gewehr zu stehlen. Er verletzte Greg leicht am Bein, bevor sie ihn in die Enge trieben und dann rasch beseitigten, aber auch das gelang nur, weil der Idiot nicht genügend Munition mitgenommen hatte.
Ken blickte auf seine Uhr. »Sie haben noch eine Viertelstunde.«
Greg grunzte. »Ich könnte einen Schluck vertragen.«
»Du kriegst aber keinen.«
Das war die Regel: Kein Alkohol am Tötungstag, und mit Nancy hatten sie sowieso fast eine Flasche geleert. Greg machte ein sorgenvolles Gesicht.
Nachdenklich sagte Art: »Ihr wißt, daß wir damit während der letzten sieben Jahre viel Spaß gehabt haben, sehr viel, aber ich habe das Gefühl, daß wir beginnen, Fehler zu machen.«
»Was für Fehler?«
»Wir treiben eine gute Sache zu weit«, sagte Art.
»Du meinst, du willst aussteigen?« Greg war entrüstet, fast ungläubig.
»Aber nein, natürlich nicht. Nur vielleicht eine Änderung des Systems.«
»Da haben wir's wieder«, sagte Greg.
Ken wußte genau, was er meinte. Es war Arts alljährlicher Versuch, ihre Jagd vom Wald und vom wilden Norden, die er beide nicht besonders liebte, in Städte zu verlegen. Art war im Grunde ein Kind der Stadt. Und Greg war ein primitives Tier, das sich im Dickicht wohler fühlte als anderswo. Sie würden nie gleicher Meinung sein.
»Warte einen Moment«, sagte Art. Seine Geste drückte Hartnäckigkeit aus. Er wollte seinen Standpunkt richtig vertreten. »Da gibt es eine Reihe von Dingen. Zunächst einmal wird sich irgendwann irgendwer einen Reim drauf machen. Irgendein gelangweilter, doofer Bulle, der sonst nichts zu tun hat. So geht es doch immer, nicht?«
»Was für einen Reim?«
»Verlieren wir uns nicht in Nebensächlichkeiten.«
»Ich möchte es wissen«, beharrte Greg.
Art holte tief Atem, mit märtyrerhafter Resignation. »Also gut. Die Tatsache, daß jedes Jahr zur gleichen Zeit ein Mann und eine Frau, immer ein Paar, verschwinden. Irgend jemand wird es mit der Jagdzeit in Verbindung bringen. Das ist der erste Schritt. Darauf folgt der logische Schluß, daß auch Jäger damit zu tun haben. Und dann . . .«
Er konnte seinen Satz nicht beenden. Greg gab einen Laut von sich, der knurrend und hämisch zugleich klang. »Ach, gib's doch auf!« sagte er. »Du machst wohl Witze.«

Ken lächelte innerlich. Greg hatte recht. Sie hatten sich vergewissert, daß die Paare jedesmal aus einem anderen Teil des Bundesstaates kamen. Einmal waren sie sogar nach Wisconsin hineingefahren, um ein Pärchen zu kapern. Niemand würde das jemals mit der Jagdsaison in Verbindung bringen oder mit bestimmten Jägern oder gar mit der Nordhalbinsel.
»Ich sagte, daß es da eine Reihe von Sachen gibt«, beharrte Art. »Wir könnten die Spuren von früher verwischen und . . .«
Greg unterbrach wieder, diesmal aggressiv. »Was für frühere Spuren?«
Art hob die Stimme, enttäuscht: »Stell dich doch nicht absichtlich dumm. Bis jetzt haben wir vierzehn Leute hier gehabt. Ich bin kein Kriminalist, aber sie müssen ja etwas hinterlassen haben, Haare oder Fingerabdrücke oder so.«
»Sicher«, sagte Greg sarkastisch. »Also, was schlägst du vor? Einen gewaltigen Osterputz? Oder willst du vielleicht die Hütte niederreißen?«
»Warum nicht?« fragte Art. »Wir können ja wieder eine neue bauen.«
»Du kannst es vielleicht. Ich, ich bleibe standhaft.«
Dann holte Art nochmals tief Luft und preschte vor. Er begann die Vorteile der Jagd in der Stadt aufzuzählen. Ein Jahr New York, dann Chicago, dann San Francisco. Sie könnten es sogar im Ausland versuchen. Paris, London und Rom. Schattenmenschen in der Stoßzeit, in den Nachtklubs beim Spielen, in den Büros während der Arbeitsstunden.
Greg wehrte sich mit seinen üblichen Argumenten. Was war mit der Polizei? Ihre Opfer müßten nur zur nächsten Polizeistation laufen oder einen Telefonhörer in die Hand nehmen.
Und Art entgegnete ihm wie immer. Sie würden sich Leute aussuchen, die nicht zur Polizei gehen könnten, die es nicht wagen würden.
Ken nahm an dem Gespräch überhaupt nicht teil. Weder Greg noch Art hatten die Phantasie oder die Nerven, das Spiel wirklich zu steigern. Er hatte sich nie die Mühe gemacht, ihnen zu erklären, was sie seiner Meinung nach machen sollten: nämlich das ganze Jahr über spielen. Sich ein Paar aus ihrem eigenen Milieu aussuchen, Superstadtrandmenschen wie sie selbst, mit Geld und sozialer Stellung, sie schrittweise erpressen mit Sexspielen, die sie wochenlang in jeder nur denkbaren Form weitermachen könnten. Er wollte die guten Leute langsam und subtil in ein solches Spinnennetz von Angst weben, daß sie es nicht mehr wagen würden, sich um Hilfe umzusehen. Das wäre *sein* erster Schritt. Das würde Monate dauern. Dann, als nächstes, sollte die Beute nicht nur wissen, daß sie gejagt wurde, sondern sie würden ihnen auch den Zeitpunkt und den Ort, das genaue Wo und Wann ihres schließlichen Endes mitteilen. Zuerst würden die Opfer es nicht glauben, aber die Ahnung, dann die Gewißheit würden sich allmählich breitmachen. Einer würde es immer früher erkennen als die anderen. Da würde es

Diskussionen und Streit geben, Flehen und Zusammenbrüche; endlose, längst begrabene persönliche Feindschaften und Gegensätze würden wieder an die Oberfläche steigen, bevor die Verzweiflung angesichts des gemeinsamen Feindes eine ungesunde und ungemütliche Versöhnung brächte.

Für die Jäger ergäbe sich ein mehrfacher Genuß: das genaue Durchdenken und die Planung; das langsame Verstricken der Opfer in niedrigste und entwürdigende sexuelle Perversionen, die diese allmählich genießen und begierig herbeisehnen würden; dann das Beobachten der Zuckungen von Männern und Frauen, wie sie auf verschiedene Weise, je nach Geschlecht, versuchten, ihr Schicksal abzuwenden, obwohl sie instinktiv wußten, daß sie ihm nicht würden entrinnen können, sich aber trotzdem weigerten, diese Tatsache anzuerkennen. Und schließlich die Tötung selbst, nicht so sehr der Akt als der Moment, in dem die Opfer endgültig akzeptierten und erkannten, daß es jetzt geschah, daß das Ende unausweichlich war, unmittelbar bevorstand, und daß nichts sie retten würde. Wenn alles korrekt durchgeführt würde, könnte es sogar zu der außergewöhnlichen Draufgabe kommen, daß die Beute sich so gepeinigt fühlte, daß sie buchstäblich um ihre eigene Hinrichtung flehte.

Als Jagdmethode, das wußte Ken, wäre dieses System unübertrefflich. Obwohl das Vergnügen im Grunde das gleiche war wie jetzt, wäre es viel raffinierter und deshalb bei weitem befriedigender. Es wäre in gewissem Sinne ein Fortschritt gegenüber dem jetzigen System, etwa dem Übergang von Pfeil und Bogen zum Gewehr vergleichbar.

Er blickte auf die Uhr. Noch fünf Minuten. Er dachte an Nancy. Sie *war* die Beste, die sie jemals gehabt hatten. Bei weitem. Wenn er wirklich ernsthaft über sie nachdachte. Und man mußte sie einfach gern haben. Heute morgen, als er in dem eisigen See schwamm, hatte er einen flüchtigen, verrückten Gedanken gehabt. Nancy nehmen und mit ihr auf und davon gehen. Greg und Art die Suppe auslöffeln lassen – Helen sollte sehen, wie sie allein weiterkam –, vielleicht nach Südamerika fahren und ein ganz neues Leben beginnen. Ein Mädchen wie Nancy könnte man dazu bringen, alles zu tun. Fürs erste: Sie wäre nicht wie Helen, sie hätte nichts gegen Gruppensex. Nancy wünschte so verzweifelt, geliebt und akzepiert zu werden. Sie hatten einen guten Körper, ihr Gesicht war nicht schlecht, und die gequälte neurotische Art verlieh ihr Stil. Ein paar Kleider, und sie könnte es mit den tollsten Frauen aufnehmen. Und warum, zum Teufel, muß ein Mann sein ganzes Leben mit einer Frau verbringen? Helen hatte das Beste von ihm bekommen. Und machte jetzt den fatalen Fehler, den alle Frauen machen: Sie hielt ihren Mann für eine selbstverständliche Einrichtung. Allein dafür verdiente sie es, stehengelassen zu werden.

Er stand auf, unschlüssig, und trug seine Kaffeetasse in die Hütte. »Noch ungefähr drei Minuten«, verkündete er.
Er stellte die Tasse in die Spüle, dabei schlug sein Fuß gegen die Fußkette. Sie rasselte über den Boden. Er sah sie sich an. Waren da wirklich vierzehn Leute daran gehangen? Waren sieben Jahre so schnell vorübergegangen? Dann erkannte er, daß das mit Nancy ein Unsinn war. Sie wußte zuviel. Sie hätte immer eine Waffe gegen ihn in der Hand gehabt. Und, wie unsicher sie auch jetzt war, würde sie nicht schließlich doch auch das tun, was Helen und die anderen Frauen taten? Hatte er das nicht gerade selbst gesagt? Nach einer Weile würde ihn Nancy, wie die anderen, als selbstverständlich betrachten. Und wenn das geschah, würde sie gefährlich werden. Sie mußte verschwinden.
Er nahm sein Gewehr, schlüpfte in die Jagdjacke und fühlte sich plötzlich wohl. Es machte Spaß, über jemanden wie Nancy zu entscheiden. Du hast das letzte Wort über sie. Nicht Gott oder das Schicksal oder sie selbst oder irgend so was. Sondern du.
Ken ging wieder hinaus und unterbrach Arts und Gregs Diskussion. »Also«, sagte er entschlossen und warf einen Blick auf die Uhr. »Es ist soweit.«

16

NANCY SAH DAS BOOT früher als Martin. Es schaukelte lautlos zwanzig Meter vom Ufer entfernt auf dem See, halb verdeckt von dem dichten Busch im Wasser, an dem es festgebunden war. Einen Augenblick lang fragte sie sich, ob sie ihn darauf hinweisen sollte oder nicht. Sie waren aus dem dichten, sumpfigen Wald gekommen, der sich auf der Festlandseite der Insel befand. Nancy trottete hinter Martin her und spürte Schmerzen von den zwei schweren Schlägen, die er ihr versetzt hatte: den ersten, als sie ihn am Landeplatz unter der Hütte eingeholt hatte. Er hatte beabsichtigt, eines der Schlauchboote zu nehmen, aber natürlich waren beide Boote nicht mehr dort. Das zweite Mal hatte er Nancy geschlagen, als sie über den dunklen, moosbedeckten Fußboden der alten Mühle gingen und im Dach, hoch oben, Eichelhäher und Kohlmeisen zwitscherten und zankten. Das Erschreckende dabei war, daß er beide Male eiskalt und ruhig gewesen war. Er hatte überhaupt kein Gefühl gezeigt. Weder in seiner Miene noch in seiner Stimme. Er hatte ganz vernünftig gesprochen; so als wären sie tatsächlich Fremde, die einander gerade kennengelernt hatten und sich über jemand anderen unterhielten.
»Ich kann dich nicht gebrauchen«, hatte er gesagt. »Verstehst du? Ich möchte leben, und du hinderst mich daran. Du wirst dazu beitragen, daß

ich umgebracht werde.« Und dann hatte er die Faust geballt und Nancy geschlagen.
Der Schlag hatte sie mitten ins Gesicht getroffen. Schon fühlte sie die pochende Schwellung an ihrem Auge, das sich zu schließen begann. Der zweite Faustschlag hatte sie am Ohr getroffen, so stark, daß ihr Hals von getrocknetem, trocknendem Blut verschmiert war, Blut, das auch aus den Platzwunden an ihrem Schädel gedrungen war. Aber weder Martins Schläge noch das Dickicht und die Brombeersträucher, deren Ranken Fetzen aus Kens Wollhemd, das sie trug, gerissen hatten, verursachten Schmerzen, die mit denjenigen ihres Entsetzens vergleichbar gewesen wären. Diese Schmerzen bohrten sich von ihrem Zwerchfell aus strahlenförmig nach außen wie Messer, stachen nach oben in Herz und Lunge, raubten ihr den Atem und kehrten sich dann mit drehenden Stößen nach unten.
Noch immer starrte Nancy hilflos auf das Boot. Einen Augenblick lang dachte sie, daß sie es ganz für sich allein haben könnte, wenn sie es Martin nicht sagte. Sie könnte ihn zurücklassen, damit er ihre Folterknechte abwehrte, denn sicher würden Ken, Greg und Art sie in kürzester Zeit erreicht haben. Sie und Martin hatten schon so viel Zeit verloren, zumindest Martin hatte es. Zuerst waren sie ganz sinnlos auf einem Pfad zum Nordende der Insel gelaufen, dann das halbe Steilufer entlanggeklettet, das die Nordseite beherrschte, und schließlich über die Sägemühle zum Westufer vorgestoßen, das nach Martins Plänen eigentlich die Stelle war, die sie als erste hätten erreichen sollen. Sie lag nur einige hundert Meter vom Festland entfernt, und einmal dort angelangt, käme es nur noch darauf an, wer schneller laufen konnte. Aber Martin hatte gedacht – das wußte sie –, daß Ken ihn in eine Falle locken wollte, als er ihm den Kompaß gegeben und ihm von einer Eisenbahnlinie im Westen erzählt hatte, absichtlich, damit er diesen Weg einschlüge. Martin hatte erst alle anderen Möglichkeiten erforschen wollen, und keine gefunden, die ihm entsprach.
Nancy war darüber verbittert, daß sie sich überhaupt an Martin geklammert hatte. Welcher blinde weibliche Instinkt, dachte sie – oder war es die Macht der Gewohnheit gewesen? –, hatte sie so getäuscht, daß sie seinem Urteil mehr traute als ihrem eigenen? Denn ihre Idee war von Anfang an die gewesen, sich direkt auf der Insel zu verstecken, vielleicht in der Mühle. Sich richtig verstecken und bis in die Nacht hinein zu warten. Sollte es nicht möglich sein, eine Waffe zu stehlen, während Ken, Greg und Art schliefen (denn sie mußten ja einmal schlafen), dann würde ihnen zumindest die Verschwiegenheit der Finsternis helfen.
Ein letztes Mal warnte sie Martin: »Wir werden erfrieren, bevor wir hinkommen. Wir haben noch immer Zeit, uns hier zu verstecken.«

Martin ignorierte sie, watete immer weiter ins Wasser hinein und schob mit seinem Körper den Schlamm vor sich her. Er hatte das Boot noch immer nicht gesehen. Es war jetzt keine zwanzig Meter mehr von ihm entfernt.
Wenn sie ihn darauf aufmerksam machte, würde er doch nicht versuchen, es für sich allein zu behalten, oder? Er war noch immer Martin, wenn er auch jetzt wütend und entsetzt war. Er war noch immer ein Mensch, kein Ungeheuer wie ihre Jäger. Und sie war noch immer eine Frau. Der Instinkt, wenn schon nichts anderes, würde ihn dazu treiben, sie zu beschützen. Sie faßte einen Entschluß. »Martin, schau!« Sie zeigte auf das Boot. Er drehte sich nicht um, sondern watete unbeirrt und hartnäckig weiter.
Der Motor des Bootes leuchtete stumpf in der Sonne. Würde sie ihn starten können? Ken hatte damals nichts anderes getan, als an einer Schnur gezogen. Und da war ein Hebel mit der Aufschrift »Rasch« und »Langsam« gewesen. Es hatte funktioniert, warum also sollte es das jetzt nicht tun?
»Martin!«
Er antwortete noch immer nicht. Er war jetzt fünfzehn Meter vom Boot entfernt und stieß kräftig ins Wasser vor, bald schwimmend, bald in großen Sprüngen hüpfend, wenn seine Füße auf Grund stießen.
Mein Gott, dachte Nancy. Wieviel Zeit blieb ihnen noch? Nach einem letzten Blick auf Martin ließ sie sich tief ins eisige Wasser gleiten. Ihre gestiefelten Beine berührten etwas, das sich bewegte. Entsetzt begann sie zu schwimmen. Sie schwamm, bis sie mit dem Kopf an die Gummiwand des Bootes stieß. Sie zog sich hinauf, stützte sich mit den Ellbogen auf der abgerundeten Seite des Bootes auf und versuchte, sich in das Bootsinnere zu winden. Das Boot bewegte sich von ihr weg; ihre Stiefel machten klatschende Geräusche. Sie versuchte es wieder, in panischer Angst.
Dann hörte sie Martin planschen und drehte sich um. Eine Sekunde lang glotzte er dumpf, registrierte, was sie tat, und daß es da ein Boot gab. Aber nur eine Sekunde lang. Er machte kehrt und pflügte sich den Weg zu Nancy zurück. Sie war gerade mit dem Gesicht nach unten in das Boot gefallen, rang nach Luft und spuckte Wasser, als er wie ein Fisch neben ihr hineinplumpste.
Sie sah den haßerfüllten Blick in seinen Augen. »Ich habe dich gerufen, Martin. Du hast nicht geantwortet. Ich habe dich sogar zweimal gerufen.«
Er starrte sie weiter an, dann richtete er sich auf den Knien auf und blickte vom Ufer zur Insel hin und wieder zurück.
»Wo hast du es gefunden?«

»Gleich hier! Schau!« Sie zeigte ihm das Bootstau, das um einige Äste geschlungen war.
Er sah wieder zur Insel hin.
»Kannst du es nicht starten?« fragte sie.
Keine Antwort.
»Martin!«
»Halt's Maul!« Seine kalten Augen bewegten sich hastig hin und her. »Sie haben es als Falle hierhergebracht«, sagte er. »Ganz sicher.«
»Aber du wolltest ja sowieso ans Ufer.«
Er entschloß sich. »Hol das Tau ein.«
Nancy wickelte mit steifen Fingern das Bootstau von den Ästen des Strauches los.
»Und jetzt hau ab.«
»Was!«
»Ich hab gesagt, hau ab. Ich hab es dir schon mal gesagt; du bist mir lästig.« Er sprach im selben ruhigen, vernünftigen Tonfall wie vorhin.
»Martin!«
»Ich meine es ernst.«
Er stand auf und holte mit einem Ruder des Bootes aus.
Sie glaubte nicht, daß er es tun würde. Der erste Schlag traf sie an ihren ungeschützten Rippen und durchzuckte ihren Rücken wie Feuer. Sie schrie, und das Ruder sauste wieder auf sie nieder, diesmal auf die Arme, dann wieder seitlich gegen ihren Kopf. Sie rutschte aus und fiel auf den Boden des Bootes. Martin trat sie mit dem Fuß fest ins Gesicht, und als sie sich wegrollen wollte, spürte sie, wie seine Hände zupackten und sie über die Bootsseite hoben. Dann war sie von dem dunkelgrauen, eisigen Wasser umgeben, es war wie ein Segen, und sie fühlte sich erleichtert. Sie versank im üppigen Schlamm des Grundes. Wasser drang in ihre Lungen, es brannte und schmerzte, bis sie sich erinnerte, daß sie ertrinken würde, wenn sie nicht Boden unter den Füßen bekam; sie begann zu kämpfen. Endlich gelangte sie an die Oberfläche und schöpfte Luft.
Betäubt klammerte sie sich an den Strauch. Der Motor des Bootes sprang beim ersten Zug an der Schnur an. Er dröhnte; der Auspuff explodierte gerade vor ihrem Gesicht; die Propellerflügel peitschten das Wasser einige Zentimeter vor ihrer Brust auf, und es schlug gegen ihren Körper, vom Magen bis zum Hals, mit raschen, wütenden Hieben.
Dann war Martin fort, fuhr auf das Ufer zu, mit voll aufgedrehtem Motor.
»Martin!«
Eine Welle rosafarbenen Wassers schwappte über Nancys Gesicht, und sie schmeckte ihr eigenes Blut. Sie starrte Martin nach, bis sie den Motor des anderen Bootes hörte.

Es glitt um das Ende der Insel herum, und drinnen saßen Ken, Greg und Art. Es kam rasch, teilte das Wasser vor dem Bug und steuerte direkt auf die Festlandküste zu, parallel zu Martins Kurs, einen halben Kilometer seitlich davon und einen halben Kilometer dahinter.

Nancy schwamm langsam einige Meter hinter den Strauch zurück. Das kalte Wasser klebte plötzlich wie ein Gummianzug an ihr, ihr Magen hob sich, und sie hatte den Geschmack von Erbrochenem im Mund. Keiner der drei im Boot drehte sich um, keiner sah sie. Sie ließ den Strauch wieder los, pflügte sich langsam vor zur Insel, zog sich mit ungeheurem Kraftaufwand an das Ufer und ließ sich ins Dickicht fallen.

Kurze Zeit lag sie mit dem Gesicht nach unten in den trockenen, krausen Blättern, die sich in ihre Haut bohrten. Sie konnte sich nicht bewegen. Sie hörte, wie Martin den Motor abstellte, und rollte sich auf die Seite, um etwas zu sehen. Martin, sehr klein und weit weg, kletterte eben aus dem Boot. Das zweite Boot steuerte auf einen Sandstrand zu, nicht allzuweit von ihm entfernt. Durch den Motorlärm hindurch hörte Nancy einen scharfen, explosionsartigen Knall. Greg hatte sich hingekauert und stützte sein Gewehr auf Arts Schulter. Worauf schoß er? Auf Martin? Natürlich, Martin.

Es knallte noch einige Male. Wasser spritzte um Martins Füße hoch. Aber der Wald schloß sich um ihn, und Greg senkte das Gewehr.

Nehmen wir an, sie hätten Martin jetzt getötet, dachte sie. Ich hätte gesehen, wie ein Mann totgeschossen wird. Etwas, was man nur im Kino und nie in der Wirklichkeit sieht. Einer hält ein Gewehr hoch, und ein anderer fällt hin. Und nachher stehen Leute herum und starren mit ausdruckslosen Gesichtern auf die Leiche. Oder sie schleppen sie an Armen und Beinen weg – der Kopf hängt herunter, schleift am Boden und schlägt gegen Steine.

Er ist davongekommen, dachte sie.

Sie begann loszukriechen, und als sie die verfaulten Überreste eines Baumstumpfes erreicht hatte, zog sie sich daran hoch; dann stand sie da und horchte in sich hinein, auf die pochenden, quälenden Schmerzen, überlegte, wieviel davon sie Martin zu verdanken hatte – die Schläge gegen die Rippen und ins Gesicht – und was vom dornigen Dickicht, vom Wasser und vom Boot stammte.

Und dazu die peinigende Angst.

Etwas in ihrem Kopf, eine eindringliche, entsetzte Stimme, die sie nicht kannte, sagte zu ihr: »Rühr dich. Bevor sie dich sehen.«

Sie versuchte zu gehorchen. Ein Fuß schob sich vorwärts, versank wie Blei im Schlamm. Der andere folgte. Ein Fuß, dann der andere, links-rechts, links-rechts. Der Geschmack von Erbrochenem und Blut in ihrem Mund. Zerbrochene Zähne. Stechender Schmerz überall.

Sie tastete sich mit den Händen vorwärts. Was war da so rauh an ihrem Gesicht? Woher kam der ätzende Geruch dunkelbraunen alten Holzes? Und Splitter, die ihre Handflächen zerrissen? Langsam wurden ihre Gedanken wieder klarer. Sie preßte sich an die Außenwand der Sägemühle, die Arme ausgebreitet, um nicht zu fallen. Sie erinnerte sich wieder an alles. Ken, Greg und Art auf dem Festland auf der Jagd nach Martin; sie selbst allein auf der Insel. Sie hatte vorhin den Einfall gehabt, sich ein Gewehr zu verschaffen, bevor sie zurückkamen. Wie lange war das hergewesen? Hatte sie noch Zeit? Sie horchte. Einige Eichelhäher zankten sich. Sonst kein Laut. Sie bewegte sich von der Mühle fort, vorsichtig, damit ihre Glieder so wenig wie möglich schmerzten. Jetzt war ihr Kopf wieder völlig klar, und sie schlich, einen Fuß vor den anderen setzend, durch das dichte Unterholz vor zu der Lichtung bei der Hütte. Die Tür stand offen; Rauch stieg langsam in länglichen Schwaden aus dem Schornstein.

Es war niemand drinnen, das wußte Nancy. Sie begann zu laufen. Sie fiel hin, stand auf, stolperte wieder. Sie erreichte die Hütte, schleppte sich die Steinstufen hinauf und dann hinein und in die Küche. Eine geöffnete Flasche Bourbon stand da; sie nahm einen ausgiebigen Schluck aus der Flasche. Es schnürte ihr den Hals zu, und sie würgte. Aber in ihrem Magen war nichts mehr, was hochkommen konnte, und nachdem sie sich eine Weile, über den Tischrand gelehnt, ausgeruht hatte, holte sie ein Glas, öffnete den Wasserhahn und trank einen Schluck; sie konnte die Flüssigkeit behalten.

Dann ging sie ins Wohnzimmer, zum Gewehrschrank. Er war versperrt. Aber da war doch eine Axt gewesen? Greg hatte doch Holz gehackt? Sie fand sie draußen, brachte sie herein und zertrümmerte die Vorderwand des Schrankes. Als die Riegel nachgaben und sie die Tür öffnen konnte, nahm sie eine Schrotflinte heraus. Diese Art Gewehr kannte sie; Eddie besaß eine. Da lag auch eine grüne Schachtel. War das die Munition? Nancy wußte sehr wenig über Gewehre. Sie riß den Karton auf, und kurze, gedrungene grüne Zylinder mit flachen Messingenden kullerten heraus. Die gleichen, die Eddie für die Entenjagd verwendete. Sie hatte einmal für ihn geladen; mit dieser Flinte konnte sie umgehen. Und Eddie hatte sie auch einmal schießen lassen. Auch das konnte sie. Sie schob eine Patrone ins Magazin, dann noch eine und noch eine. Es faßte fünf. Sie steckte ein Dutzend Patronen unter das Hemd und ging in die Küche zurück, um noch etwas zu trinken. Angenommen, sie bliebe gleich hinter der Eingangstür sitzen. Einen von ihnen würde sie erwischen, wenn sie zurückkamen. Aber wahrscheinlich nur einen. Und was, wenn sie einschliefe?

Sie füllte Wasser in eine Feldflasche, die sie gefunden hatte, und nahm eine Schachtel Zwieback und eine Schachtel getrocknete Datteln mit, dann verließ sie die Hütte. Draußen blieb sie unentschlossen stehen, horchte auf die weit entfernten Schreie der Krähen und blauen Eichelhäher. Und auf die schweren, pochenden Schläge ihres eigenen Herzens.

Die Sonne war warm, und Gebüsch und Wald rochen nach Herbst.

Wohin sollte sie gehen? Wo war sie sicher? Sie konnte nicht allzuweit laufen. Der Schmerz dröhnte hinter ihren Augen, durchströmte in heftigen, plötzlichen Wellen ihren Körper. Sie mußte sich hinlegen; sie wußte, daß einige ihrer Rippen gebrochen waren.

Es gelang ihr, die Treppe hinunterzusteigen, ohne zu fallen, sie verlor die Feldflasche, hob sie wieder auf, ging langsam über die Lichtung auf das Gebüsch zu. Konnte sie sich irgendwo in der Mühle verstecken? Gab es dort nicht Stöße alter Holzscheiter? Vielleicht sollte sie irgendwo dazwischenkriechen? Oder hinter das verrostete Triebwerk?

Ein Windstoß fegte über sie hinweg, er war nicht stark, doch vertrieb er die Sonnenwärme. Er fuhr durch die braunen Herbstblätter, die noch an den Bäumen hingen, so daß sie raschelten, und beugte die Wipfel der Fichten und Kiefern. Drinnen in der Mühle war es aber windgeschützt und still. Fahles Licht drang durch Ritzen und Löcher im Dach, bis hinunter zu den modernden Bodenbrettern und dem längst verrotteten Sägemehl. Nancy gegenüber ragte das massive Dampftriebwerk empor wie ein dunkler Schatten. Es schien einer anderen Zeit anzugehören und hatte längst jeden Wert verloren. Sie duckte sich unter ein riesiges, eisenbestücktes Schwungrad und tauchte in einen Lichtfleck, der von einem Loch im Dach kam. Hoch oben in der Dachrinne zwitscherten einige Kohlmeisen. Nancy zog sich in den Schatten zurück und bemerkte den engen, quadratischen, offenen Schacht an einer Seite des Kamins. Eine alte Eisenleiter führte darin nach unten, und dort, am Grunde des Kamins, befand sich eine rostige Eingangstür. Vorsichtig stieg sie hinunter. Begab sie sich in eine Falle? War das nicht die erste Stelle, an der sie nachsehen würden? Dann bemerkte sie eine zweite Tür an der anderen Seite des Schachtes. Sie ging hin und stieß sie auf. Die Tür klemmte zuerst, gab aber schließlich nach. Nancy betrat einen dunklen, mit Schutt angefüllten Raum. Über ihrem Kopf war das aufgerissene Innere der Dampfmaschine. Sie schob herabgestürzte Balken und Ziegel beiseite und fühlte sich plötzlich in Sicherheit. Sie mußte sich hinlegen, sie konnte jetzt nicht weitermachen. Mit einer Anstrengung, die ihr die letzte Kraft kostete, kletterte sie auf einen Vorsprung der Steinwand im hintersten Winkel und von da in einen engen Zwischenraum oberhalb der Balken, die den Fußboden über ihrem Kopf trugen. Mit den Füßen voran rutschte sie weiter und weiter nach hinten in eine immer dichtere werdende

Finsternis. Etwas quietschte protestierend und flitzte davon, ein Eichhörnchen, dachte sie. Da waren verwelkte Blätter und der Geruch von Nagetieren. Und das Gefühl, daß es überall Spinnen gab.
Es war ihr egal. Von hinten und von oben hatte sie nichts zu befürchten, außer sie rissen die Bodenbretter heraus. Nancy konnte schlafen und sich erholen.
Sie legte die Flinte nieder, die Mündung auf das schwache graue Licht gerichtet, das aus dem Raum unter dem Triebwerk drang. Sie führte die Feldflasche nahe an ihr Gesicht und wollte den Metallverschluß aufschrauben. Aber es wollte ihr nicht mehr gelingen. Sie verlor das Bewußtsein.

17

ALS MARTIN SAH, WIE DAS WASSER bei Gregs erstem Schuß aufspritzte, registrierte er es nicht. Der Gedanke durchzuckte ihn, daß ein Fisch über die Wasseroberfläche gesprungen war. Aber der zweite Wasserstrahl schoß unmittelbar vor ihm in die Höhe, so nahe am Ufer, daß auch Schlamm hochsprühte. Dann erkannte er, was los war. Und hörte das ferne Echo des ersten Schusses donnern – es drang über die gläserne Wasseroberfläche zu ihm her –, dann den zweiten Schuß.
Martin drehte sich halb um und sah das Boot mit Ken, Greg und Art. Ein heftiger Krampf, den er nicht beherrschen konnte, durchzuckte seinen Körper, so daß er zu Boden geschleudert wurde, mitten ins Gestrüpp. Die Zweige junger Bäume peitschten sein Gesicht und schlossen sich über ihm; er hörte den heftigen Aufprall einer Kugel an einem Baum. Und wieder zischte ein Schuß über das Wasser hinter ihm.
Er gab jede Vorsicht, jeden Versuch, sich still zu verhalten, auf und stürzte in wahnsinniger Raserei tiefer und tiefer in den Wald vor, bis seine Lungen brannten, seine Beine wie Gummi wurden und er stehenbleiben mußte. Er fiel auf die Knie und klammerte sich an einen Baum. Als er wieder zur Besinnung kam, bemühte er sich, zu rekapitulieren.
Nancy war fort, so gut wie tot, gefangen auf der Insel. Um Nancy brauchten sich die drei also eine Zeitlang keine Sorgen zu machen. Bloß um ihn. Jetzt landeten sie wahrscheinlich gerade, wenn sie nicht schon am Ufer waren. Wo befanden sie sich? Irgendwo hinter ihm, natürlich. Wie weit war er gekommen? In welche Richtung war er gelaufen? Sein Herzschlag wurde langsamer, und er begann zu horchen. Zuerst Schweigen, dann die Laute einiger Sumpfvögel, der Schrei einer Rotdrossel und, über ihm, der schrille Ruf einer aufgeschreckten Ente.

Dann, hinter ihm, in der Ferne, das leicht gedämpfte Geräusch eines Außenbordmotors, der gestartet wurde.
Martin bewegte sich wieder vorwärts. Ich muß vom Ufer weg in einer geraden Linie in den Wald gelaufen sein, dachte er. Wahrscheinlich hatte er hundert Meter zurückgelegt. Er brauchte nur immer weiterzulaufen. Er mußte nur schneller sein als sie. Es war wohl egal, wo er sich ausruhte. Bei Einbruch der Nacht könnte er sich irgendwo hinlegen, unter einen umgestürzten Baum, in ein Laubnest oder unter einen windgeschützten Felsvorsprung. Wenn seine Kleider nicht schon vorher an seinem Körper festfroren.
Er begann, die starke Kälte zu spüren, sie steckte so tief in ihm, daß sie von innen herauszukommen und nach außen auszustrahlen schien. Und die durchnäßten Schuhe rieben nun an seinen nassen Füßen.
Plötzlich blieb er stehen. Das Gestrüpp war spärlicher geworden. Direkt vor ihm lag weites, offenes Gelände, auf dem sich spärliche Grasbüschel vor dem Wind neigten. Es war ein Sumpf; mindestens hundert Meter würde er darin zurücklegen müssen, bevor er die dunkle Mauer des dichten Waldes auf der anderen Seite erreichte. Rechts erstreckte sich das Sumpfland bis zum Seeufer, und links verlor es sich schließlich in einem Gewirr von Sumach.
Er hatte also nicht den Wald des Festlandes durchquert, sondern befand sich auf einer Landzunge, am falschen Ufer. Wie weich war der Boden dort vorne? Konnte er überhaupt darauf gehen? Er machte einen Schritt vorwärts und versank sofort bis zu den Knien in saugendem Schlamm. Eisiges Wasser sammelte sich in schwarzen Pfützen um seine Beine. Er machte einen zweiten Schritt und sank noch tiefer ein. Da zog er den Fuß zurück und klammerte sich an ein Bäumchen. Vorwärts konnte er also nicht gehen. Er mußte entweder nach rechts oder nach links abbiegen oder umkehren.
Er war in einer verzweifelten Lage. Wenn er den Sumpf entlanglief, an der linken oder rechten Seite, würde er eine lebende Zielscheibe abgeben. Sie brauchten sich nur ins Gebüsch zu hocken, zu warten und aufmerksam zu horchen, um ihn zu lokalisieren, ein leichtes Spiel, wenn er selbst gegen diese unüberwindbare sumpfige Barriere gedrückt war. Das einzige, was er also tun konnte, war, wieder zurückzulaufen.
Martin machte kehrt und tastete sich vorsichtig vorwärts, wobei er sich bemühte, an möglichst wenige Äste zu streifen und geräuschlos durch das Gestrüpp zu dringen. Er begann, einen Plan zu fassen. Sie würden erwarten, daß er flüchtete. Und wenn er nicht flüchtete? Angenommen, er kehrte zum See zurück, wenn möglich sogar auf die Insel. Wenn er das, ohne gesehen zu werden, schaffte, könnte er sich bewaffnen. Wie Nancy vorgeschlagen hatte. Aber jetzt war es wirklich sinnvoll, denn die drei

waren nicht auf der Insel. Sie waren hier und würden ihn dort nicht suchen.
Er bückte sich tief, kroch auf allen vieren weiter, hielt alle paar Meter inne und lauschte. Wo, zum Teufel, waren sie? Konnte er hoffen, sie zu entdecken, durch das Gestrüpp hindurch, das selbst zu dieser Jahreszeit noch dicht war? Oder würde der schreckliche Moment kommen, in dem einer von ihnen buchstäblich über ihn stolperte und lachte, und dann nur noch eine letzte, entsetzliche Sekunde, bevor ihn die Finsternis zermalmte?
Er lag völlig reglos da. Warteten sie auch? Bis er eine falsche Bewegung machte? Sie mußten wissen, daß er den Sumpf erreicht hatte und nicht weiter konnte. Und auch, daß er entweder nach rechts oder nach links oder zurückgehen mußte. Und sie kannten jeden einzelnen Meter des Geländes, meilenweit.
Dann sah er, wie sich etwas in einem Sumachstrauch bewegte. Vielleicht zehn Meter von ihm entfernt. Die Bewegung war ganz schwach, ein kaum merkliches Zittern des schlanken Stammes. Ein Vogel? Er wartete. War das ein Geräusch? Plötzlich wußte er, was zu tun war. Seine Finger tasteten lautlos unter den welken Blättern, fanden einen kleinen Stein und hoben ihn aus seinem halbgefrorenen Bett. Er zielte sehr vorsichtig, zum Sumpf hin, in einer geraden Linie, die irgendwo hinter ihm begann und sich nach vorne fortsetzte, dorthin, wo sich der Sumach bewegt hatte. Dann schleuderte er den Stein.
Das Geräusch, das der Stein verursachte, als er etwa sieben Meter entfernt im Gestrüpp aufschlug, war hörbar und klang natürlich. Es war genau das Geräusch, das ein Mensch machen würde, wenn er stolperte oder an etwas stieß.
Es war ein Geräusch, das jeder Mensch machen würde, der nicht gerade totenstill gegen den Boden gepreßt lag und um sein Leben kämpfte. Ken oder Art oder Greg, wer immer von ihnen den Sumach bewegt hatte, müßte eine der beiden Vermutungen anstellen. Er würde sich an das Geräusch halten und ihm folgen; in diesem Fall würde Martin Zeit haben, das Ufer zu erreichen. Oder aber er traute dem nicht, was er gehört hatte, und entschied, daß es sich um eine gezielte Ablenkung handelte; dann würde er zum See zurückkehren, da er richtigerweise annehmen mußte, daß Martin dorthin laufen würde. Wenn dies der Fall war, würde er, Martin, warten. Das in die Enge getriebene Tier ist vorsichtiger als der Jäger, das verwundete Wildschwein harrt im Gebüsch aus, um dann hervorzustürzen und den Verfolger zu durchbohren, bevor dieser einen Schuß abfeuern kann.
Wenn er es nur mit einem von ihnen aufnehmen müßte, und nicht mit zwei! Sicher hatten sie sich getrennt. Einer würde im Boot sein, die beiden

anderen würden an Land gegangen sein, vielleicht hundert oder zweihundert Meter voneinander entfernt. Mit wem hatte er es also jetzt zu tun? Und wo genau war der Mann jetzt?
Martin bewegte sich mit überlegter, völlig geräuschloser Langsamkeit. Zeit zählte nicht. Seine Blicke schossen hin und her; er wandte den Kopf nach allen Seiten, während er das Gestrüpp sorgfältig untersuchte. Da war nichts, außer dem ruhigen Wasser des Sees, nur noch etwa einen Meter von ihm entfernt. Draußen fuhr Greg im Schlauchboot langsam zwischen Insel und Festland hin und her. Das bedeutete, daß der Mann, der hinter ihm her war, Art oder Ken sein konnte.
Martin hielt den Atem an und wartete. Betete, daß dieser Mann, wer immer es auch sei, einen Fehler begehen würde.
Dann sah er einen gestiefelten Fuß. In Reichweite seines ausgestreckten Armes. Schnürstiefel und dicke Jagdsocken, die darübergeschlagen waren. Der Fuß war dorthin gekommen, ohne daß er etwas gehört hatte. Fast wäre er daraufgetreten. Darüber würden das Bein und der Körper und das Gehirn eines Mannes sein; das Gehirn, das einem Finger den Auftrag geben würde, den Hahn eines Gewehrs zu spannen. Gleich hier. Dafür war Martin noch nicht bereit. Es war nicht fair. Plötzlich schnürten ihm unkontrollierbare Tränen der Enttäuschung die Kehle zu; er erstickte beinahe, und ein hörbares Schluchzen drang aus seiner Brust. Dann wurde das Schluchzen plötzlich zu einem Schrei. Er zerrte an dem Fuß, krabbelte dann auf allen vieren und versuchte, sich aufzurichten. Ein Gewehrkolben schlug hart gegen seinen Kopf; es gab ein ohrenbetäubendes Getöse. Aber er, Martin, war es nicht, er war nicht erschossen. Alles wurde plötzlich wieder klar. Über ihm stand Ken, die Augen schreckgeweitet, und rang um sein Gewehr.
Greg, im Boot draußen auf dem See, versuchte zu erkennen, was sich da abspielte.
Martin trommelte mit den Fäusten gegen Kens Gesicht, Ken fiel nieder, Martin stürzte sich auf ihn und wehrte blindlings das Gewehr von seinem eigenen Gesicht ab. Schließlich stieß er mit der Faust in Kens empfindliche Genitalien, einmal, zweimal, dreimal, immer wieder.
Ken gab einen erstickten Schrei von sich. Er ließ das Gewehr los und wand sich, um freizukommen. In der kurzen Sekunde, in der das Gewehr frei war, riß Martin es herum, wollte schießen, zerrte heftig daran, um es von einer Liane zu lösen, die zwischen ihn und Ken geraten war. Doch da war es schon zu spät. Ken, die Augen weiß vor Schmerz und Angst, machte instinktiv einen großen Satz rückwärts und schlug auf dem See auf. Er tauchte gerade unter, als Martin schoß. Als er wieder hochkam, schoß Martin, voreilig, wieder. Ken verschwand ein zweites Mal und tauchte mit kräftigen Stößen davon.

Vögel kreischten. Über seinem Kopf hörte Martin das Geräusch einer Kugel, die Sumach zerfetzte und davonpfiff, dann das Krachen von Gregs Schüssen und das rollende Echo seines Gewehrs über dem See. Noch eine Kugel und noch eine. Greg deckte Ken mit einen Kugelhagel, und das Knallen der Schüsse verschmolz in einem einzigen Donner.
Martin tauchte tief ins Gebüsch zurück. Ken erschien an der Wasseroberfläche und kreischte: »Art! Paß auf. Er hat mein Gewehr. Art!«
Bleib stehen, um Himmels willen. Bleib stehen und denk nach. Dreh nicht durch, sonst bist du geliefert. Martin hielt sich an einer Birke fest, um Atem zu schöpfen. Er spürte einen glühenden Schmerz in seinem Handrücken, mit dem er Kens Knie gerammt hatte, das dieser ihm in verzweifelter Verteidigungsstellung entgegengestemmt hatte. Himmel, dachte er, wenn er nackt gewesen wäre, ich hätte es ihm ausgerissen, abgebissen, wenn ich gekonnt hätte! Hurensohn, erfrier im Wasser, du dreckiger, widerlicher Arschficker. Erfrier deine zerquetschten Eier. Die Wildheit, die Martin in sich fühlte, gipfelte in einem Siegesschrei, den Schrei eines Menschen, der sich gerettet hatte. Er wollte kratzen und schlagen und schießen. Er hatte sie, die Hunde. Einer war kampfunfähig; einer befand sich im Boot. Also stand nur noch der dritte zwischen ihm und der Rettung. Und der war bewaffnet.
Wo war Art, damit er ihn töten konnte, den dreckigen Schwulen? Er wartete, biß sich in die Lippen, um das Rasseln seines Atems zu dämpfen. Der Wald war still; der Außenbordmotor war auf Leerlauf gestellt. Wo immer Ken sich jetzt befand – wahrscheinlich hinter einem Erdhügel im Wasser –, er bewegte sich nicht.
Martin zwang sich, klar zu denken. Wenn er wieder durch das Gebüsch kroch, würde er vielleicht alles verderben. Wie es ihm fast bei Ken widerfahren wäre. Wie nahe er doch an ihn herangekommen war! Außerdem kam er im Gebüsch nur langsam voran. Ken würde Gelegenheit haben, sich aufzuraffen und ihm zu folgen. Und wenn er zurücklief zum Sumpf, um sich vor Greg zu verstecken, und dann südwärts in der Mitte der Landzunge weiterging – war es nicht das, was Art erwartete? Denn nur ein Narr würde dem Ufer folgen, wo er Greg draußen auf dem Wasser völlig ausgeliefert war.
Nur ein Narr.
Das würden sie denken.
Er holte tief Atem, machte so wenig Lärm wie möglich und arbeitete sich zurück zum See. Knapp einen Meter vor dem Wasser blieb er stehen, kurz bevor er ins Freie trat. Von Ken keine Spur. Versteckt sich hinter einem Erdhügel, sicher, oder hinter einem toten Baum. Aber Greg starrte auf einen Punkt fünfzig Meter seeaufwärts, dorthin, wo er Ken zurückgelassen hatte.

Martin stürzte in die entgegengesetzte Richtung. Er bewegte sich immer knapp am Wasser vorwärts. Dort war das Gebüsch nicht so dicht.
Er spielte ein Spiel mit sich selbst, wiederholte immer wieder: »Einen Meter, Glück gehabt; zwei Meter, Glück gehabt; drei Meter, du wirst es schaffen.« Und dann begann er von vorne: »Einen Meter . . .«
Bis er zu einem kleinen, zackigen, aus glitschigen Felsen bestehenden Kap gelangte. Dahinter veränderte sich der Charakter des Ufers. Am Rande des Wassers war ein schmaler Streifen zerbröckelten Schiefertons, einige hundert Meter lang, hie und da unterbrochen. Martin blickte zurück. Wie durch ein Wunder hatte ihn Greg noch immer nicht gesehen.
Martin überquerte das Kap, sprang hinunter auf den Schieferton und begann zu laufen, legte kurze Sprünge ein, stolperte; mußte sich immer bücken, um dem Gestrüpp auszuweichen, das das Ufer bedeckte und dort, in der Höhe seiner Brust, über dem Wasser hing.
»Einen Meter, Glück gehabt; zwei Meter, Glück gehabt; drei Meter, du wirst es schaffen.«
Die erste Kugel pfiff in nächster Nähe. Fast gleichzeitig ertönte ein Krachen und die donnernden Schallwellen von Gregs Schuß.
Nochmals – aber diesmal sprühte das Wasser knapp vor Martin hoch.
Lauf weiter, egal, was geschieht. Mach's ihm nicht leicht. Vergiß nicht, er ist in einem Boot, und ein Boot hält nicht still. Vergiß nicht, er ist einige hundert Meter weit weg. Nur keine Panik. Lauf weiter. Schneller. »Einen Meter, Glück gehabt; zwei Meter, Glück gehabt.« Sag es dreißigmal, und du wirst gerettet sein. Für immer. »Einen Meter, Glück gehabt . . .«
Wieder ein Schuß, diesmal hoch oben. Ein knackendes Geräusch, als die Rinde von einem Ahornbaum gerissen wurde.
Martin hatte eine Stelle erreicht; an der es weniger überhängendes Gestrüpp gab. Er streckte sich etwas. Riskier es. Lauf, lauf, lauf. »Einen Meter, Glück gehabt; zwei Meter . . . du wirst es schaffen.« Der Schieferton war hier glatt, hart wie Sand. Jetzt hatte Martin den richtigen Rhythmus, wenn ihn nur seine Lungen nicht im Stich ließen!
Noch einmal der knallende Widerhall und das rollende Echo, aber diesmal pfiff die Kugel nicht in der Nähe. Durch sein Keuchen hindurch hörte Martin, wie der Außenbordmotor auf Touren gebracht wurde. Greg hatte sein Gewehr niedergelegt.
Er, Martin, hatte gewonnen, er hatte gewonnen, er hatte gewonnen! »Einen Meter, Glück gehabt; drei Meter, du wirst es schaffen.«
Noch einmal so weit das lange Ufer hinunter, jetzt nur noch ein Viertel des Weges, der Sandstrand wurde breiter, die Bäume waren hier höher. Eine Landzunge ragte zwanzig Meter ins Wasser vor, bedeckt mit einem Gewirr von grauen Rindenstücken und bizarrem Treibholz, das wie Knochen aussah. Dahinter dichter, immergrüner Wald, der von einem

schmalen Bach begrenzt wurde. Drüber über den Bach und nicht stehen bleiben, bis es finster ist. Er war frei; er hatte es geschafft. Ken im Wasser, Greg im Boot, Art hinten beim Sumpf, auf der Suche nach ihm – aber in der falschen Gegend.

Frei, frei, frei. Er lief, mit stampfenden Füßen durchquerte er den Bach, das Wasser war eisig und klar. Flink suchte er sichere Stellen zum Auftreten. Er durfte nicht hinfallen.

Den halben Weg hätte er geschafft. Und direkt vor ihm der dunkle Wald.

»Martin!«

Allmächtiger Gott.

»Martin. Hallo!«

Woher kam das? Er drehte sich halb um, und Art kam hinter einem großen Felsblock in der Mitte des Baches hervor, keine zehn Meter von ihm entfernt.

Art lächelte ihn über das obszöne schwarze Loch der Gewehrmündung hin an.

»Du wirst jetzt sterben, Martin. Und nicht mehr sein.«

Ein schrecklicher Schlag, ein heller Schein, und Martin fiel, fiel in einen langen Korridor, der immer dunkler und dunkler wurde.

Die ersten beiden Schüsse hatten ihn am Kiefer und am linken Backenknochen getroffen und ihm fast das ganze Gesicht weggerissen. Seine Beine waren noch unwillkürlich einige Schritte den Strand entlanggelaufen, dann war er umgekippt. Er stürzte mit der Brust voran in den Bach. Sein Kopf tauchte unter. Das Wasser färbte sich dunkelrot und wurde dann, weiter weg, rosa. Martins Beine zuckten weiter.

Art kam ganz nahe heran, legte die Mündung des Gewehrs an Martins Nacken, zum Gehirn hin gerichtet, und drückte wieder ab. Dann bewegten sich Martins Beine nicht mehr. Art setzte sich nieder und zündete eine Zigarette an.

Es muß doch einen Weg geben, dachte er, Greg und Ken zu überreden, es in großen Städten zu versuchen. Sie könnten sich etwas Neues in Sachen Sex ausdenken, um Greg zu befriedigen. Wenn er sich einmal an die neue Jagdweise gewöhnte, würde er sich fragen, warum sie nicht schon Jahre vorher den verdammten Wald aufgegeben hatten. Alles war so einfach hier und voraussehbar. Jeden Mann in den letzten vier Jahren – dieses Jahr war also das fünfte – hatte es hier am selben Fleck erwischt wie diesen Wurm, der da lag. Sie dachten alle ganz gleich. Sie vergaßen ihn, Art, oder dachten, er wäre geradewegs zum Sumpf gegangen. Das Ufer wirkte geradezu hypnotisch. Alle miteinander glaubten, daß sie sicher wären, wenn sie nur rennen konnten.

Greg kam mit dem Boot herüber.

»Ken okay?«

»Glaube schon.«
»Laden wir den Burschen da auf.«
»Das gleiche wie letztes Jahr.«
»Das dachte ich eben. Und auch genauso wie im Jahr davor.«
Art legte so viel Betonung in seine Stimme, als ihm ratsam schien. Es war eine Sache, mit Greg zu diskutieren, wenn Ken dabei war; eine andere, wenn sie allein waren. Greg war launenhaft. Ohne Ken, der seine Emotionen unter Kontrolle zu halten verstand, konnte Greg unvermutet brutal werden. Selbst einem Freund gegenüber.
Art holte eine Plastikplane aus dem Boot und breitete sie aus, um zu vermeiden, daß das Blut und das Gehirn überall verschmiert wurden. Greg packte Martin an den Handgelenken, hob ihn hoch und sah dann den Kopf.
»Ganz schön, was?« sagte Art.
»Ja. Du hast ihn ordentlich erledigt.« Sie zogen den leblosen Körper aus dem Bach und legten ihn auf die Plane. Art begann, Martin einzupacken.
»Wieso hast du ihn eigentlich nicht getroffen?« fragte er.
»Wie meinst du das?« Greg war sofort aggressiv.
»Mann, du warst nur zweihundert Meter von ihm entfernt.« Art sagte es mit einem Lächeln und in einem scherzhaften, harmlosen Tonfall.
Greg erwiderte seinen Blick ruhig und antwortete: »Nun, erstens lief er wie ein Hase mit Pfeffer im Arsch; zweitens war er im Schatten, und die Lichtstreifen zwischen den Bäumen fielen auf ihn, so daß ich seine Umrisse nur undeutlich sah; und drittens war ich in einem schwankenden, gottverdammten Schlauchboot.«
Art beschloß, nicht weiter zu dringen. Gregs Stimme klang scharf und gefährlich. Greg hatte den Reißverschluß seiner Hose geöffnet und urinierte; ein fingerdicker Strom gelben Wassers spritzte in den See.
Du perverses Schwein, dachte Art, verdammt, du hast ja einen Prügel wie ein Schlachtroß und Eier so groß wie Tennisbälle. Du glaubst, das ist alles, was Frauen wollen, Größe. Deine beschissenen Muskelpakete, die haarige Brust, die kannst du dir behalten. Ein intelligentes Mädchen würde nicht zulassen, daß du sie berührst; sie würde kotzen.
»Wo ist das Mädchen?« fragte er.
»Nancy?« fragte Greg. »Keine Ahnung. Wahrscheinlich auf der Insel.«
»Unten im Rattenloch.«
»Höchstwahrscheinlich. Schläft sich aus.« Greg rieb angelegentlich sein Glied trocken, mit einer Bewegung wie beim Melken, verstaute es umständlich und schloß den Reißverschluß.
»Hast du eine Zigarette für mich, mein kleines Kerlchen? Ich habe meine vergessen. Bin dort draußen wie ein Verrückter herumgekreist.«
Zahm bot ihm Art eine an.

18

SIE FINGEN DAS ANDERE BOOT ein, das dahintrieb, und holten dann Ken, der den Schmerz in seinen Lenden zu lindern suchte, erschöpft war und vor Kälte zitterte. Art und Greg begannen zu witzeln, hielten aber bald den Mund. Kens Demütigung war schon arg genug gewesen. Und dann seine Angst. Die Schläge, die er bekommen hatte, konnten einem Mann gefährlich werden. So etwas führte manchmal zu Krebs. Vielleicht würden sie die letzte Woche ihres Urlaubs streichen und nach Hause zurückkehren müssen.

Sie fuhren um das Südende der Insel, gelangten an deren Ostseite und landeten unterhalb der Hütte. Langsam gingen Art und Greg hinauf, stützten Ken, blieben ein- oder zweimal stehen, damit er die Übelkeit überwinden und sich wieder aufrichten konnte. Dann wanderte Greg zur Sägemühle, um einige Eisengewichte zu holen, mit denen sie Martins Leiche beschweren wollten. Art schenkte Ken siedend heißen Kaffee ein, drehte für ihn die heiße Dusche auf, gönnte sich selbst insgeheim einen Schluck Bourbon und ging zu den Booten zurück.

In der Mühle war es ruhig. Sie ist da, dachte Greg, unter den Bodenbrettern, und schläft. Vielleicht wacht sie auf und hört mich. Wenn ich hinunterklettere zu ihr, dachte er dann, wird niemand sie schreien hören. Ich könnte sie ficken. Sie würde wie eine Löwin kämpfen, dann gegen ihren eigenen Willen erregt werden und sich auf mich stürzen, selbst wenn sie wußte, daß ich sie nachher abknallen würde. Himmel. Sein Glied begann sich zu regen, und er bewegte sich wieder von der Stelle. Sie hatten Regeln, und wenn einer auch nur eine davon brach, war alles zu Ende. Ken hatte geschworen, er würde aussteigen, und sie würden nie wieder Spaß haben. Das war es nicht wert, auch Nancy nicht.

Er fand einige durchrostete Kolbenstangen dort, wo er sie im Vorjahr liegengelassen hatte, als er sich einmal an die Arbeit gemacht und eine Reserve an Gewichten vorbereitet hatte. Sie wogen fünfundsiebzig Pfund pro Stück. Das reichte bei weitem. Eine jetzt für Martin, eine später für Nancy. Er hob die Kolbenstangen hoch und scheuchte dabei eine Schar roter Ameisen auf, die sich für den Winter in der Mühle niedergelassen hatten. Kriecht nur, ihr Arschficker, dachte er. Kriecht hinunter zwischen die Bretter dort drüben und zwickt Nancy in den Arsch. Es ist großartig! Er trat einige Male mit dem Absatz in den Ameisenbau, bis er die meisten Tiere getötet zu haben glaubte, und ging dann zurück.

Ken hatte geduscht und sich in eine dicke Decke gehüllt. Er stand auf der Terrasse. Er warf Greg eine nagelneue Zehn-Meter-Rolle des fünf Millimeter dicken Kletterseils aus Nylon zu. Sie landete zu dessen Füßen. »Du hast etwas vergessen.« Dann: »Hast du sie gehört?«

Greg hob das Seil auf. »Nein.« Der Klang von Kens Stimme zeigte ihm, daß Ken sich rasch erholte.
»Schläft noch.«
»Vielleicht«, sagte Ken. »Ich würde nicht zu lange warten.«
»Wir werden nicht lange brauchen.«
»Wir sind ja nicht hundertprozentig sicher, daß sie dort ist.«
Geh scheißen, dachte Greg. Du hast dich schon ganz gut erholt. Gut genug, um wieder herumzukommandieren; so sehr können deine Eier gar nicht eingedroschen sein. Er ärgerte sich oft über Ken. Wie jetzt zum Beispiel. Immer mußte er – bei allem – das letzte Wort haben. Und Art wiederum stellte alles in Frage, so als wären alle anderen Idioten. Warum konnten sie nicht das Leben akzeptieren, wie es war? Gehirngymnastik würde nichts verändern. Und die Jagd sollte so bleiben, wie sie immer gewesen war, schlichtes Ficken und Schießen, nichts weiter.
»Es ist ziemlich wahrscheinlich«, sagte er.
»Sie könnte am Ufer sein«, beharrte Ken. »Und zum Festland wollen.«
»Das könnte sie.«
»Jedenfalls hat sie eine Flinte bei sich.«
»Mach keine Witze!« Greg fluchte innerlich.
»Und ein Dutzend Patronen. Vierer-Schrot.«
»Nancy?« Gregs ehrliches Vergnügen war größer als sein Ärger. Da schaue sich einer dieses magere, kleine, hängebusige Weibsstück an. Sie war zurückgekrochen und hatte sich bewaffnet.
»Verfluchte Scheiße«, sagte er. »Warte nur, bis ich das Art erzähle. Der wird vielleicht in die Hosen machen!«
»Ich ziehe mich an«, sagte Ken. »Ich werde mit dem anderen Boot hinfahren und darauf achten, daß sie nicht hinüberzuwaten versucht.«
»Okay.«
»Mir reicht's für heute. Holen wir sie uns.« Ken ging in die Hütte zurück.
Greg hob wieder die beiden schweren Kolbenstangen auf und marschierte zum Ufer hinunter. Art wartete im Boot, rauchte und starrte auf die blutgefüllte Plastikfolie, die die Überreste von Martins Kopf enthielt. Er deutete darauf. »Ich habe sie unter seinen Achseln zusammengebunden, damit nichts herausrinnt.«
Greg ließ vorsichtig eine Stange in das Boot hinunter und legte sie auf Martins Leichnam. Was für ein komischer Kauz, dachte er. Der Hauptspaß für Art war in Wirklichkeit nicht das Jagen, ja nicht einmal das Töten. Die größte Freude machte es Art, wenn er betrachten konnte, was übriggeblieben war. »Sie hat ein Gewehr.« Er sagte es beiläufig und beobachtete genußvoll Arts Reaktion.
»Nancy?« Arts Gesicht wurde ausdruckslos und verlor etwas an Farbe.
»Sagt Ken. Und etwas Vierer-Schrot.«

Dreckige kleine Hure, dachte Art. Das mußte wohl so kommen. Sie war genau der Typ. Sie und auch der Kerl. Wenn es nach ihm gegangen wäre, hätten sie die beiden nie mitgenommen. Schleimscheißer und dünne kleine Männer waren immer gefährlich. Es war Gregs Schuld, der beim Anblick von Nancys Hintern einen Steifen bekommen hatte, als sie das Mädchen zum erstenmal gesehen hatten; dann hatte er Ken überredet. Dort lag der Fehler. Die Entscheidung sollte niemals Greg überlassen werden. Nur Ken und er sollten aussuchen dürfen.
Er schleuderte den Startgriff herum, und der Motor heulte auf.
»Hast du eine Pulle mitgebracht?«
Greg schüttelte den Kopf, und Art stieß einen verhaltenen Fluch aus. Er hatte gehofft, daß Greg das Trinkverbot durchbrechen würde.
Sie fuhren zum Nordende der Insel und stießen auf Schilf und Sumpfgras, das so unschuldig aussah entlang des Ufers, aber immer tiefer und dichter wurde, bis sie, fünfzig Meter vom eigentlichen See entfernt, in der Mitte eines tiefen, von Wald umgebenden Sumpfes anlangten.
Art stellte den Motor ab. »Wo ist das Seil?«
»Hier.«
Sie hoben Martins Kopf über den Bootsrand und zogen den Körper aus der Plastikplane, die Art abspülte, dann sorgfältig zusammenfaltete und verstaute. Greg löste das Nylonseil von seinem Gürtel und befestigte die Kolbenstange an Martins Leiche, wobei sie das Seil um seine Arme, Beine und Taille wickelten, mit einer Menge komplizierter Knoten, die sie sich vor Jahren ausgedacht hatten, um zu verhindern, daß das Seil vom Skelett rutschte, bevor alles Fleisch verschwunden wäre. Auf diese Weise würde niemals etwas davon an die Oberfläche treiben, und die Knochen würden sicher auf dem Grund bleiben, bis sie entweder vom Schlamm aufgesogen und für immer darin begraben oder vollständig verwest waren.
»Okay, Freunde, hier kommt ein neuer Knabe«, sagte er. »Nimm ihn an den Füßen, Art.«
Art packte Martins Fußgelenke, und sie ließen die Leiche ins Wasser hinunter, das bereits blutrot war.
»Von jetzt an triff sie am Körper, ja?« beschwerte sich Greg. »Schau dir das an.« Er deutete mit dem Finger ins Wasser.
Art blickte hin und sah Teile von Martins Gehirn, die am Schilf hängengeblieben waren.
»Bis zum Wochenende haben die Bisamratten das alles aufgefressen«, sagte er. »Wenn es sich nicht schon vorher in nichts auflöst.«
»Wollen wir's hoffen.« Greg senkte das Gewicht ins Wasser und ließ los. Martin verschwand fast augenblicklich. Einen Moment lang stiegen viele Blasen auf, Holzstücke trieben an die Oberfläche und wirbelten im blutigen Wasser herum. Dann verschwanden die Blasen.

Art ließ den Motor wieder an. Langsam, knatternd, fuhr das Boot durch das dichte Schilf und Gras hinaus in den offenen See.
»Wir können von Glück reden, wenn nicht alles danebengeht«, sagte Art. »Wir hätten warten sollen, bis wir auch das Mädchen abgeknallt haben. Hätten uns eine zweite Fahrt erspart.«
»Ich weiß nicht«, antwortete Greg. »Sie so rasch wie möglich loszuwerden, war immer unsere Devise.«
Art wußte, daß er recht hatte. Warum Leichen herumliegen lassen? Das Mädchen könnte sich als geschickter entpuppen, als sie gedacht hatten, und man würde einige Zeit brauchen, sie zu erwischen. Es bestand immer die – unwahrscheinliche – Möglichkeit, daß ein anderer Jäger vorbeikam. Das war eine Gefahr, die sie immer gefürchtet hatten.
Sie landeten, und Art sah, daß das andere Boot fort war. Ken mußte also schon an der Festlandseite der Insel sein und Ausschau halten. Art montierte den Außenbordmotor ab.
»Was machst du da?« fragte Greg.
»Was glaubst du? Willst du vielleicht, daß sie mit dem Boot abhaut?« Art hievte den Motor an Land und hörte gleichzeitig das erste Zischen der Luft, die aus den Ventilen ausströmte, während Greg das Boot festmachte, das bereits schlaff zu werden begann. Offensichtlich war Greg diesmal einverstanden und würde nicht diskutieren.
Sie warteten und hängten dann das Boot an einen Baum, eine lange schwarze Masse aus völlig schlaffem Gummi.
»Also, gehen wir jagen«, sagte Greg.
»Ja. Und sei vorsichtig. Ich kann mir etwas Angenehmeres vorstellen als ein Weib mit einem Gewehr.«
Greg lachte. »Ich auch. Ein Weib ohne Gewehr.«
Art lächelte nicht und sagte: »Ich übernehme die Nordseite, wenn es dir recht ist. Du den Süden.«
»Okay.«
Beide meinten sie die Mühle. Sie bildete ein langgestrecktes Rechteck, von Osten nach Westen verlaufend. Der Kamin der Mühle ragte an der Nordwestecke empor. Sie würden, wie üblich, von der Seite kommen und sich dabei an den Rand des Dickichts halten, das die Lichtung um die Mühle begrenzte. Sie hatten keinen Grund, anzunehmen, daß Nancy sich anders verhalten würde als die Mädchen vor ihr. Das Schema war, wie das der Männer, langweilig und voraussehbar. Die Frauen wählten die Mühle, um sich dort zu verstecken und Kräfte zu sammeln; dabei krochen sie fast immer unter den Boden. Alle übersahen die rostige Eisentür unten am riesigen Kamin und wählten den Maschinenraum, der ihnen aber nicht sicher genug erschien, so daß sie dann gewöhnlich nach hinten krochen zu den Ratten, die die dumpfig feuchte, von Sägemehl bedeckte

Stelle unter den verfaulenden Bodenbrettern bevölkerten. Nachdem sie etwas geschlafen hatten und ihre Kräfte wieder zurückgekehrt waren, bemerkten sie die Ratten: große, häßliche, quietschende Biester. Diese Entdeckung trieb die Frauen gewöhnlich hinaus, und nunmehr von einer anderen Art von Entsetzen gepackt, entschieden sie, daß sie ungehindert bis zum Festland und in die Freiheit gelangen würden.
Ungefähr jetzt, dachte Art. Er warf einen Blick auf die Uhr. Genau jetzt. Ein Uhr dreißig. Waren bloß sechs Stunden vergangen, seit sie halb blind aus dem Bett in den eisigen See getaumelt waren? Es schien viel länger her zu sein.
Er hörte ein leises Pfeifen, einen Vogellaut, von der anderen Seite der Mühle. Das mußte Greg sein, der ihm damit seinen Standort verriet und mitteilte, daß er eine Weile dort bleiben würde. Art stellte sich in den Schutz einiger Birken und horchte. Ken hatte den Außenbordmotor abgestellt. Es war sehr still.
Dann hörte er ein ganz schwaches Geräusch von der Mühle her, ein fernes Kratzen. Etwas bewegte sich; eine Ratte schlüpfte aus der verwitterten Seitenwand, dort, wo sie halb verfault über den derben Steinen der Grundmauern stand. Vielleicht war Nancy dort unten gestorben, das wäre dann wohl die größte Pleite aller Zeiten. Sie würden hinunterkriechen müssen und die Leiche herausholen, samt den Ratten, und wahrscheinlich würde sie halb aufgefressen sein, bevor sie die Bretter hochheben konnten.
Wieder hörte er das kratzende Geräusch. Nein, das war schon Nancy. Und sie kam heraus. Aber was bedeutete dieses Geräusch? Er überlegte, welchen Weg Nancy aus dem Rattenloch nehmen mußte. Das Geräusch dürfte von der Tür zum Maschinenraum stammen. Sie wird sie halb geschlossen haben, als sie vorher hineinging, und jetzt mußte sie sie wieder öffnen. Sie tat es langsam und vorsichtig, mit angehaltenem Atem, aus Angst, gehört zu werden; und das Geräusch erschien ihr doppelt so laut, als es in Wirklichkeit war. Für ihre Ohren klang es so, als risse sie das ganze Gebäude ab.
Art grinste und antwortete auf Gregs Pfiff, um ihm mitzuteilen, wo er stand. Greg hatte Nancy wahrscheinlich auch gehört. Wenn nicht, dann würde er aus der gepfiffenen Antwort schließen, daß er abwarten solle, weil sich ihre Beute bewegte.
Verdammte Flinte, wie zum Teufel würden sie damit fertig werden? Wenn Nancy in Schußweite kam und losdrückte, Himmel! Jedes Ziel rund um die Mühle war nahe. Mit Vierer-Schrot war es kaum möglich, ein Ziel in einer Entfernung von acht Metern zu verfehlen. Auf eine solche Distanz könnte man einem Mann glatt den Kopf wegknallen. Zumindest die Hälfte davon.

Das Kratzen verstummte. Nancy hatte die Tür geöffnet. Art wartete. Er hatte zu schwitzen begonnen. Es war totenstill, und plötzlich ertönte ein schwaches Klingen von Metall auf Metall. Sie war mit dem Gewehrlauf gegen eine der Leitersprossen gestoßen. Wahrscheinlich war sie ausgerutscht. Sie würde sich eine Zeitlang nicht rühren.
Er blickte auf die Uhr. Ein Uhr fünfunddreißig. Eigentlich sollte er sofort in die Mühle hineingehen und sie niederknallen, wenn sie aus dem Schacht kletterte. Während sie noch auf der Leiter stand und nicht zurückschießen konnte. Er würde einfach sagen: »Guten Tag, Mädchen, wie war dein Schönheitsschlaf?« und zu schießen beginnen. Würde sie versuchen, um ihr Leben zu rennen? Zurück, hinunter in den Schacht? Oder bloß zusammenbrechen und betteln? Bei den Mädchen konnte man nie wissen.
Aber in die Mühle zu gehen war gefährlich. Er könnte in die Enge getrieben werden. Er wußte nicht, ob sie nicht doch ein Flintenweib war. Es war besser, draußen zu warten.
Also wartete er. Jetzt würde sie sowieso schon aus dem Schacht heraußen sein, sich wahrscheinlich an der dunklen Seite des Mühleninneren entlangschleichen, dort, wo das Triebwerk war, und horchen. Sie würde sich in Sicherheit wähnen und auf der langen, leicht abgeschrägten Erdrampe herauskommen, auf der früher die frisch gesägten Planken zur Steinmauer geschoben wurden, die zu den wartenden Ochsenschlitten, zwei Meter darunter, führte. Er, Greg und Ken, hatten die große Doppeltür von dort entfernt, als sie die Hütte bauten; ihre Bretter bildeten jetzt einen Teil der Hüttenveranda und fast die ganze Küchendecke.
Art pfiff wieder, zweimal. Er schlich zum Westende der Mühle und zu der Lichtung zwischen Rampe und Mauer, einer offenen Fläche von ungefähr dreißig Quadratmetern, hielt sich dabei aber gut im Gebüsch verborgen. Er wurde sich plötzlich bewußt, daß er sich beeilen mußte, denn Nancy war vielleicht eine von den Unvorsichtigen, die einfach losstürzte. In einem solchen Spiel überließ man besser nichts den anderen. Jeder tat, was er konnte. Auf diese Weise war noch nie etwas schiefgegangen.
Die Sekunden zogen sich, wurden zu Minuten. Er schwitzte stärker. Kalten Schweiß. Schließlich sah er die Lichtung durch das Gebüsch, das er sachte auseinanderschob. Dort war die Rückseite der Mühle. Die Doppeltür klaffte weit offen.
Von Nancy keine Spur.
Abwarten. Doch. Sie war dort. Eine kleine Gestalt, die aus dem Schatten hervorleuchtete. Freilich, sie trug ja Kens rot-schwarz-kariertes Hemd. Und seine Stiefel, die ihr zu groß waren; die Hose hatte sie mit einem alten Lederriemen in der Taille festgebunden.

Sie war bewaffnet, das stimmte. Sie hielt das Gewehr im Arm, als wäre es ein Kind, stand unbeweglich da, horchte und rechnete sich ihre Chancen aus.
Art blickte auf und sah Greg auf der anderen Seite der Lichtung, vor Nancy verborgen durch den dicken Stamm einer Buche. Das Gewehr hielt er eng an sich gepreßt und gegen den Boden gerichtet, damit seine Silhouette schmäler sei. Greg grinste und machte ein kurzes Zeichen mit der Hand. Auch er hatte sie gesehen.
Sie würden sie also herauskommen lassen; Art würde hinter sie schleichen, und Greg würde nach vorne laufen, so daß sie zwischen ihnen beiden eingeklemmt wurde. Verdammte Flinte, konnte sie sie gebrauchen oder nicht? Macht nichts, sie konnte ja nicht gleichzeitig in zwei Richtungen sehen.
Jetzt stand Nancy genau in der Türöffnung. Er könnte einen Schuß riskieren. Aber wenn er fehlte, würde sie sich wieder da hineinverkriechen, sie müßten sie belagern, und das würde eine Nachtwache und der Himmel weiß, was noch, bedeuten. Außerdem, wo blieb denn der Spaß, wenn man die Leute erwischte, ohne daß sie es wußten? Selbst Martin, dieses Ekel, hatte eine Sekunde oder zwei gehabt, um zu erkennen, was gespielt wurde. Gerade im letzten Bruchteil einer Sekunde war ihm klargeworden, daß er verspielt hatte.
Nancy kam heraus, langsam, Schritt für Schritt, dann schneller. Sie hatte dreißig Meter bis zur Mauer, dann noch einmal dreißig Meter bis zum Wald zurückzulegen. Wenn sie geradeaus ging. Wenn sie abbog, nach rechts oder links, waren es weniger. Sie beschloß, geradeaus zu gehen, drehte sich zweimal nach der Mühle um und begann schließlich zu laufen. Als sie acht Meter von der Steinmauer entfernt war, trat Art aus seiner Deckung hervor und gab einen Warnschuß ab. Die Kugel schlug direkt vor ihr in der Erde ein. Nancy sprang hoch, drehte sich wild herum, versuchte, überall gleichzeitig hinzuschauen, erstarrte schließlich und wagte es nicht, sich zu bewegen.
Art kam aus dem Dickicht hervor und lief das Gebüsch entlang rasch auf die Mühle zu, mit seitlichen Schritten wie eine Krabbe, um Nancy nicht aus den Augen zu verlieren. Wegen ihres Gewehres brauchte er sich keine Sorgen zu machen. Wenigstens einige Sekunden lang nicht. Sie war im Augenblick zu überrascht, um die Waffe zu heben, und Greg würde ihn decken. Bis sie sich an das Gewehr erinnerte, bis sie es aus ihren Armen gelöst hatte, würde er im dunklen, schützenden Schatten des Mühleninneren sein, in der sicheren Zone, die sie soeben verlassen hatte.
Dann sagte Greg: »Nancy! Hallo, Süße.« Und schlenderte einige Schritte von der Buche weg in die Lichtung hinaus, bereit, sofort wieder in Deckung zu gehen, sollte sie schießen. »Willst du nicht auf mich ballern?«

Er stand da, reizte sie und ließ beiläufig einen Schuß los, die Kugel pfiff seitlich an ihr vorbei.
Sie war ganz zerschunden, ihr Gesicht blauschwarz geschlagen, unmenschlich anzusehen, ihre Kleider waren zerrissen und blutig. Auf den Schock hin strömte alles Blut, das noch in ihr war, in den Magen, und ihr Mund wurde kalkweiß.
»Komm, Nancy. Kämpfe doch. Vielleicht kriegst du einen von uns.«
Greg drückte wieder ab, und sie knallte los. Sie schleuderte das Gewehr hoch, und ihr Finger straffte sich. Dann feuerte Art, sie fuhr herum und schoß in die Finsternis, wirbelte zurück und zielte wieder auf Greg. Es war zu spät. Sie schoß, versengte aber nur Gestrüpp und Baumstämme. Greg hatte sich wieder hinter die Buche zurückgezogen.
Art kam einige Schritte aus dem Schatten heraus und wunderte sich, warum Nancy nicht zu der Mauer lief und hinuntersprang. Dort wäre sie teilweise geschützt gewesen.
Dann kam auch Greg wieder hervor. »Mach nicht in die Hosen, Nancy. Das ist ein gutes Gewehr. Es gehört Ken. Er schießt Gänse damit. Mit dem Vierer-Schrot kannst du einen Mann praktisch in zwei Teile knallen.«
»Wie waren die Ratten?« fragte Art. »Der Kleinen vor zwei Jahren hingen sie nur so runter, als sie da rauskam.«
»Stimmt«, sagte Greg. »Was ist denn los mit euch Weibern, daß ihr euch immer im selben dreckigen Loch verkriecht? Warum?«
Plötzlich begann sie zu sprechen. Ihre Stimme, dachte Art, paßt zur Farbe ihres Gesichts. Das war interessant. »Bitte, laßt mich gehen«, sagte sie.
Greg antwortete: »Es hält dich ja keiner auf, Nancy.«
»Bitte.«
»So geh doch endlich.«
»Ich habe euch doch nichts getan. Keinem von euch. Nichts. Vor einer Woche habe ich euch nicht einmal gekannt. Bitte. Ich habe zwei kleine Mädchen zu Hause. Ich bin eine Mutter. Bitte.«
Art feuerte. Die Kugel pfiff harmlos über ihren Kopf, was seiner Absicht entsprach.
Sie wirbelte herum, schoß zurück. Auf nichts. Das finstere Innere der Mühle war ein bequemes, sicheres Versteck.
Jetzt drehte Nancy durch und begann zu rennen. Sie ließ die Flinte fallen und lief in blinder Panik zu der Mauer.
Greg sah es voraus und reagierte schnell. Nancy war fast bei der Mauer angelangt, aber er kam ihr zuvor, und sie prallte hart gegen ihn, bevor sie erkannte, daß er da war; sie konnte nicht mehr ausweichen. Er hielt sie lachend fest, preßte sie mit einem Arm an sich und hielt sein Gewehr außer Reichweite, damit sie es ihm nicht entreißen konnte, sollte ihr dieser Gedanke überhaupt in den Sinn kommen.

Nun tauchte auch Art auf. »Du oder ich?« Er lächelte nicht. In seiner Stimme lag Verachtung und ungeduldige Wut.
»Wir könnten ja ein Spielchen spielen.«
»Spar dir das. Wir haben noch nichts im Magen.«
Greg schaute auf Nancy und Kens zerrissenes Jagdhemd. Er erinnerte sich an ihre heiße, feuchte Wärme und spürte sekundenlang etwas wie Bedauern. Verdammt, sie war wirklich gut gewesen.
»Ich nehme sie mir vor«, sagte er.
Er hielt sie weiter fest und grinste. Plötzlich wußte Art, warum. Greg drückte Nancy fest an sich, sein Glied wurde steif, sein Gesäß straffte sich und begann bereits zu zucken.
Art packte Nancy am Arm und zerrte sie von Greg weg. »Idiot«, schrie er. »Hör auf damit!«
»Bitte.« Sie fiel in die Knie, hielt die Hände hoch und bettelte. Art stieß ihre Hände mit dem Fuß weg und richtete das Gewehr auf sie.
Dann grinste Greg plötzlich nicht mehr. »Hör zu, Kleiner. Ich hab gesagt, sie gehört mir!« Sein Gesicht war häßlich geworden.
»Dann, zum Teufel, mach weiter.«
»Okay. Und halt's Maul.« Greg legte sein Gewehr an Nancys Hals und drückte ab. Der Schuß krachte. Ihre Beine zuckten, ihr Mund bewegte sich, ihre Augen sagten etwas. Greg jagte ihr noch zwei Kugeln in die Brust, und eine durch den Kopf. Durch die Wucht der Schüsse wurde sie nach hinten geschleudert, und sie purzelte wie eine Stoffpuppe von der Mauer hinunter auf den Boden.
Art und Greg gingen hin und schauten. Nancy lag auf dem Rücken, die Beine leicht gespreizt, die Arme ausgestreckt. Ihre toten Augen starrten sie an.
Art sagte mit unangenehmem Unterton: »Dein letzter Schuß wäre besser dein erster gewesen.«
»Hau ab«, sagte Greg. Er grinste wieder.
»Machen wir weiter«, bemerkte Art, »wir müssen sie noch loswerden.«
»Okay. Und zum Teufel mit Ken, diesmal lasse ich die Pulle nicht stehen. Ich bin fast krepiert vor . . .«
Er brachte den Satz nicht zu Ende.
Die Luft ging ihm aus, plötzlich, als hätte er einen Hieb in den Magen bekommen. Art blickte ihn scharf an. Genau in der Mitte von Gregs Stirn war ein münzengroßes, rundes Loch, das sich an den Rändern rosa färbte. Art glotzte fassungslos. Als er das Echo des Schusses vernahm, kam es ihm vor, als sei eine Ewigkeit vergangen, und es war doch nicht einmal eine Sekunde gewesen. Sofort danach wurde ihm bewußt, daß das Geräusch weder mit ihm selbst und Greg noch mit den Schüssen auf Nancy zu tun hatte.

Dann brach Greg in die Knie, das Grinsen erstarrte auf seinen Lippen, die Augen lächelten noch, er sackte von der Mauer und fiel hinunter auf Nancy. Bei dem Aufprall jagte er alle Luft aus ihren toten Lungen, daß es hörbar zischte, und dann lag Greg da, auf ihr drauf, zwischen ihren ausgebreiteten Beinen, mit zitternden Hinterbacken, ein schauerliches letztes Zerrbild des Lebens.

19

DER ZWEITE SCHUSS traf Art in den Arm. Einen Moment lang starrte er auf Greg, gleich darauf spürte er einen heftigen Schlag oberhalb des Bizeps, so heftig, daß es ihn umwarf. Er wußte, daß er getroffen war, und er wußte, daß er tot sein sollte und tot wäre, wenn er nicht bereits begonnen hätte, nach Deckung zu suchen. Der Heckenschütze hatte sein Ziel verfehlt. Wer immer es war, Art hatte ihn veranlaßt, zu rasch abzudrücken.

Er hörte einen dritten Schuß, das Pfeifen des Abpralls, ein schwaches Krachen. Die dunkle Türöffnung war nur einige Meter entfernt. Sein Jäger war nicht dort. Die Schüsse kamen von weiter weg.

Nichts von dem, was Art tat, war überlegt. Er reagierte instinktiv. Als er den schützenden Schatten erreicht hatte, verlor er fast das Bewußtsein, stolperte und fiel bäuchlings hin. In blinder Verzweiflung rappelte er sich auf, machte noch einige unsichere Schritte, und stürzte ein zweites Mal. Diesmal blieb er liegen und spürte den scharfen Breigeschmack modernden Sägemehls im Mund. Endlich begann er bewußt zu denken. Er war außer Sicht, mußte es sein. Sein Atem flog, das Herz pochte wie rasend; Art versuchte zu begreifen.

Nancy erschossen. Greg tot, zwischen die Augen getroffen. Er selbst am Arm verwundet. Von wem? Ken? War Ken verrückt geworden? Hatte er beschlossen, auszusteigen und keine Spuren zu hinterlassen?

Es war undenkbar. Zögernd betastete Art seinen Arm. Er fühlte etwas Warmes, Sickerndes. Es war Blut, das sein Hemd durchnäßte. War es schlimm? Er konnte seinen Arm noch bewegen, also war kein Knochen gebrochen. Das Blut sprudelte nicht hervor, also war auch keine Arterie verletzt. Aber Himmel, der Schmerz! Er hielt, wie zur Abwehr, den Atem an. Nach einer Weile würde dieses Hämmern vielleicht aufhören und nur noch ein Brennen bleiben.

Arts Gedanken wurden etwas klarer. Er mußte weg von hier. Wenn es Ken war, würde er ihm nachstellen. Er konnte nicht einfach so daliegen, der Gefahr ausgesetzt. Steh auf! Langsam erhob er sich, überrascht, daß er sich überhaupt auf den Beinen halten konnte. Er fühlte nun, daß er, wenn man von der Behinderung durch die Wunde absah, zurückschlagen konnte. Trotziger Zorn, der fast stärker war als die Furcht, überkam ihn. Er hob das Gewehr auf, das er fallen gelassen hatte, und klopfte einen Klumpen Sägemehl, der die Mündung verstopfte, aus dem Lauf. In Ordnung, schieß auf mich, du Hurensohn; ich werde es dir schon heimzahlen. Zeig nur dein Gesicht.

Die Lichtung im Osten der Mühle war leer. Eine Rotdrossel flitzte im Tiefflug von einem Baum auf die Lichtung hinunter und schwang sich wieder hinauf zum Dachfirst. Sie war schwarz, bis auf einen roten Fleck.

Art hatte sich vorsichtig in einen Spalt in der Südwand der Scheune gezwängt und musterte nun rasch das Gebüsch, das sich dahinter ausbreitete. Das Gesträuch ging in den Wald über, dann kam der See. Art würde aus der Mühle hinausrennen, über die Lichtung, trotz des Risikos, in Deckung gehen und dann laufen, zur Hütte laufen.

Er blickte über seine Schulter hinweg zur Mühle hin. Er konnte niemanden sehen, niemanden hören. Niemand stand dort in der großen Türöffnung. Weiter weg lag Greg, tot, auf Nancy drauf.

Er trat aus seinem Versteck, blickte nach links und rechts, schlich entlang der Mauer bis an die Ecke. Noch immer niemand. Einige Eichelhäher kreischten, nicht weil er sie aufgeschreckt hatte, sondern weil sie stritten.

Jetzt gab es nur eines: laufen. Er konnte nicht in alle Ewigkeit hierbleiben, an die Wand der Mühle gepreßt. Selbst wenn sein Jäger nicht weit entfernt war, sich vielleicht im Gebüsch gegenüber verbarg, würde es ihm schwerfallen, ihn neuerlich zu treffen. Es war nicht leicht, einen rasch laufenden Mann abzuknallen.

Art duckte sich und stürzte vorwärts, so wie er es beim Militär gelernt hatte, mit Sprüngen und oftmaligem Richtungswechsel. Er hielt nicht an, bis sich das Dickicht über ihm schloß und die Lichtung hinter ihm lag.

Er warf sich flach auf den Boden, wagte nicht, sich zu bewegen, drehte nur den Kopf; war jemand in der Nähe? Der Schmerz hämmerte wieder, und sein Magen hob sich. Dann hörte er den Außenbordmotor am Südende der Insel. Er wußte, was das bedeutete, und Erleichterung darüber durchströmte ihn in großen Wellen. Es bedeutete, daß Ken nicht der Heckenschütze gewesen sein konnte. Es gab keinen Verrat, und er, Art, war nicht allein. Er hatte Ken; sie waren zwei gegen einen. Vielleicht aber auch mehrere, wer weiß? Das würden sie bald herausfinden. Er kämpfte darum, Schmerz und Übelkeit zu beherrschen, und begann, durch das Gebüsch zu kriechen und sich zum Anlegeplatz vorzuarbeiten. Ken mußte gewarnt werden.

Er blieb in gebückter Stellung, versuchte jedoch nicht, Lärm zu vermeiden. Birken und Sumach durften sich ruhig über ihm bewegen, denn niemand konnte durch das Gewirr von Stechwinden und Unterholz durchschießen.

Er sah Ken, der das Boot zum Landeplatz steuerte. Ken stellte den Motor ab, um es zum Ufer treiben zu lassen. Das Gewehr lag über seinen Knien, und er blickte besorgt drein.
Art rief mit gedämpfter Stimme: »Paß auf. Jemand schießt auf uns.«
»Bleib, wo du bist«, antwortete Ken. Sobald der Bug des Bootes über die Kieselsteine des Strandes kratzte, sprang er heraus und zerrte das Boot mit einer raschen Anspannung seiner Kräfte aus dem Wasser und ins Gebüsch hinein.
Sie kamen aufeinander zu.
»Was, zum Teufel, ist geschehen?« Er sah Arts Arm, den dunklen, blutgetränkten Ärmel seines Hemdes und seine Hand, rot bespritzt und naß. »Himmel! Knochen?«
»Nein. Es geht schon.«
»Wer war das?«
»Wenn ich das wüßte!«
»Ich habe drei Schüsse gehört. Schweres Kaliber. Vom Steilufer her.«
Dort war er also gewesen.
Dann fragte Ken eindringlich: »Wo ist Greg?«
»Er ist tot«, antwortete Art.
»Er ist was? Greg?«
Art erklärte, was geschehen war. Als er bei Gregs Tod anlangte, erinnerte er sich an das Loch in Gregs Stirn, das plötzlich dort gewesen war, und wie Greg mitten in einem Satz mit einemmal tot umgefallen war. Die Erinnerung überwältigte ihn, und es wurde ihm wieder übel. Fast hätte es ihn genauso erwischt. Auch er könnte jetzt auf diesem Miststück von einem Mädchen draufliegen. Wie Greg. Und nichts wissen.
»Wir müssen zur Hütte«, sagte Ken.
»Vielleicht ist er vom Steilufer heruntergekommen.«
»Wir können nicht hier draußen bleiben, in dem gottverdammten Unkraut.«
Nein, das konnten sie nicht. Sie mußten ein Obdach finden, und bis zur Hütte würden sie es schaffen. Dort gab es Medikamente und etwas zu trinken und Betten. Sie könnten abwechselnd Wache stehen. Bis es dunkel wurde.
»Gehen wir also«, sagte Art.
»Ich bin gleich hinter dir. Wenn du läufst, verschwende keine Zeit. Ich werde dich decken.«
Sie begannen zu kriechen und erreichten eine Stelle, die nicht weit von der Hütte entfernt war. Art duckte sich. Als er den Kopf leicht hob, konnte er das Dach der Mühle sehen und darüber und dahinter die grauen Felsen des Steilufers. Nichts bewegte sich dort, es gab keine Spur von dem Heckenschützen.

»Lauf!« rief Ken. »Jetzt.«
Art riß sich zusammen und stürzte vorwärts zur Hütte. Es waren nur fünfzig Meter, aber auf halbem Weg fühlte er, wie seine Beine nachgaben. Er würde stürzen und ein gutes Ziel bieten. Es wurde ihm schwarz vor den Augen, und eine Stimme schrie: »Steh auf, lauf weiter, steh auf!« Art fühlte etwas Feuchtes im Gesicht, und wollte sich aufsetzen. Er lag auf einer der Bänke in der Hütte, und Ken benetzte seine Stirn mit einem nassen Tuch.
»Nur ruhig, versuche nicht, dich zu bewegen.«
Art sank zurück, nahm die vertrauten Dinge wahr und bemühte sich, sich zu erinnern, wie er hierhergekommen war.
»Du könntest einen Schluck vertragen«, sagte Ken. Er ging in die Küche und kam mit einer ungeöffneten Bourbonflasche zurück. Er riß die Metallhülle herunter, drehte den Korken heraus und goß eine ziemliche Menge in einen Becher. »Da.« Er hob den Becher an Arts Mund. Art trank, schluckte den Whisky hinunter, spürte, wie der Alkohol seinen Magen aufpeitschte. Er wollte erbrechen, und dann war plötzlich alles in Ordnung. Er fühlte sich viel besser.
Ken grinste. »Du bist auf dem Boden gelandet.«
»Tut mir leid.«
»Es ist nichts geschehen. Niemand hat geschossen. Obwohl ich sicher war, daß sie schießen würden. Wie ein Sack bist du dagelegen.«
»Danke.«
»Nichts zu danken. Ich liebe dich nicht; ich brauche dich.« Das Lächeln und das Blinzeln sollten diese Worte als Witz erscheinen lassen, sollten andeuten, daß Ken genau das Gegenteil meinte. Nur wußte Art, daß Ken genau das gesagt hatte, was er wirklich dachte und meinte. Ken hatte sich noch nie um jemanden geschert. Aber jetzt, in diesen Stunden, brauchte Ken ihn, und er brauchte Ken. Das Leben des einen hing von dem des anderen ab.
»Wer, zum Teufel, ist es?« fragte Art verzweifelt. »Wer?«
»Glaubst du, daß ich dir etwas verheimliche?« antwortete Ken.
»Wie viele, schätzt du, sind es?«
»Die Schüsse, die ich gehört habe, kamen aus einem einzigen Gewehr.«
Art versuchte zu überlegen. »Wenn es zwei gewesen wären, wäre ich dort draußen bei Greg«, sagte er.
Das leuchtete ein. Sie schwiegen beide. Daß der Heckenschütze für sie kein Gesicht, keine Identität besaß, verschärfte ihre Lage. Plötzlich hatte eine unbekannte Büchse gesprochen, und alles hatte sich umgekehrt. Vor einem Augenblick war alles noch Spaß gewesen; sie hatten Martin abgeknallt und Nancy gehetzt, waren knapp daran gewesen, ihr Tagewerk zu beenden und sich einen ordentlichen Rausch anzutrinken. Vielleicht

ein Monopoly-Spiel am Abend – eine gute Art, sich zu entspannen – und morgen wieder legales Jagen.
Jetzt wurden sie gejagt und mußten davonlaufen.
Ken stand auf, schaute vorsichtig aus dem Küchenfenster und kam zurück. »Nichts«, sagte er. Er setzte sich nieder, in einiger Entfernung von der offenen Eingangstür, und füllte sein Glas wieder an.
»Was, glaubst du, sollen wir tun?« fragte Art.
»Nun«, antwortete Ken, »wer immer es ist und was immer er will, wir müssen ihn erwischen. Er hat uns gesehen. Dich sicher, mich höchstwahrscheinlich.«
»Zuerst gibt es noch etwas Wichtiges zu tun«, meinte Art.
»Ja?«
»Die Leichen beseitigen.«
»Nein. Er. Er ist wichtiger.«
»Hör zu«, beharrte Art, »sie können dir keinen Mord anhängen, wenn es keine Opfer gibt. Es ist mir egal, wer was gesehen hat. Keine Leichen, und sein Wort steht gegen unseres.«
»Vielleicht hat er fotografiert.«
Art zuckte die Achseln. »Das riskiere ich.«
Ken überlegte und zündete sich eine Zigarette an. »Okay«, sagte er. »Nancy sollten wir wegräumen.«
»Auch Greg«, erklärte Art. »Wir versenken ihn zusammen mit ihr. Er ist eben verlorengegangen.«
»Und Sue kommt hierher, mit Gott weiß wem, und fängt ihn zu suchen an.« Echte Verärgerung lag in Kens Stimme.
Art tat beleidigt. »Und?«
»Und vielleicht beginnt jemand Fragen zu stellen.«
»Wer wird sie beantworten?«
»Das ist mir scheißegal! Ich möchte überhaupt keine Fragen. Du vielleicht?«
Auf dieses Argument gab es keine Erwiderung. Art suchte im Geiste Antworten, aber es fiel ihm nichts ein. Ken hatte recht. Zuerst würde Sue kommen und dann die Polizei und die Forstbeamten, ein riesiges Heer von Männern und Hunden und Hubschraubern. Und er und Ken würden so tun, als wollten sie helfen, und versuchen, nichts zu sagen, was ihnen gefährlich werden könnte; und die ganze Zeit würden sie sich fragen, ob jemand Martins geparkten Wagen gefunden hatte und sich durch irgendeinen wahnsinnigen Zufall etwas dabei gedacht hatte, oder ob sie Blutspuren von Nancy entdeckt und analysiert und dabei herausgefunden hatten, daß es Frauenblut war; all die Dinge, die Kriminalisten eben herausfinden können.
Art schüttete einen gewaltigen Schluck Bourbon in sich hinein. »Okay«,

sagte er. Er fühlte sich etwas erleichtert. Alles begann Gestalt anzunehmen. Sie beide würden es schon irgendwie hinkriegen. Sie waren zwei gegen einen, und sie waren gute Jäger. Und sie hatten einen großen Vorteil: Sie kannten das Terrain. Es war unmöglich, daß jemand es ebensogut kannte. Ausgeschlossen.

Ken sagte eben: »Wir lassen Nancy verschwinden; dann holen wir uns diesen Schweinehund und räumen ihn aus dem Weg. Irgendwie, irgendwo. Dann nehmen wir Greg mit nach Hause, mit der Kugel im Kopf. Es war ein Unfall – irgendein Jäger hat ihn getroffen. Wir haben den Schuß gehört, den Jäger aber nie gesehen.«

»Die Sache hat nur einen Haken«, sagte Art. »Die Kugel ging direkt durch Gregs Kopf durch.«

»So?«

Art erinnerte sich an Gregs Hinterkopf, der vollständig weggeschossen war, an die große klaffende Wunde, eine Stelle, an der es kein Haar mehr gab; und fast das ganze Hirn war draußen; es hatte ausgesehen wie die ausgehöhlte Hälfte einer Kokosnuß.

»Ja«, sagte er.

Ken zuckte die Achseln. Und beantwortete die Frage, von der er wußte, daß sie Art quälte. Wenn es keine Kugel gab, würde man vielleicht annehmen, daß sie beide Greg erschossen hatten.

»Für die Ballistik-Experten wird es noch genug Blei da drinnen verstreut geben«, antwortete er, »und sie werden erkennen, daß es nicht von uns sein kann.«

Sie warteten auf die Dunkelheit, sahen zu, wie der See den Himmel widerspiegelte, zuerst grellrosa, dann blutrot, schließlich lila und grau, bis alles Licht verschwunden war und sich die Nacht über den Wald senkte, tintenschwarz, mondlos und übersät von Sternen, die kalt und einsam aussahen.

Ken verbrachte die Wartezeit damit, Arts Hemd wegzuschneiden, ein Desinfektionsmittel in die offene Wunde zu sprühen, da die Kugel tief durch Fleisch und Muskeln gedrungen war, und dann Schwefelpulver darüberzustäuben. Ken gab Art auch eine Spritze Penicillin. »Wer weiß, was für verdammte Bazillen da herumkriechen. Wunden sind Wunden. Besser, du machst es gleich, als du mußt es dann später tun.« Hierauf legte er ihm einen ordentlichen Verband an, und Art schluckte ein paar schmerzstillende Tabletten und führte sich noch einige Bourbons zu Gemüte. Aber nicht zu viele, denn er brauchte einen klaren Kopf.

Das hatte seine Zeit gedauert. Als alles erledigt war, zog Art ein frisches Hemd an und trotzte dem Pochen der Wunde. Ken kochte ein leichtes Abendessen. Danach verbrannten sie einen Korken und schwärzten sich Gesichter und Hände. Wer immer ihnen nachstellte, könnte auch in der

Dunkelheit umherwandern; sie mußten so wenig sichtbar wie möglich sein.
»Sollen wir abschließen?«
»Wenn wir es nicht tun, wird er nicht sicher sein, ob wir hier sind oder nicht. Das wird ihn ablenken.«
»Ja, schon, aber das Schwein könnte hereinkommen, während wir fort sind, und auf uns warten.«
Am Ende beschlossen sie, die Hütte unversperrt zu lassen. Das Schloß würde keinen abhalten, der wirklich hineinwollte.
In zwei Hüfttaschen packten sie die Sachen, die sie für einen oder zwei Tage brauchen könnten: Verbandzeug für Art, einige Rationen Trockennahrung, die sie seit sechs Jahren für unvorhergesehene Notfälle im Schrank aufbewahrten. Socken zum Wechseln, Feuerzeuge, Zigaretten. Sie schnallten ihre Jagdmesser um und überzeugten sich, daß diese leicht aus der Scheide glitten. Sie nahmen zwei Feldflaschen, füllten die eine mit Wasser (sie konnten sie jederzeit im See oder Fluß nachfüllen), die andere mit Bourbon. Es würde kalt werden im Morgengrauen, und sie würden sich wärmen müssen.
Um acht Uhr knipsten sie die Lichter aus, und eine halbe Stunde später schlichen sie lautlos davon. Ken stieg durch das Küchenfenster, Art durch das Schlafzimmerfenster. Ihr Treffpunkt war die südwestliche Ecke der Mühle, dort, wo sich die Doppeltür befand. Ihr Signal bestand in einem harten Fingerschnalzen. Sie hatten beschlossen, sich unterwegs zu trennen, damit der Jäger ein Ziel weniger hätte, sollte er sich in der Nähe aufhalten. Möglicherweise würde er überhaupt nicht schießen, wenn er erkannte, daß er nur hinter einem Mann her war, aus Angst, einen Gegenangriff des anderen auszulösen.
Ken wartete einige Minuten und bewegte sich dann von der Hütte weg, über die dunkle Lichtung, geleitet von den schattenhaften Umrissen des Gebüsches, die sich zwischen Hütte und Mühle gegen den nächtlichen Himmel abzeichneten. Schließlich spürte er Äste gegen seine ausgestreckte Hand schlagen, und er bahnte sich vorsichtig einen Weg durch das Unterholz, während er die Zweige verfluchte, die ihm ins kalte Gesicht schnalzten, und den Mann, der ihnen das angetan.
Endlich gelangte er ins Freie. Vor ihm lag nun die letzte Strecke bis zur Ecke der Mühle. Er wartete, hörte nichts. War das in Ordnung? Müßte es da nicht wenigstens das Scharren und die Laute der Ratten geben? Ken fröstelte und schnalzte einmal mit den Fingern.
Arts Antwort kam von so nahe, daß er erschrak. Er ging dem Geräusch entgegen, hörte eine schwache Bewegung und spürte jemandes Gegenwart.
»Art?« Es war ein leises Flüstern.

»Ja.«
»Alles in Ordnung?«
»Alles okay. Was gehört?«
»Keinen Ton.«
»Also gehen wir.«
Sie traten ins Freie, schafften es bis zur Ecke der Mühle, horchten, dann liefen sie weiter bis zur Mauer. Art ging auf die Stelle zu, wo Greg und Nancy liegen mußten, und warf dabei einen Blick zum Dachfirst hinauf. Vorsichtig glitt er von der Mauer hinunter, schaudernd bei dem Gedanken, er könnte die Leichen mit seinem Fuß berühren. Jetzt würden sie schon starr sein, steif wie Bretter, beide, zwei steinharte Brocken Fleisch, übereinandergeschichtet, mit gefrorenem Blut. Er bewegte sich vorsichtig.
»Hast du sie?«
»Noch nicht.«
Art ging fünf Meter weiter, entlang der Mauer. Ken folgte oberhalb von ihm, in Schulterhöhe. Da war nichts. Er blieb stehen.
»Was ist los?«
»Weiß nicht.« Art wanderte wieder zurück, erreichte seinen Ausgangspunkt, schlug den anderen Weg ein, wobei er seine Füße, jetzt weniger vorsichtig, ruckartig vor sich herschwang. Etwas stimmte nicht.
»Was, zum Teufel, ist los?« Das war wieder Ken, und in seinem Flüstern lag der gleiche Verdacht, der ihm selbst auch schon gekommen war.
»Sie sind nicht da«, sagte er schließlich.
»Sie müssen da sein.«
»Hör mal, ich sage dir, ich bin genau da, wo es geschehen ist. Ich stand neben Greg.«
Es war entsetzlich. Nancy und Greg waren verschwunden.
Ken sagte plötzlich: »Machen wir, daß wir wegkommen.«
»Warte.« Der bleistiftdünne Strahl von Arts Stablampe leuchtete auf, strich über den Boden. Ken langte hinunter zu Art, entriß ihm die Lampe und schaltete sie aus. »Bist du verrückt?« Er packte Art am Arm und spürte, wie sein Gefährte nach Luft rang. Es war der verwundete Arm. Daraufhin fluchte er, verfluchte Art, verfluchte sich selbst, den Jäger, alles. Wegen des Lichtes war sein Nachtsehvermögen verschwunden. Und wer immer ihnen nachstellte, könnte sie jetzt entdeckt haben. Ihre ganze Vorsicht war vergeblich gewesen.
Ken half Art auf die Mauer hinauf und sagte nichts mehr, steuerte ihn nur grob zum Gebüsch hinüber. Als sie es erreicht hatten, sprudelte Ken wild hervor: »Du verdammter Idiot.«
»Selber. Zumindest wissen wir jetzt, daß sie nicht dort sind. Zumindest wissen wir es.« Art wirkte dennoch schuldbewußt.

Ken konnte jetzt wieder ein wenig sehen. Er erkannte die riesigen Baumkronen, die sich vom Himmel abhoben. Er unterdrückte seine Wut.
»Gehen wir«, sagte er.
»Wohin?«
»Zu den Booten.«
»Davonlaufen? Jetzt bist *du* verrückt!«
»Nicht, um zu fliehen. Um zu schlafen.«
Art überlegte. »Wir könnten uns in der Hütte abwechseln«, schlug er vor.
»Ohne mich.« Ken marschierte mit festen Schritten auf den See zu. Nach einigen Metern hörte er, wie Art ihm folgte. Er ging weiter. Irgendwo in der tintenschwarzen Finsternis war jemand Unmenschlicher. Jemand, der Greg getötet hatte und seine und Nancys Leiche weggenommen hatte. Warum? Um Art und ihn zu erschrecken? Als Beweismittel? Um Nancys Leichnam gegen sie zu verwenden, während er seine eigenen Morde vertuschte?
Und wer war es?
Und wo befand er sich? Da draußen, aber wo?
Ken hörte wieder eine Bewegung. Es war Art, der plötzlich an ihm vorbeiging und auf den Landeplatz zusteuerte, in Panik vorpreschte, ohne sich mehr darum zu kümmern, ob er Lärm machte oder nicht. Er hatte die Idee akzeptiert, im Boot zu schlafen, und jetzt war sein einziger Gedanke, sich hineinzusetzen und hinaus auf den See zu fahren, wo sie in Sicherheit sein würden.
Ken zischte: »Warte!« Aber Art pflügte sich weiter seinen Weg. Blöder Kerl, dachte Ken. Er folgte ihm und versuchte, durch den Lärm hindurch, den Art machte, zu lauschen, ob ihnen jemand folgte.
Dann erreichte Ken das Seeufer, und da hörte er ein anderes Geräusch. Er brauchte etwa eine Sekunde, um es zu erkennen. Art wimmerte. Es war ein animalischer Laut blanken, verzweifelten Entsetzens. Ken fand Art bei der baumfreien Stelle an ihrem Landeplatz. Im Sternenlicht, das sich auf der Wasseroberfläche spiegelte, war er gut sichtbar. Er lag auf den Knien, mit gebeugtem Kopf, am Rande des Wassers.
Ken wußte sofort, warum. Man brauchte es ihm nicht zu sagen. Aber er trat trotzdem leicht mit dem Fuß dagegen. Das Boot, das er vorher an Land gezogen hatte, lag vollkommen schlaff da, ein Bündel nutzloser Fetzen zerschnittenen Gummis. Ken ging an Art vorbei zu dem Baum, wo Art und Greg das andere Boot aufgehängt hatten. Er berührte es mit der Hand, und ein langer Gummistreifen fiel auf seinen Arm herab und wand sich darum wie eine Schlange.
Sie würden nicht auf den See hinausfahren. Nicht in einem Gummiboot. Nicht heute nacht. Und auch morgen nicht.

20

ER STAND DREI METER WEIT WEG, das Messer gezückt, und beobachtete, wie Ken Art auf die Beine zerrte. Er hörte ihr leises Geflüster, und er folgte ihnen den kurzen Weg zurück vom See ins Gebüsch. Es war gefährlich, jetzt zu versuchen, sie zu töten, egal, ob mit dem Messer oder mit der Kugel. Er durfte es nicht riskieren, wenn sie so zusammen waren. Es war möglich, daß er in der Finsternis nur einen erwischte, den anderen verfehlte und ihn dann am Halse hatte. Er konnte sich einen solchen Fehler nicht leisten, er konnte sich überhaupt keine weiteren Fehler mehr leisten. Die einzigen zwei, die er sich erlauben durfte, hatte er bereits begangen: Zuerst den, daß er Art verfehlte, weil er zu vorsichtig gezielt hatte und Art sich inzwischen zu bewegen begann. Und dann hatte er alles noch schlimmer gemacht, indem er nochmals abdrückte, wie ein Neuling mit Jagdfieber. Niemand ist imstande, einen Mann, der läuft, mit Hilfe eines Zielfernrohrs zu treffen, und er hatte keine Zeit gehabt, es abzumontieren.

Er ließ Ken und Art laufen. Sie würden sich irgendwo im Dickicht die Nacht über verstecken, vielleicht auf einem Erdhügel im Moor, ein vernünftiger und sicherer Ort. Was für eine Ironie! Sie würden das arme Mädchen als Gesellschaft haben, ganz nahe, auf dem Grund des Tümpels, zusammen mit dem Mann. Wie waren ihre Namen? Er hatte die Brieftasche des Mannes durchstöbert. Martin. Martin Clement. Und gestern hatte er Ken gehört, oder war es Greg gewesen? wie sie ihren Namen riefen – Nancy. Nichts weiter. Ihr Familienname war bedeutungslos – bei jedem. Heute morgen noch hatte sie geatmet, war lebendig und bei Bewußtsein, war noch voll Hoffnung gewesen. Und verzweifelt. Martin ebenso. Jetzt waren sie beide in Stücke zerschossen und mit Wasser gefüllt und lagen eisig kalt auf Gott weiß welchen armen Teufeln vom letzten Jahr, vielleicht auf deren Knochen und Überresten verlaufender Sehnen oder Knorpel. Wenn diese Leichen jedoch tief genug in den schlammigen Untergrund gesaugt worden waren, so daß sie sich nicht auflösten, lagen sie herum wie Gefallene auf dem Schlachtfeld, einer auf dem anderen, aber auch einzeln . . .

Arme Nancy. Armer Martin. Sie sterben zu lassen, wenn er beide hätte retten können. Aber er konnte sich keine Zeugen leisten, und wenn er ihnen geholfen hätte und sie vielleicht den Weg zurück gefunden hätten, dann wären sie sicherlich bald mit der Polizei zurückgekommen, und darauf war er nicht vorbereitet. Noch nicht. Er würde vorher noch eine Menge Aufräumungsarbeiten durchführen müssen. Nicht die geringste Spur sollte übrigbleiben, kein Blutstropfen, kein Fingerabdruck, keine Haarsträhne. Die Gerichtsleute würden absolut nichts finden.

Er begab sich zur Mühle zurück und dachte an Ken und Art. Er hatte beobachtet, wie rasch Art in Deckung gegangen war, nachdem er ihn angeschossen hatte, hatte gesehen, wie Ken das Gummiboot an Land gezogen hatte und mit Art zusammengetroffen war. Als Art in der Lichtung gestürzt war, da hatte er einen Moment lang gedacht, er würde sie beide erwischen können. Aber Ken war zu schnell gewesen. Ein Vierhundert-Meter-Schuß mit Zielfernrohr braucht seine Zeit. Macht nichts; er war Greg losgeworden, den einzigen, den er vielleicht nicht hätte beseitigen können, wenn es zu einem Kampf Mann gegen Mann gekommen wäre.

So war er vom Steilufer heruntergestiegen und hatte sich bei Einbruch der Dunkelheit an die Hüttenwand gepreßt. Er hatte überlegt, ob er einen Schuß durch das Küchenfenster wagen sollte, und sich dann dagegen entschieden, aus demselben Grund, aus dem er nicht beide auf einmal im Gebüsch überfallen wollte. Wenn man auf Nummer Sicher gehen und zugleich die Gewißheit haben will, den Sieg davonzutragen, dann darf man keine Risiken eingehen. Jetzt würde er warten, bis sie sich trennten und einander nicht mehr decken konnten. Dann würde er sie einzeln erledigen.

Als er die Mühle erreicht hatte, spürte er, wie etwas gegen seinen Fuß stieß, und hörte ein Rascheln. Und ein trotziges, etwas erschrecktes Quietschen. Ratten. Er betrat die Mühle und zählte seine Schritte, maß sorgfältig die Strecke, die er zurücklegte. Zweiundzwanzig Schritte. Er blieb stehen, streckte seine Hand aus und berührte kaltes Eisen. Soweit, so gut. Er ließ die Hand auf der Maschine und bewegte sich fünf Schritte seitwärts, nach links, dann einen halben Schritt vorwärts, und hob zuerst das linke, dann das rechte Bein über eine massive lange Pleuelstange. Einst war sie lebendig gewesen und hatte Dampf gezischt; jetzt war sie bloß totes, rostiges Eisen. Er tastete sich durch den schmalen Spalt, fühlte mit dem Fuß die oberste Sprosse der Leiter, die den Schacht hinunterführte, und stieg hinab auf den Grund des Kamins.

Wie nahe war er bei Nancy gewesen, als sie sich unter dem Boden versteckt hatte, dachte er. Hätte sie die Tür geöffnet, hätte sie ihn gesehen; er hätte sie dann selbst töten müssen. Mit dem Messer. Er hatte Glück gehabt. Er war dumm gewesen; schließlich hätte er sich denken können, daß sie die Mühle zu ihrem Versteck wählen würde, insbesondere *diesen* Teil der Mühle.

Das Mädchen voriges Jahr hatte dasselbe getan. Die Leute reagieren bei Gefahr in ähnlicher Weise. Sie laufen, geraten in sinnlose Panik, wie Martin. Oder sie verkriechen sich in ein Loch. Und dem weiblichen Instinkt entspricht es eher, sich ein Nest zu bauen. Frauen sind, von ihrer psychischen Veranlagung her, nicht fürs Laufen geeignet.

Jetzt fühlte er sich sicher genug, um Licht zu machen. Er zog seine Stablampe heraus und knipste sie an; ihr schmaler Strahl beleuchtete die rostige Tür am Grund des Kamins. Letztes Jahr hatte er es ausprobiert. Er hatte eine größere Lampe auf den Boden gestellt und den Lichtstrahl gegen die Tür gerichtet. Dann war er hinausgegangen und hatte die Mühle umkreist, um zu schauen, ob das Licht irgendwo durchschimmerte. Es war nichts zu sehen gewesen.

Voriges Jahr, in der Nacht vor der Jagd, war er auch vor dem Schlafzimmerfenster der Hütte gestanden und hatte gelauscht. Dieses Jahr war er dazu nicht wieder fähig gewesen. Die Erinnerung, die dieser Anblick heraufbeschwor, war zu schmerzhaft. Er hatte in Finsternis und Kälte vor dem Schlafzimmer ausgeharrt und das alljährlich wiederholte Ritual beobachtet. Er hatte Kens und Gregs Gelächter gehört, die Obszönitäten und die Schreie des Mädchens, bis Art sie schließlich zum Schweigen brachte. Er war dort gestanden und hatte zugehört, und die Jahre waren an ihm vorbeigezogen, bis er plötzlich Alicia mit ihnen zusammen sah, nicht irgendein fremdes Mädchen, das sie am Morgen umbringen würden. Alicias Schreie, das nackte Entsetzen, der Ekel und der Schmerz, den Alicia verspürt haben mußte. Er horchte und erinnerte sich. Der Schrecken in Alicias Augen, wann immer er sie begehrt hatte, und das Stöhnen in ihrem von Alpträumen geplagten Schlaf, das dem Stöhnen ihres Sohnes Petey glich, wenn sein stumpfes Gemüt von Angst belebt wurde. Ihr Sohn, nicht seiner. Wahrscheinlich war er Kens Kind, er hatte Kens Mund und Nase. Komisch, daß Helen das nie bemerkt hatte.

Jetzt verschwand das Geräusch wieder aus seinen Gedanken, zog sich gnädig zurück, während er die Rußleiter im Kamin hinaufkletterte, den längst verstorbene Holzfäller einst mit schweren Besen gefegt hatten. Die Eisenteile waren gut befestigt worden. Nach neunzig Jahren hafteten sie, obwohl halb durchgerostet, noch immer fest in den verwitterten Ziegeln. Er stieg höher und höher, hinauf in die Dunkelheit und Kälte. In dreizehn Meter Höhe erreichte er die schmale Holzplattform, die er letztes Jahr gebaut hatte, am Tag, nachdem Ken, Art und Greg nach Hause gefahren waren. Er hatte Haken in die Ziegel getrieben, wie sie Bergsteiger verwenden, und alte Balken aus der Mühle daran befestigt. Er war nun sechs Meter vom oberen Rand des Kamins entfernt, und wenn er sein Auge an eines der zahlreichen kleinen Löcher legte, die er durch das Mauerwerk gestemmt hatte, konnte er die gesamte Insel überblicken.

Er tastete nach seinem Schlafsack. Er hatte ihn beim Morgengrauen ausgebreitet und sicherheitshalber an einigen Haken gleich oberhalb der Plattform festgeschnallt. So gesichert, brauchte er sich keine Sorgen zu machen. Er schlüpfte in den Schlafsack, betastete seinen Rucksack, zog Zigaretten heraus, zündete sich eine an und rauchte.

Auch Petey würde im Bett sein, dachte er, vielleicht verlangte er nach dem Glas Wasser, das er jede Nacht um diese Zeit wünschte, mit seltsamen, unergründlichen Geräuschen, und wendete das ausdruckslose, engelhafte Gesicht zur Tür, wenn Helen hereinkam. Petey schlief im Gästezimmer in Kens Haus, und er würde morgen nacht und am nächsten Tag noch immer dort sein, wenn Ken bereits tot war. Alles würde unverändert sein, außer, daß er keinen Vater mehr haben würde, nur noch den Mann, der seine Mutter geheiratet hatte und der ihn betreute seit ihrem Selbstmord. Ken wußte das alles nicht. Ken war draußen im nachtkalten Gebüsch mit einem miesen kleinen Halbschwulen namens Art Wallace. Aber er *würde* es wissen. Morgen oder am folgenden Tag, bevor er starb, sollte er die ganze Geschichte erfahren. Und es würde ihm vielleicht ein Moment bleiben, um darüber nachzudenken.

Er rauchte noch ein paar Züge, drückte dann die Zigarette vorsichtig an einem Balken aus und steckte den Stummel in die Tasche. Morgen wird er den Tabak verstreuen, das Papier zu einem winzigen Kügelchen rollen und irgendwo im Wald fallen lassen.

Der Schlaf kam nicht. Er hatte seine Nerven an ein Höchstmaß an Wachsamkeit gewöhnt. Er konnte nur daliegen, etwas ausspannen und versuchen, sich nicht zuviel zu erinnern. Trotzdem drängten sich die Erinnerungen immer wieder in sein Gedächtnis. Er hörte die undeutliche, flüsternde Stimme des Psychiaters, der dem Untersuchungsrichter sagte, daß Petey nicht sein Sohn war, erklärte, wie Alicias Eltern sie gedrängt hatten, ihn zu heiraten, und wie sie all die Jahre hindurch an Schuldgefühlen gelitten hatte, bis sie schließlich durchdrehte. Alicia, die er immer geliebt hatte, die sanfte, schöne Alicia – allein, zusammengekauert, in einem kahlen Einzelzimmer der Anstalt; Alicia, endlich befreit, nachdem irgendein Idiot oder Engel einen Augenblick lang unachtsam gewesen war und einen Lederriemen zurückgelassen hatte, an dem sie sich erhängte.

Das Quietschen der Ratten war plötzlich ganz nahe; sie hatten ihn und sein Essen gerochen und versuchten nun, die glatte Innenseite des Kamins hinaufzuklettern, und immer wieder fielen sie hinunter.

Sie vertrieben die Vergangenheit aus seinen Gedanken, und er horchte auf ihre Geräusche, bis seine Armbanduhr surrte. Es war fast sieben Uhr und noch finster. Er langte in seinen Rucksack, holte die Feldrationen heraus und aß; langsam und bedächtig kaute er an den trockenen, geschmacklosen, dehydrierten Gebilden in Keksform und schwemmte sie mit Wasser aus der Feldflasche hinunter. Ihm war kalt. Der Frost war tief in seine Knochen gedrungen, er fühlte einen dumpfen Schmerz, und er konnte nichts dagegen tun. Aber den beiden da draußen würde auch kalt sein, und, schlimmer noch, sie würden Angst haben.

Bald sah er das erste Zeichen des nahenden Morgengrauens. In der Kaminöffnung über ihm war das Schwarz der Nacht plötzlich verschwunden und einem wahrnehmbaren Grau gewichen. Da erinnerte er sich, daß er schon recht lange keine Sterne gesehen hatte, und fragte sich, ob es bewölkt oder klar sei. Solange es nicht heller war, würde er es nicht wissen; es mußte so hell sein, daß man die rote Färbung des Himmels bei Sonnenaufgang oder die wirbelnde Bewegung einer Wolke sehen konnte. Bewölktes Wetter wäre besser. Es wäre zwar kalt, aber die Sonne könnte nicht blenden, wenn er im Gegenlicht schießen mußte, und die Strahlen würden sich nicht auf dem Lauf seines Gewehrs spiegeln, wenn er zielte.
Er packte zusammen, überprüfte das Gewehr und schob das Zielfernrohr in die schmale Spezialtasche, die er sich oben an das linke Bein seiner Hose genäht hatte. Er legte sein Auge an eines der Gucklöcher in der zerbröckelnden Ziegelmauer, um zu sehen, was es da draußen gab. Das Wetter hatte sich tatsächlich verändert. Der Herbst war vorbei. Eine hochliegende, einheitliche Wolkendecke verhüllte den Himmel. In einigen Tagen würde sie sich senken, und es würde schneien: Winter.
Er preßte sein Auge weiterhin gegen das Guckloch. Sein Gesichtsfeld umfaßte horizontal wie vertikal einen Kreissektor von neunzig Grad. Er sah die Hütte, die Lichtung bis hinunter zum See und den Gebüschstreifen zwischen Hütte und Mühle. Unmittelbar unter ihm lag das eingebrochene, moosbedeckte Dach der Mühle. Keine Spur von Menschen. Einige Enten flatterten vorbei; sie flogen tief – ein Luftzug, und sie waren verschwunden. Sie waren die letzten in der riesigen Versammlung der Zugvögel, die für dieses Jahr so gut wie beendet war.
Vorsichtig überquerte er seine wacklige Plattform und ging zur gegenüberliegenden Seite des Kamins. Dort legte er sein Auge an ein anderes Guckloch. Es zeigte ihm den Wald und das Steilufer im Norden, von dem aus er gestern Greg erschossen hatte. Noch war niemand dort, aber sie würden hinkommen, bevor der Vormittag um war. Wenn sie es nicht ohnehin schon erkannt hatten, würde es nicht lange dauern, bis sie entschieden, daß er vom Steilufer aus geschossen haben mußte. Die Neugierde würde sie hintreiben. Sie würden hinaufgehen und nachsehen, ob er Spuren hinterlassen hatte, und sie würden die leere Patrone finden, sie aus dem Felsspalt herauskratzen, in den er sie geklemmt hatte (kein leichtes Geschäft), und entdecken, daß sie eine der ihren war, die er im Wald aufgelesen haben mußte. Zuerst würden sie denken, er verwendete dasselbe Kaliber wie sie, sich bald aber an den Klang des Echos erinnern, das sie gehört hatten. Und diese Erinnerung würde ihre Augen Lügen strafen. Sie würden erkennen, daß er sie hineingelegt hatte, und so tun, als machte es ihnen nichts aus: aber dann würde es bereits zu spät sein. Sie würden auch den Zigarettenstummel finden. Er hatte eine von Kens

eigenen Zigaretten aus der silbernen Dose in Kens Wohnzimmer genommen, als er Petey dort ablieferte. Aber Ken konnte das weder wissen noch erraten. Und auch Art nicht. Zuerst würden sie denken, daß er dieselbe Marke rauchte, sich später aber fragen, ob er sie nicht zum Narren hielt. Der Zweifel würde sich tief einbohren, nagen, sie quälen und ihre Konzentration schwächen, die sie zum Überlegen brauchten. Wer war ihr Jäger, der über ihre Gewohnheiten so gut Bescheid wußte, sogar ihre Zigarettenmarke kannte? Was wußte er noch? Hatten sie irgendwann einen Fehler begangen, ohne es zu bemerken? War da etwas in der Vergangenheit des einen, das der andere nicht kannte, etwas, das eine persönliche Rache auslösen hätte können? Sie würden einander verstohlen anblicken und sich Fragen stellen, jede einzelne Spur in ihrem Gehirn verfolgen und nichts finden. Und deswegen würden sie sich später nicht so gut wehren können.

Bevor sie jedoch hinauf zum Steilufer gingen, würden sie in die Hütte zurückgehen. Art war verletzt. Sie dürften Medikamente mitgenommen haben, aber sein instinktives Sicherheitsbedürfnis würde Art dazu treiben, Ken zu überreden, dorthin zu gehen. Art war ein Stadtmensch; die vier Wände der Hütte stellten für ihn in emotioneller Hinsicht eine Burg dar, die ihn moralisch wieder aufrichten konnte.

Er überquerte wieder die Plattform, preßte sein Auge an den Ziegel und wartete.

Es dauerte nicht lange. Plötzlich, am äußersten Ende seines Gesichtsfeldes, zitterten die Äste einer Weißbirke. Ken erschien hinter der Hütte, geduckt; er hielt das Gewehr schußbereit im Anschlag. So verharrte er vielleicht zehn Sekunden, dann stürzte er nach vorn zur Hüttenwand, die ihm größere Sicherheit bot. Er atmete wieder freier und winkte. Art erschien, genauso vorsichtig, den verletzten Arm in einer Schlinge. Mit der anderen Hand hielt er das Gewehr an den Körper gepreßt. Er trat zu Ken und spähte ringsum, während Ken sich durch das Fenster in die Hütte schob. Dann reichte ihm Art sein Gewehr und zwängte sich mit Kens Hilfe ebenfalls hinein.

Er wartete. Wenn er es gewagt hätte, in den Ziegel ein Loch zu stemmen, groß genug, um mit dem Gewehr hindurchzuzielen, hätte er sie jetzt beide erwischt, ohne das Visier verwenden zu müssen. Aber voriges Jahr hatte er diesen Plan verworfen. Ein Loch von solcher Größe hätten sie möglicherweise bemerkt. Der Kamin war nur zur Beobachtung geeignet.

Eine Viertelstunde später begann die Luft über dem Küchenschornstein zu flimmern. Das war sicher Hitze, und Hitze bedeutete, daß sie Wasser erwärmten, vielleicht kochten. Sie würden also einige Zeit dort drinnen sein. Er setzte sich hin und rauchte, schaltete seine Gedanken aus und gestattete es sich absichtlich nicht, Pläne, Alternativen, andere Möglichkeiten durchzudenken. Man kann zuviel denken; man kann sich in einen solchen Zustand der Erwartung hineinmanövrieren, daß man dann zum Handeln nicht mehr fähig ist. Einige Dinge mußten weiterhin improvisiert werden.

Und er vermied es, über Alicia nachzudenken, so wie er es gestern nacht getan hatte, in die Benommenheit des Verliebtseins zu verfallen, wann immer er im Geiste ihre Augen lebendig und strahlend sah, in einem seltenen Moment gemeinsamen Lachens. Schon vor langer Zeit hatte er aufgehört, sich an sie als Tote zu erinnern, an ihr entstelltes, blutleeres Gesicht in dem sterilen, kalten Licht der Prosektur, an das hilflose, langsame Erkennen, daß es jetzt zu spät für alles war, daß er nicht einmal mehr versuchen konnte, ihr zu helfen. Hatte er alles getan, was möglich war? Dieses Unwissen schmerzte ihn am allermeisten.

Er erhob sich ruhelos. Aber es war fast neun Uhr, als er endlich für seine Ausdauer belohnt wurde.

Sie kamen wieder heraus, Art beim Eingang, Ken bei der Hintertür. Sie hatten sich rasiert, gewaschen; Art hatte sich umgezogen.

Sie sahen fit und entschlossen aus. Es war erstaunlich, wie ein bißchen Essen, ein Schluck Alkohol und ein warmes Frühstück einen Mann wieder auf die Beine bringen konnten, der wahrscheinlich die ganze Nacht nicht geschlafen hatte. Er selbst könnte das auch brauchen, dachte er plötzlich. Ja, warum nicht, zum Teufel? Er hatte viel zu tun. Er würde den kältesten und vielleicht anstrengendsten Tag seines Lebens verbringen, jede Minute auf den Beinen und wachsam sein müssen. Warum nicht vorher etwas Erholung? Er beobachtete sie, wie sie in den Wald tauchten und verschwanden. Bald erschien Ken wieder an der Westseite der Mühle, dort, wo Nancy und Greg umgekommen waren. Sicherlich wollte er noch einmal überprüfen, ob das gestern nacht nicht ein grauenhafter Irrtum gewesen war. Art konnte er nicht sehen, aber er beobachtete Ken genau, bis dieser weiterging in Richtung Steilufer – genau, wie er es erwartet hatte.

Dann kletterte er die Kaminleiter hinunter. Er ging ein Risiko ein, da er Art nicht eindeutig lokalisiert hatte, aber er rechnete sich aus, daß Art an der Ostseite der Mühle entlangmarschiert war und im Wald, im Norden, auf Ken stoßen würde. Zuerst jedoch – denn nur Idioten würden anders handeln – wollte er sich im Gebüsch verstecken, Ken beobachten und die Mühle im Auge behalten. Das war natürlich nichts als eine Formalität, ein Manöver. Nicht mehr. Art würde nicht lange auf seinem Beobachterposten bleiben. Denn wahrscheinlich hatte sich seine Wunde bereits entzündet, er würde leicht fiebern und keine Geduld haben für militärische Formalitäten. Nach kurzem Warten würde er ebenfalls zum Steilufer gehen, dafür aber länger brauchen als Ken, mindestens dreißig

Minuten. Dort oben würden sie sich beide sicher fühlen und eine Stunde zubringen. Er hatte also unendlich viel Zeit.
Unten angelangt, schloß er vorsichtig die rostige Kamintür und verwischte die Fußspuren im moosigen Sägemehl. Er ging hinauf in die Mühle und hielt unter dem verrosteten Triebwerk inne, um sich umzusehen. Da war niemand. Ken und Art hatten nicht auf die Mühle getippt und keine Falle gelegt. An der Nordseite war eine Öffnung mit den Resten einer Tür, die halb offenstand. Er hielt sich im Hintergrund, so daß er nicht gesehen werden konnte, und entdeckte Art fast sofort. Er stand bei der Buche, die Greg vor Nancy geschützt hatte, und beobachtete die Mühle ohne wirkliche Aufmerksamkeit und Vorsicht.
Er schlich sich zurück zur Südseite der Mühle, kletterte durch einen Spalt in der Bretterwand hinaus und bewegte sich auf das Gebüsch zu. Er ging leise, aber er nahm sich nicht die Mühe, sich zu bücken. Ken würde hinauf auf das Steilufer schauen, und die Mühle würde ihn vor Art verbergen. Er erreichte die Hütte, probierte an der Eingangstür. Sie war unversperrt. Er trat ein, schloß die Tür hinter sich und schloß ab, auf alle Fälle. In der Küche machte er Feuer und setzte Kaffee auf.
Eine halbe Stunde später hatte er geduscht, sich rasiert, faulenzte im Wohnzimmer der Hütte, schlürfte Kaffee und aß gebratenen Schinken und Rührei.
Ein- oder zweimal ging er in die Küche und richtete sein Gewehr und das Zielfernrohr auf das Steilufer. Manchmal bemerkte er eine Bewegung, aber nichts, worauf er schießen konnte; sie hielten sich zu tief. Er mußte wissen, wann sie das Steilufer verließen. Denn wenn sie aufbrachen, würde er rasch handeln müssen. Er hatte noch eine weite Strecke zurückzulegen, bevor sie unten anlangen würden.

21

ALS SIE OBEN AM STEILUFER angekommen waren, spürte Art pochende, rasende Schmerzen im Arm, und seine Augen glänzten vor Fieber. Ken wußte, daß sie ihren Mann rasch finden und töten mußten und daß Art einen Arzt brauchte. Das Penicillin hatte überhaupt nicht gewirkt.
Sie krochen zwischen den Steinen und Felsblöcken umher, die am Abbruch des Steilufers verstreut lagen, und ließen sich an einer Stelle nieder, wo sie, wenn sie in Deckung blieben, von dem Wald aus, der unter ihnen lag, nicht gesehen werden konnten. Sie ruhten sich aus und verschnauften. Art nahm seinen Medizinbeutel heraus und schluckte einige schmerzstillende Tabletten. Er trank einen großen Schluck Bourbon und reichte Ken die Feldflasche.

Ken schüttelte den Kopf. »Du solltest vorsichtig sein mit dem Zeug.« In der Hütte hatte Art einen halben Becher geleert.
Jetzt antwortete Art streitsüchtig: »Vielleicht wirkt es bei dir anders als bei mir.« Aber er stellte die Feldflasche trotzdem weg.
Ken begann den Boden abzusuchen. »Machen wir weiter«, sagte er. Art folgte ergeben. Am Morgen hatten sie böse Worte gewechselt. Art war dagegen gewesen, zum Steilufer zu gehen. Ken hatte dafür plädiert. »Wir müssen etwas finden«, hatte er erklärt.
»Was zum Beispiel?«
»Eine Visitenkarte mit seinem Namen und seiner Adresse, in Gold geprägt. Wie, zum Teufel, soll ich das wissen?« Er war sich in Wirklichkeit selbst nicht ganz sicher, was er erwartete. Vielleicht hatte er bloß darauf gehofft, dort oben einen handgreiflichen Beweis zu finden, daß ihr Heckenschütze ein Mensch war und, wie sie selbst, nicht frei von menschlichen Schwächen. Auch bestand immer die unwahrscheinliche Möglichkeit, daß sie ihren Mann von einem so hoch liegenden Aussichtspunkt aus entdecken könnten. Aus diesem Grund hatten sie ein Fernglas mitgebracht.
Aber zuerst hoben sie vorsichtig Blätter auf; ihre Finger betasteten trockenes Gras; sie lugten in Felsspalten. Es war Art, der den Zigarettenstummel fand. Er hielt ihn hoch. »Schau dir das an!« Der Markenname stand in Kursivlettern über dem unteren Ende, um die Zigarette zu kennzeichnen und mitzuteilen, daß ihr Rauch besser war, nicht zu vergleichen mit irgendeinem anderen Rauch.
»Dieselbe Sorte wie meine«, sagte Ken.
»Vielleicht ist er in der Nacht gekommen und hat ein paar aus deiner Tasche geklaut.«
»Du bist ja wieder rasend komisch.«
Sie forschten weiter, und wieder kam Art mit einer Trophäe daher. Sie mußten ihre Messer benützen, um die Patrone herauszustochern, so tief war sie zwischen zwei Steinen eingeklemmt. Ken schnüffelte daran. Der beißende Geruch frisch verbrannten Pulvers in der Messingkapsel war noch zu verspüren. Die Patrone war vor nicht allzulanger Zeit abgefeuert worden.
»Remington, Kaliber 25, so wie meine«, sagte Art.
»Und Gregs.«
»Ja.«
»Vielleicht ist sie nicht von ihm«, bemerkte Ken.
»Ich bin also hier heraufgelaufen und habe Greg niedergeknallt, und dann bin ich wieder hinuntergerannt und habe mich selbst angeschossen.« Art war reichlich sarkastisch.
Ken verlor nicht die Geduld. »Wer immer es ist, er hat vielleicht eine

deiner Patronen irgendwo aufgelesen und hier oben versteckt, um uns zu dem Glauben zu verleiten, es sei seine.« Dann erinnerte er sich an das laute, explosive Krachen des Gewehrs, das er gehört hatte. Wenn ihn sein Gedächtnis nicht trog, war es eine Waffe mit einem weit schwereren Kaliber gewesen als .25-06. »Oder vielleicht hat er es nur getan, um uns nervös zu machen«, fügte er hinzu. »Was ich gehört habe, war kein Kaliber .25.«

Art glotzte auf den Zigarettenstummel. »Nein, das war es nicht«, sagte er langsam. »Wenn ich mir's recht überlege«, fuhr er fort, »könnte deine Annahme auch für die Zigarette gelten.«

»Wenn das stimmt«, antwortete Ken, »kennt er unsere persönlichen Gewohnheiten ziemlich gut.«

»Zu gut.«

Sie schwiegen, beide wälzten das gleiche Problem. Wer war es? Jemand, der vorsichtig war und einen Plan hatte? Oder schätzten sie die Situation in ihrer Panik falsch ein? Wurden sie in Wirklichkeit nicht von einem kaltblütigen Killer gejagt, der aus einem Hinterhalt auf sie zielte, sondern einfach von einem draufgängerischen Verrückten, der vielleicht nur diese drei Male geschossen hatte und dann geflohen war? Der seinen Spaß mit ihnen trieb, indem er Greg und Nancy verschwinden ließ – dieselbe Art Spaß wie der Jux mit der leeren Patrone und dem Zigarettenstummel? Oder gab es noch eine andere Möglichkeit? War es einfach jemand wie sie selbst, jemand, der herausgefunden hatte, worin der ganze Spaß bestand?

Plötzlich sagte Art: »Als Greg vor zwei Jahren im Süden war, in Mississippi, da ging er auf Niggerjagd. Zumindest hat er das gesagt.«

»Was war da?«

»Ein paar Kerle aus einem Country Club haben sich eines Nachmittags besoffen und den Sheriff überredet, ihnen ein paar zu etlichen Jahren verdonnerte Knastbrüder aus einem Arbeitstrupp zu überlassen. Die ließen sie dann in einem Sumpf frei, zusammen mit ein paar Nutten, die sie sich vorher aufgerissen und erst mal richtig durchgefickt hatten. Vielleicht ist ein Verwandter von denen hinter Greg her.«

»Blödsinn«, sagte Ken. »Das war in Mississippi, und es waren Nigger.«

»Ja, vermutlich hast du recht«, sagte Art.

Wieder schwiegen sie. Ken spürte eine Kälte in sich, die er nicht mehr loswurde. Das Gefühl hatte am Rücken eingesetzt, sich zur Nierengegend hin ausgebreitet, legte sich jetzt um seine Schenkel und kroch wieder hinauf. Immer wieder mußte er an den Zigarettenstummel und die Patrone denken. Das war Absicht gewesen; da gab es keinen Zweifel. Normal oder abnormal, da war jemand, der gezielt versuchte, sie unsicher zu machen, sie zu veranlassen, so zu denken, wie er jetzt dachte, aus dem Auge zu verlieren, was sie tun mußten, sich in unwichtige Überlegungen zu verstricken und im Kreis zu gehen. Was machte es aus, wer der Dreckskerl war oder warum er das alles tat? Die Gründe – Scheiße! Hingehen, den Hurensohn in die Enge treiben und ihm seine dreckigen Innereien herausknallen. Ihm nicht einmal die Chance geben, was zu sagen, nur schießen. Und ein paarmal in seinen gottverdammten Schädel treten, wenn er tot war.

Ken schaute Art an, der durch einen Spalt zwischen den Felsen starrte und mit dem Fernglas das offene Wasser bis zum Festland hinüber absuchte. Art drehte sich um, fing Kens Blick auf und las dessen Gedanken.

»Haben wir vielleicht irgendwann einmal ein Wort zuviel gesagt?« fragte er. »Bist du sicher?«

»Nein«, antwortete Ken und glaubte es auch. »Und wenn«, fuhr er fort, »was würde das jetzt ändern?«

Aber trotz seiner Bestimmtheit wollte die Frage nicht aus seinem Kopf. Als er das Fernglas nahm, versuchte er zu überlegen, was geschehen sein konnte. Irgendwann während der sieben Jahre hatte einer von ihnen möglicherweise einen Fehler begangen. Greg, Art oder er selbst. Hatte im Rausch vielleicht etwas gesagt, oder im Schlaf gesprochen, während die Frau zuhörte. Und eine Frau hatte einer anderen Frau etwas erzählt, die hatte wiederholt, was ihr ganz harmlos erschienen, für irgend jemand anderen zufällig aber von großer Bedeutung gewesen war. Und dieser andere hatte sich einen Reim darauf gemacht. So ging das immer mit Fauxpas. Die geringfügigsten Sachen konnten die Katastrophe auslösen. Aber zurück zu Punkt eins! Wer war dieser Jemand? Wer? Warum war er nicht einfach zur Polizei gegangen? Das alles war verrückt, ein Faß ohne Boden. Er mußte zu grübeln aufhören.

Als sich Ken eine Zigarette anzündete, ahnte er jedoch düster, daß er nicht damit aufhören würde. Der Zweifel würde bohren und stechen und ihn und Art halb verrückt machen. Und wenn sie den Jemand getötet hatten, würden sie noch immer spekulieren und seine Beweggründe niemals erfahren, denn der Jemand wäre tot und unfähig, die Details aufzuklären.

Art hörte das Feuerzeug klicken, roch den Rauch und fuhr herum.

»Bist du wahnsinnig?«

»Um Gottes willen!« Ken erinnerte sich, wo er war, und drückte rasch die Zigarette aus. Für einen Mann, der dasaß und mit einem Fernglas das Steilufer beobachtete, so wie sie eben die Insel betrachteten, würde selbst der schwächste Rauchkringel ein todsicherer Hinweis sein.

Art suchte wieder den See ab. »Was er wohl mit seinem Boot gemacht hat?« fragte er.

»Wieso glaubst du, daß er eines hat?«

»Kein normaler Mensch würde hinüberwaten. Nicht bei diesem Wetter.«

»Nur wenn er auf der Flucht wäre«, gab Ken zu.

»Ja. Und verzweifelt.«
Wie wir, dachte Ken. Aber er sagte es nicht. Verrate Art nicht, was du wirklich fühlst. Art würde in Panik geraten. Und im Augenblick, solange er schießen kann, brauche ich Art.
Aber plötzlich kam ihm ein Gedanke. Er überlegte ihn gründlich. Er würde sehr vorsichtig sein müssen. »Weißt du, wir haben eine Alternative«, sagte er.
»Was?«
Ken sprach nicht weiter. Art würde sich weniger fürchten, wenn er von selbst draufkam. Es dauerte nicht lange, bis es soweit war.
»Abhauen?«
»Es wäre nicht so schwer«, meinte Ken.
Einen Augenblick darauf sagte Art: »Was ist mit unseren Frauen?« Ja, was, zum Teufel, wird mit ihnen sein? dachte Ken. Jeder wußte, was Art von Pat hielt. Laut sagte er: »Meine würde es überleben. Auch die Kinder würden darüber hinwegkommen.« Er dachte an die Kinder. Art hatte sie nicht erwähnt.
»Wohin könnten wir gehen?« fragte Art.
»Zuerst nach Kanada. Dann nach Südamerika.«
»Und wenn wir dort ankommen, was dann? An der Straßenecke stehen und die Hände aufhalten, wie?«
Ken glotzte und erinnerte sich, wie Arts negative Fragen Greg immer verärgert hatten. Er bewahrte die Geduld. »Ich kann Geld nach Kanada bekommen, eine ganze Menge. Ohne daß jemand davon erfährt.« Er wußte, daß auch Art das konnte. Er sprach weiter. »Greg sagte, daß einem in Südamerika alle Möglichkeiten offenstehen, was Geldverdienen anlangt.«
Art zweifelte noch immer. »Wir sind nicht einmal sicher, ob er noch hier ist«, sagte er. »Nicht hundertprozentig zumindest.«
Langsam erwiderte Ken: »Nun, wenn er nicht mehr da ist, dann sollten wir uns lieber so schnell wie möglich davonmachen. Oder willst du dein Leben von seiner Diskretion abhängig machen?« Nach einigen Augenblicken murmelte Art: »Warten wir noch vierundzwanzig Stunden. Er ist nicht der liebe Gott. Gehen wir von der Voraussetzung aus, daß er noch da ist, und versuchen wir, ihn erst einmal zu erwischen.«
»Glaubst du, daß du es durchstehst?«
»Ja. Ich muß wohl, nicht?«
»Okay«, sagte Ken. »Sehen wir zu, daß wir sein Boot finden.«
Arts Mund entspannte sich, er lächelte. »Das ist die beste Idee, die du heute gehabt hast.«
»Bleib in der Nähe«, riet ihm Ken. Er schaute hinunter zum Nordende der Insel. Sie könnten dort beginnen und sich getrennt am Ufer entlang

vorarbeiten. Aber es wäre besser, nahe beieinander zu bleiben; einer sollte sich das Ufer vornehmen, der andere im Wald bleiben, vielleicht fünfundzwanzig Meter weit weg, um den Gefährten am Strand zu flankieren und zu decken. So würden sie die Gefahr eines Hinterhalts verringern.

Ken erklärte Art, was er sich soeben überlegt hatte.

»Klingt vernünftig«, sagte Art. Er hatte wieder seine Feldflasche hervorgeholt und schüttete etwas Bourbon in sich hinein.

Du Idiot, dachte Ken, wir werden noch beide erschossen, weil du zu besoffen sein wirst, um achtzugeben.

»Du übernimmst das Ufer«, sagte er. »Das wird leichter sein für dich. Ich decke dich.«

»Wo beginnen wir?«

»Am Ostende des Sumpfes. An der felsigen Stelle.«

»Also los.«

»Okay.«

»Wäre es nicht besser, wir trennen uns für den Weg dorthin?«

Er hat recht, dachte Ken. Die Hälfte des Steilufers war ungeschützt oder nur mit Gestrüpp bedeckt. Zwei Männer zusammen könnten gesehen werden. Er deutete mit dem Daumen nach Westen. »Du gehst diese Seite runter. Ich laufe hier lang. Wir treffen uns an der Spitze.«

»Fingerschnalzen?«

»Vogelruf. Eichelhäher. Einmal, dann warten, dann zweimal.«

»Sei vorsichtig.«

»Du auch.«

Art ließ seinen kranken Arm aus der Schlinge gleiten und kroch auf Ellbogen und Knien über die Kante des Steilufers, wobei er mit Kopf und Rumpf nahe am Boden blieb. In einer Minute hatte er den steilen, mit Gestrüpp bedeckten Hang erreicht, der zu dem dichten Wald hinaufführte. Ken beobachtete ihn, bis er verschwunden war.

Er ist ein Scheißkerl, dachte Ken, und ein Ekel, aber er hat Mut. Er dachte daran, wie Art manche Mädchen abstieß, und er mußte innerlich lächeln. Art hatte sicher herausgefunden, wie sich ein Mann an den Weibern rächen konnte. Er und Greg hatten recht daran getan, ihn mit einzubeziehen. Sie hatten viel Spaß gehabt im Lauf der Jahre.

Ken kroch auf das gegenüberliegende Ende des Steilufers zu. Hundert Meter lang neigte es sich sanft nach Osten; an dieser Seite war es besonders kahl. Es war ein mühsamer Weg. Es wäre besser gewesen, den Pfad an der Südseite einzuschlagen, denselben, den er zum Hinaufgehen benützt hatte. Jetzt war es zu spät. Art könnte aus irgendeinem Grund gezwungen werden, südwärts zu gehen, oder müde werden und beschließen, eine Abkürzung zu wählen, er könnte ihn hören und

vielleicht schießwütig werden. Auf diese Weise würden sie sich gegenseitig aus dem Weg räumen und ihrem Jäger die Mühe ersparen. Wenn es ihn noch gab. Und das würden sie bis zum Nachmittag sicher wissen.
Ken fand eine seichte, ausgewaschene Rinne, gerade tief genug, daß man ihn nicht sah. Es würde anstrengend werden, auf dem Bauch zu kriechen, aber er würde es überleben. Er schaute sich noch einmal um, legte sich dann flach hin und begann zu robben; er versuchte, dabei nicht an die Gefahr zu denken, sondern nur an das, was er jetzt erledigen mußte, und an die relative Sicherheit des Waldes, die ihn am Ende des Schleichpfades erwartete.

22

ALS ART AM FUSSE DES STEILUFERS angekommen war, mußte er sich setzen, um zu verhindern, daß er sich übergab. Wellenweise stieg die Übelkeit in ihm hoch, und der stille Wald verschwamm vor seinen Augen. Immer wieder sagte er sich: Nur nicht schlappmachen; du bist so gut wie gerettet; nur jetzt nicht schlappmachen.
Schließlich ließ die Übelkeit nach, aber er war schwach und schweißgebadet. Jede Bewegung strengte ihn an, und er hatte vielleicht noch eine halbe Stunde intensiver Arbeit vor sich. Er blickte auf die Uhr. Es war halb elf. Um neun Uhr dreißig war er oben am Steilufer aufgebrochen. Wo befand sich Ken jetzt? Wahrscheinlich kam er gerade unten an. Ken hatte den schwereren Weg gehabt. Ich sollte mich besser auf die Beine machen, dachte er, denn es geht um Leben oder Tod.
Art hatte nämlich beschlossen, auszusteigen. Irgendwann, während er sich mit Ken auf dem Steilufer unterhielt, hatte er plötzlich erkannt, wie leicht alles war. Wenn er Ken auf der Insel als Lockvogel zurückließe und zum Festland hinüberwatete, wenn er dabei von ihrem Jäger nicht gesehen würde, dann würde es lange dauern, bis einer entdeckte, daß er nicht mehr da war. Wenn überhaupt.
Ken konnte vermuten, daß er, Art, ihn hintergangen hatte, aber er würde auch die Möglichkeit nicht ausschließen können, daß ihr Jäger ihn auf dem Weg zur Nordspitze stillschweigend umgebracht und dann seine Leiche beseitigt hatte. Ken mußte ganz einfach so denken. Aber was Ken in den nächsten vierundzwanzig Stunden ganz bestimmt nicht tun würde, war, selbst auszusteigen. Da war Art sicher. Er würde es nicht tun, aus Angst, als der Verlierer dazustehen, sollte er noch am Leben sein.
Alles hing davon ab, wo der Killer sich aufhielt. Aber war das wirklich wichtig? Wenn er nicht dauernd ein Fernglas auf das Wasser zwischen der

Insel und dem Festland richtete – und warum sollte er das tun? –, war das Risiko, gesehen zu werden, relativ gering. Sicherlich gering genug, um den Versuch zu wagen.
Zeit war jedoch das allerwichtigste. Art bückte sich und begann, sich zum Westufer vorzuarbeiten, so rasch er konnte. Der Wald war relativ schütter. Von Zeit zu Zeit blieb er stehen, um die Flanken und den Pfad, der vor ihm lag, zu überprüfen; so konnte er die Gefahr einer Falle auf ein Mindestmaß reduzieren.
Um genau zehn Uhr fünfunddreißig erreichte er den See, der sich nun vor ihm ausdehnte, mehrere hundert Meter einer schleimigen grauen Fläche, darin vereinzelte grasbewachsene Erdhügel oder abgestorbene Baumstämme. Die Wassertemperatur lag knapp an der Gefriergrenze. Nun, nicht ganz, aber das Wasser hatte etwas weniger als fünf Grad.
Art schraubte die Kapsel von seiner Feldflasche und goß trotzig noch etwas Bourbon in sich hinein. Und jetzt erst recht, Ken, dachte er, du und deine verdammte Bevormundung beim Saufen. Du hast zwar nicht darüber geredet, aber man hat es dir deutlich angesehen. Art genoß den Hohn. Vielleicht wüßte Ken ein besseres Mittel, sich warm zu halten? Er verschraubte die Feldflasche wieder und sagte sich: Jetzt oder nie. Egal, wie kalt es sein würde, er konnte sich ja wieder warmlaufen, wenn er dort drüben anlangte. Vom Festlandufer zur alten Eisenbahnlinie, den Ochsenpfad entlang, waren es nur fünf Kilometer. Er mußte nur die Zähne zusammenbeißen, bis er die durchgerosteten Schienen erreichte, dann noch einmal zwanzig Kilometer zurücklegen, und dann wäre er auf der Hauptstraße. Letztes Jahr hatte er in der Gegend dort gejagt. Das Gestrüpp auf dem Ochsenpfad war nicht dicht, man kam leicht vorwärts. Der Eisenbahndamm war mit Schlacke aufgeschüttet worden, und trotz der Jahre hatte der Wald darin noch nicht so stark Wurzeln geschlagen, daß er den ganzen Pfad überwuchert hätte. Sobald er aus dem Seegebiet draußen war, würde er sich nicht mehr mit dieser Sorte Gebüsch herumschlagen müssen, das einen arg behindern konnte.
Art entkleidete sich bis auf die Stiefel und machte aus seinen Kleidern ein Bündel, das er am Gewehr befestigte. Er stieg ins Wasser.
Die plötzliche Kälte an seinen Beinen war unerwartet schmerzhaft. O Gott, nicht so, nicht diese Kälte. Er wartete, aber er gewöhnte sich nicht daran. Dann watete er bis zur Taille ins Wasser, die Füße rutschten ihm weg, und er versuchte, nicht zu spritzen. Er blieb stehen und blickte zurück auf den Wald. Nichts regte sich. Bloß ein vereinzelter Eichelhäher oder eine Rotdrossel schoß durch die kahlen Äste und stieß Rufe aus. Das war alles.
Um Himmels willen, nur nicht die Nerven verlieren. Geh. Jetzt. Es wird nicht wärmer werden, also bring es hinter dich. Art versank bis zur Brust,

legte sich auf die Seite, spannte alle seine Muskeln an, um gegen den Schock zu kämpfen, und begann, das Gewehr über Wasser, mit rhythmischen Stößen zu schwimmen.
Das Ufer entfernte sich langsam. Nach einer Weile fühlte Art, wie rauhes Gras seine Finger berührte. Es wuchs auf einem Erdhügel. Er ließ die Beine sinken, kauerte sich hinter den schützenden Hügel und schob grünen Schleim beiseite. Seine Füße schlitterten über etwas, das ein versunkener Baumstamm sein mußte. Er wartete. Sein ganzer Körper wurde jetzt von Kälte geschüttelt. Das war kein Zittern, sondern richtiger Schüttelfrost, unkontrollierbar und heftig. Art zog sich hinauf auf das Gras. Zuerst fühlte sich die Luft warm an; dann plötzlich erschien sie ihm noch kälter als das Wasser. Er band seine Feldflasche los. Himmel, wofür zum Teufel bewahrte er das Zeug auf? Er trank den Bourbon aus, der noch drinnen war, wütend und ohne Luft zu holen. Es war mindestens ein halbes Glas, und dieser gewaltige Schluck, den er auf einmal hinuntergeschüttet hatte, brannte und schnürte ihm die Kehle zu. Er schob den schaumigen Schleim auf der Wasseroberfläche zur Seite, schöpfte Wasser an den Mund, und sagte sich, was er sich gesagt hatte, als er aufgebrochen war: Los geht's, jetzt oder nie. Er glitt zurück ins eisige Wasser und dachte an Martin: Wenn der Dreckskerl es ausgehalten hat, dann kann ich es auch. Ein elender kleiner Wurm wie der. Martin hatte den ganzen Weg hinüber geschafft und dann noch Ken zusammengeschlagen, als er ankam.
Art schwamm weiter, stieß an einen zweiten Erdhügel, beschloß, weiterzumachen. Allmählich wurde der Abstand zwischen ihm und der Insel größer. Vielleicht hatte er bereits den halben Weg zurückgelegt, vielleicht schon mehr. Er hatte seinen Atemrhythmus auf seine Schwimmstöße abgestimmt und versuchte den Schmerz im Arm nicht zu beachten, der jetzt, infolge der Kälte, wie Feuer brannte. Oder war es die Anstrengung, weil er das Gewehr über Wasser halten mußte? Sollte er die Flinte wegwerfen? Nein, schlepp sie weiter. Man kann nie wissen. Er könnte einem Bären begegnen oder der Horde verwilderter Hunde, die sie letztes Jahr hinter dem Reh her rennen gesehen hatten. Und überhaupt, seine Kleider waren an dem Gewehr festgebunden.
Stoß, Stoß, Stoß. Atem holen. Und das Ganze noch einmal. Er prallte wieder gegen einen Erdhügel und gab für einen Augenblick auf, nach Luft ringend. Die schwere Anstrengung und der Bourbon hatten ihm neuerlich Übelkeit verursacht. Plötzlich begann er, sich haltlos zu übergeben. Eklig süßer Whisky quoll seinen Schlund hinauf und durch die Nase hinaus, heißer Bourbon und Galle. Er schluckte etwas davon wieder hinunter, biß die Kiefer fest zusammen, um nicht laut mit den Zähnen zu klappern. Dann konnte er sich nicht mehr zurückhalten. Er

erbrach und erbrach, bis ihn die Seiten schmerzten, und gleichzeitig klammerte er sich mit aller Kraft an den Erdhügel, um nicht unter Wasser zu geraten.
Seltsamerweise geschah das alles, als er durch einen Tränenschleier hindurch bemerkte, daß er nur noch fünfzig Meter vor sich hatte. Er ließ den Erdhügel los, aber er war zu schwach, um zu stehen. Er tauchte sofort unter, samt dem Gewehr und den Kleidern, tief hinunter, bis seine Hände sich in Schlamm und scharfe Steine bohrten. Er fand wieder Boden unter den Füßen, unter Wasser, und irgendwie gelang es ihm, sich hochzurappeln. Das Grau des Sees wandelte sich wieder in das leuchtende Grau der Luft. Prustend stürzte Art vorwärts, dem Ufer entgegen. Noch dreimal versank er. Er verlor das Gewehr und fand es wieder. An einem im Schlamm versunkenen Baumstamm schnitt er sich am Knie eine häßliche, klaffende Wunde. Als er schließlich am Ufer ankam, fiel er kopfüber auf den harten Schieferton und wartete darauf, daß jemand aus dem Gebüsch trat und ihn tötete. Er wartete auf den Schuß und versuchte sich vorzustellen, wie es sich anfühlen würde. Blieb das Gehirn gerade so lange lebendig, um zu erkennen, wo die Kugel getroffen hatte? Vielleicht nur eine halbe Sekunde lang, so daß man begriff und wußte, daß der Schlag tödlich war und daß man für nichts mehr Zeit hatte vor der Ewigkeit, außer möglicherweise für ein letztes, hoffnungsloses Entsetzen? Noch nie war jemand zurückgekommen, um darüber zu berichten. Verwundete Männer, die sekundenlang bewußtlos gewesen waren, konnten sich an nichts erinnern. Aber vielleicht hatte der Schock bewirkt, daß sie alles vergaßen.
Eine Ente flatterte aus dem Moor auf der anderen Seite, überflog das Gebüsch und landete hinter Art auf dem See. Er konnte sie nicht sehen, aber er hörte, wie das Wasser vor ihren Schwimmflossen hochspritzte, als sie sich niederließ, und er hörte auch, wie ihre Flügel schlugen, gleich einem wild pochenden Herzen.
Langsam spürte er wieder die Kälte. Er hatte sie einen Augenblick lang vergessen. Schmerzhaft kehrte sie wieder, Zentimeter um Zentimeter.
Steh auf und lauf; du hast es geschafft. Du hast es hinter dir. Lauf. Wenn du läufst, wirst du leben.
Art setzte sich hin, um die Wunde an seinem Knie zu betrachten. Er sah das zerrissene Fleisch; das Blut, das sofort hervorgequollen war, war weggewaschen, und noch strömte kein frisches Blut nach. Sein Knie fühlte sich bereits steif an. Er hatte keine Zeit, sich anzukleiden. Jedenfalls nicht hier, wo man ihn von überallher sehen konnte. Wenn er am unteren Ende des Sees war, den Bach überquert und den Wald erreicht hatte, dann würde er sich ankleiden. In der Zwischenzeit würde er trocken werden. Er lief am Ufer entlang, etwas vom Wasser entfernt, teilweise verborgen

durch das Gebüsch. Zuerst humpelte er, mußte sich an die Steifheit im Knie gewöhnen, dann bewegte er sich schneller. Einmal blieb er stehen und starrte auf die Insel zurück. Einige Krähen flogen nahe am Westufer, dort wo das Festland am nächsten war, kreisten mit lockeren Flügelschlägen und ließen sich auf mehreren Bäumen nieder. In seiner Nähe flatterte eine Kohlmeise aus dem Gras auf, landete auf einem Birkenzweig und stieß einen Lockruf aus.

Er erreichte den Schiefertonstreifen am Ufer, und bald ging der Schieferton in eine schmale Sandbank über. Die nassen Stiefel rieben an seinen Füßen. Wenn er sich ankleidete, würde er die Socken auswringen müssen. Er marschierte weiter, schneller und schneller, dem silbernen Treibholz entgegen, auf die Stelle jenseits des Baches zu – dorthin, wo er Martin erschossen hatte. Nur einige Meter dahinter begann der Ochsenpfad. Er konnte nicht laufen, aber er hatte sich eine besondere Gangart zugelegt: ein Mittelding zwischen Hüpfen und schnellem Ausschreiten. Es funktionierte, und die Strecke, die er noch vor sich hatte, wurde immer kürzer. Trotz seiner Nacktheit war ihm wärmer, und er begann zu frohlocken. Weiter, weiter, weiter. Ochsenpfad, dann ankleiden und Füße trocknen. Hinunter zur Eisenbahnlinie. Eine Nacht im Wald wird dich nicht umbringen. Du wirst nicht an Blutvergiftung sterben, bevor du einen Arzt findest. Überleg dir später, was du machen wirst, um Geld und ein Dach über den Kopf zu bekommen. Irgend etwas wird sich schon finden. Das gute Leben. Kanada und Südamerika, wo er er selbst sein konnte und nicht mehr eine Rolle spielen mußte. Wo es keine Pat geben würde. Er würde tun, was ihm Spaß machte. Nur jetzt weiter, weiter!

Er erreichte den Bach. Dort hatte es Martin erwischt, den blöden kleinen Affen, der nicht das Hirn gehabt hatte, sich auszumalen, daß jemand auf ihn warten könnte. Martin war ins Wasser geprescht und hatte gehört, wie jemand seinen Namen rief, war herumgewirbelt, und die ersten beiden Kugeln hatten ihm buchstäblich das Gesicht weggeknallt; die nächsten zwei hatten sein Herz und seine Lungen in Stücke gerissen. Martin war nicht schlau genug gewesen, noch einige hundert Meter auf Nummer Sicher zu gehen. Und hatte deshalb sterben müssen.

Springend, hüpfend und sein verwundetes Bein schwingend, planschte Art auf das gegenüberliegende Ufer zu.

»Art!«

Es klang scharf und laut.

Noch einen halben Schritt weiter. Art drehte sich unwillkürlich herum. Eine Sekunde, zwei. Völlige Verzweiflung.

Er stand wie angewurzelt in dem Bach. Konnte sich weder bewegen noch sprechen.

Jemand, den er gut kannte, ein kräftiger, dunkelhaariger Mann in Jagdkleidung trat hinter einem Felsblock hervor. Es war derselbe Fels, von dem aus er selbst Martin erschossen hatte. Der Mann hielt sein Holland & Holland Magnum-Doppellaufgewehr in Hüfthöhe und zielte.
»Endstation, Art«, sagte er und lächelte. Seine dunkelgrauen Augen bewegten sich nicht.
Da war das Lächeln, die derben Züge, die Augen, das Gewehr, der Wald lag hinter ihm, der glucksende Bach um seine Füße, ein Bild, das umrahmt war von der Intensität dieses starren Blicks und seiner unsagbaren Überraschung über die Identität seines Gegners.
Stille.
Paul Wolkowskis Schuß traf Art in den Hals, genau unter dem Kinn; die Kugel drang schräg nach oben, bohrte sich durch die Schädelbasis und zerschmetterte deren unteren Teil, zusammen mit den beiden obersten Wirbeln des Rückgrats.
Art wurde buchstäblich aus dem Wasser geschleudert und knallte mit dem Rücken gegen das Ufer, das er fast erreicht hatte.
Der Finger am Abzug entspannte sich. Wolkowski steckte die beiden anderen Patronen wieder ein, die er so fachmännisch zwischen dem ersten und zweiten und dem zweiten und dritten Finger der linken Hand gehalten hatte, die Patronen, die er in der Zeit laden konnte, die andere Männer brauchten, wenn sie einen Vorderschaft- oder normalen Repetierstutzen nachladen. Ein Schuß hatte gereicht. Es gab sowieso genug wegzuräumen. Arts Kopf war im Unkraut gelandet, Blut befleckte den Boden ringsum, an zwei Baumstämmen klebten Gehirnteile. Und das Wetter war kalt; es war fast schon Winter, so daß keine Käfer oder Fliegen mehr herumschwirrten, die ihn bei der Beseitigung der Spuren unterstützen hätten können. Wolkowski hatte sich eine halbe Stunde nicht eingeplanter Arbeit eingehandelt. Er fluchte über diese Ironie des Schicksals. Einer der Gründe, der ihn bewogen hatte, hierherzukommen, war der gewesen, daß er sich eben diese Arbeit ersparen wollte.
Er packte Art an einem Bein und zerrte ihn zurück in den Bach. So war es besser. Aus der Kopfwunde würde Blut ins Wasser sickern, und die Kälte würde helfen, die Wunde zu schließen. Arts Augen standen weit offen, ihr Ausdruck war kindlich, so als hätte er versucht, etwas zu verstehen. Wolkowski tauchte das Gesicht mit dem Fuß unter Wasser und legte dann einen schweren Stein darauf, damit es auch unten blieb. Die Augen starrten durch das Wasser herauf. Dann dachte Wolkowski an Ken. Ken hatte den Schuß sicherlich gehört und würde möglicherweise zum Westufer der Insel kommen, um nachzusehen. Wenn er ein Fernglas bei sich hatte, könnte das gefährlich werden. Er hob einen weiteren schweren Stein auf, ließ ihn auf Arts Magen fallen, und die Leiche stieß vom Ufer

ab, geriet in die Strömung und war dann von einer gewissen Entfernung aus nicht mehr zu sehen.
Paul Wolkowski hob Arts Gewehr auf, die Kleider – ein durchnäßtes Bündel, das noch immer an der Waffe befestigt war –, und zog etwas Zwieback aus seiner Tasche. Er ging hinter einem Baum in Deckung. An den Stamm gelehnt, fühlte er, wie Müdigkeit ihn durchströmte, als die Spannung nachließ. Zwei hatte er erledigt, jetzt fehlte nur noch einer. Und ihn zu beseitigen würde am schwierigsten sein.
Wolkowski hatte die Hütte verlassen, sobald er gesehen hatte, daß Ken und Art vom Steilufer hinabstiegen. Er hatte eine Vorahnung gehabt – nie würde er wissen, warum –, daß einer von ihnen in Panik geraten würde. Ken war nicht der Typ, der irgend etwas tat, ohne es sich vorher genau zu überlegen, und solange es andere Leute gab, die er herumkommandieren konnte. Es würde also Art sein; und daher mußte er hinüber zum Festland gelangen, bevor Art das Westufer der Insel erreichte und dort auf ihn stieß. Er war rasch durch den Wald gelaufen und hatte sein Kanu geholt, obwohl er wußte, daß er damit ein enormes Risiko einging. Er konnte nur raten, wie lange Art brauchen würde, um vom Steilufer bis hierher zu kommen. Der verletzte Arm würde alles verlangsamen. Aber es war ein Risiko, das einzugehen sich lohnte. Je größer der Abstand zwischen den beiden Männern sein würde, wenn er den ersten tötete, desto geringer wäre sein eigenes Risiko.
Die gleiche Energie, die man für einen Fünfzehn-Kilometer-Lauf braucht, setzte er für eine kurze Paddelfahrt ein. Nachdem er das Ufer erreicht hatte, zerrte er das Kanu direkt ins Dickicht, und mit einer weiteren, letzten Anspannung seiner Kräfte schleppte er es ohne anzuhalten bis zum Moor, das fünfzig Meter entfernt lag. Dort versteckte er das Kanu, so gut er konnte, und kehrte wieder zurück, um den See zu beobachten. Er hatte es gerade noch geschafft. Art war bereits am Ufer und bereitete sich vor, hinüberzuwaten. Er wartete und dachte, daß es ein leichtes sein würde, Art abzuknallen, wenn dieser aus dem Wasser kam. Er könnte ihn erschießen, ohne daß Art überhaupt merkte, wer ihn getroffen hatte.
Aber die Sache hatte Nachteile. Es wäre schwierig, die Leiche an diesem Teil des Sees – auch nur für kurze Zeit – zu verbergen, ohne solide Gewichte als Ballast; der Versuch, sie so nahe am Ufer mit improvisierten Steingewichten unter Wasser zu halten, war gefährlich, weil diese weggeschwemmt werden und der Körper davontreiben könnte. Und die Leiche sollte, wenn möglich, im Wasser bleiben. Wenn er sie nämlich an Land zog und sie stark blutete, würde er zuviel Zeit brauchen, um die Spuren zu verwischen; noch dazu würde er sich genau in Kens Gesichtsfeld befinden, sollte dieser kommen, um nachzusehen, sobald er den Schuß gehört hatte. Nachdem er dies alles erwogen hatte, erinnerte er

sich an den Bach, an die Stelle, wo Martin gestorben war. Natürlich. Sie war ideal. Art erschießen, wenn er mitten im Wasser stand; der Körper würde in den Bach fallen, wo er ihn rasch und leicht außer Sicht bringen konnte. Er würde Art töten, die Leiche verstecken und sich ins Gebüsch zurückziehen, bevor Ken erschien. Die Reinigungsarbeit, sollte sie nötig sein, könnte bis zur Abenddämmerung warten.
Denn er zweifelte nie daran, daß Art Martins Spuren folgen würde. Er würde genauso denken wie Martin. Warum sich durchs Gebüsch kämpfen, wenn man am Ufer entlanglaufen konnte? Das Moor versperrte den Weg geradeaus nach Westen. Der Ochsenpfad, die Route, die Art offensichtlich einzuschlagen gedachte, begann gleich beim Bach. Sobald er Ken im Stich gelassen hatte, würde er, bevor die Nacht hereinbrach, soviel Entfernung wie nur möglich zwischen sich und Ken und dem Mann, der ihnen nachstellte, bringen wollen. Er würde auf dem raschesten Weg der Freiheit zustreben.
Wolkowski betrachtete die Insel durch eine tunnelartige Öffnung im Gebüsch. Kein Lebenszeichen. Aber Ken könnte versteckt sein, wie er, und warten. Was er Ken voraus hatte, war, daß er es wissen würde, sollte sich Ken dummerweise entschließen, herüberzukommen. Sollte er es tun, würde er sterben, bevor er sein Ziel erreichte. Doch noch während er diese Möglichkeit bedachte, wußte er, daß Ken nicht so dumm war. Ken würde bleiben, wo er war, an den einzigen Schuß denken, den er gehört hatte, würde sich einen Reim darauf machen und sich zwingen, der erschreckenden Erkenntnis ins Auge zu blicken, daß Art tot und er allein war, und daß niemand ihm helfen konnte.
Das aber brachte wiederum Nachteile mit sich. Sobald Ken erkannte, daß er nun auf sich selbst gestellt war, daß er als nächster dran kam, würde er gefährlicher werden als bisher. Ein in die Enge getriebenes Tier ist vorsichtig und unberechenbar. Ken würde bereit sein, Risiken einzugehen, die er normalerweise vermieden hätte.
Das letzte Drittel der Arbeit, dachte Wolkowski, wird doppelt so schwer sein wie die ersten beiden Drittel. Er verkroch sich im Gebüsch und scharrte trockenes Laub um sich zusammen. Es war kalt; bis zur Abenddämmerung mußte er noch lange warten. Dann warf er einen Blick auf seine Armbanduhr; es war fünfundzwanzig nach elf. Er stellte den Wecker auf fünfundzwanzig vor zwölf. Zehn Minuten. Er schloß die Augen. So konnte er den ganzen Tag schlafen: Zehn Minuten Schlaf, zehn Minuten den See beobachten, abwechselnd, um sicher zu sein, daß Ken nicht – die Chancen standen eins zu einer Million – in einem Anfall von Blödheit herüberkam.
Noch mehr Gedanken stürmten auf ihn ein. Er hatte soviel zu tun und, nach dem Grau des Himmels zu schließen, nur noch wenig Zeit, alles zu

erledigen. Da war Art, dessen Leiche und Spuren beseitigt werden mußten. Und Greg. Und schließlich Ken. Er war müde, müder, als er zu diesem Zeitpunkt sein sollte. Er hatte den Ermüdungsfaktor unterschätzt, eine gefährliche Fehlkalkulation. Eigentlich sollte er auf der Insel sein, genau jetzt, in diesem Augenblick, um Ken zu jagen und das Ganze hinter sich zu bringen. Aber das Unerwartete war geschehen: Art war geflüchtet. Nun, zumindest hatte er Arts Pläne erraten und war vorbereitet gewesen.
Mit diesem Gedanken schlief er ein.

23

SOBALD ER DEN SCHUSS AUF DEM FESTLAND HÖRTE, wußte Ken, was geschehen war. Das tiefe Dröhnen und die Wucht verrieten ihm, daß das Gewehr nicht Art gehörte. Er begriff, daß Art ihn hintergangen und sein Feind Arts Vorhaben vorausgeahnt hatte. Und er wußte auch, daß Art tot war. Der Jäger hatte Art einmal verfehlt. Das würde ihm kein zweites Mal passieren. Nicht einem Mann, der Greg auf eine Entfernung von dreihundert Metern die Stirn durchlöchert hatte. Das war ein eiskalter Bursche und ein hervorragender Schütze. Und daß er dorthin gelangt war, ohne von ihnen bemerkt zu werden, daß er sowohl ihm wie Art zuvorgekommen war, gerade als sie am wachsamsten gewesen waren, das bedeutete, daß er sich auch im Gelände mit großer Geschicklichkeit und Erfahrung bewegte.
Ken stand in einem Tannenhain am Fuße des Steilufers, er spürte ein Prickeln im Kreuz. Die Gänsehaut kroch ihm Arme und Beine hinauf. Wie lange hatte sich der Dreckskerl schon in der Gegend herumgetrieben? War er voriges Jahr hergekommen, um das Gelände zu erforschen? Ein kaltblütiger Spürhund? Denn jetzt war es klar, daß seine Jagdmethode diabolisch war. Er schien jeden Schritt geprobt zu haben. Vor zwei Nächten, als sie es mit Nancy getrieben hatten, hatte er da gehorcht und gewartet, bis sie fertig waren, damit er am nächsten Tag mit dem Töten beginnen konnte? Es gab nur eine Antwort darauf: Ja. Und es gab nur eine Antwort auf die Frage, warum er weder Martin noch Nancy gerettet hatte. Er wollte keine Zeugen. Mit entsetzlicher Unerbittlichkeit hatte er gewartet. Gewartet, bis sie mit dem Vögeln fertig waren, gewartet, bis sie Martin getötet hatten, gewartet, bis Nancy gestorben war. Dann war der Weg frei für ihn gewesen, und nun begann er sein eigenes Werk. Zuerst Greg, dann Art, berechnend, gezielt, eine gottverdammte Maschine.
Und jetzt war er, Ken, dran, als nächster und letzter. Dann plante der Hurensohn, wer immer es war, jede einzelne Spur von dem, was er getan

hatte, zu verwischen und zu verschwinden. Helen und Pat und Sue würden zur Polizei gehen, wenn ihre Männer nicht nach Hause kamen, und die Polizei würde die Insel absuchen, mit Hubschraubern, mit den Forstleuten, mit Hunden, später mit Gerichtsexperten, und sie würden die ganze Gegend durchwühlen.

Aber bis dahin würde es geschneit haben. Das einzige, was sie vielleicht je finden würden, waren ein paar Spuren von einer Frau in der Hütte. Keine verräterischen Zigarettenstummel, keine leeren Patronenhülsen, kein Blut, keine Kette und kein Fußeisen; jeder Zweig und jeder Grashalm würde dort sein, wo er hingehörte. Die Gummiboote würden um ihre schweren Motoren gewickelt und zusammengebunden in das Moor versenkt worden sein, zusammen mit etwaigen noch übriggebliebenen Leichen, seine inbegriffen, im tiefen Schlick versunken, wie alles andere, was jemals dort hinabgetaucht war; unerreichbar für jeden forschenden Haken oder Meßstab, die irgendein neugieriger Polizist eines Tages herbeischleppen könnte.

Auf dem Wipfel einer Föhre begann eine Krähe zu krächzen. Aber Ken hörte sie nicht. Für Ken war die Zeit stehengeblieben. Er konnte nicht anders, als in der alles durchdringenden logischen Klarheit seiner eigenen schrecklichen Vision zu verharren. Es würde sein, als ob nichts geschehen wäre. Nur daß drei Männer – Greg, Art und Ken – wie jedes Jahr auf die Jagd gegangen und dann spurlos verschwunden waren. Und noch zwei andere Leute waren verschwunden, Martin Clement und Nancy Stillman aus Gary, Indiana, hundert Kilometer weit weg. Aber niemand würde sie jemals mit Greg und Art und ihm in Verbindung bringen. Nicht einmal, wenn Martins Auto gefunden wurde.

Es war idiotensicher. Er würde wie Greg und Art ermordet werden; und dabei hatte er selbst dafür gesorgt, daß der Mörder das alles ungestört ausführen konnte. Die Ironie dieses Gedankenganges stieß Ken wieder zurück in die Realität. Plötzlich hörte er die Krähe, sah sie über sich in der Föhre, wurde sich seines eigenen Atems und seines Herzschlags bewußt, bemerkte einen leisen Windhauch. Er wurde wieder lebendig und tat mechanisch das, was er für notwendig hielt. Er ging hinüber zum Westufer der Insel, wobei er immer im Schatten der Bäume blieb, und beobachtete das Festland. Selbstverständlich gab es da kein Zeichen von irgend etwas oder irgend jemandem. Ken setzte sich für eine Weile ins Gebüsch und versuchte, so zu denken, wie der Mörder wohl gedacht haben mochte. Er hatte also erraten, daß Art sich davonmachen würde. Er war zum Festland hinübergegangen, entweder gestern nacht oder während er und Art vom Steilufer hinunterstiegen. Entlang der Küste war er dann dorthin gewandert, wo Art immer seine eigene Beute erlegt hatte, beim Bach, der in den See mündet, gleich beim alten Ochsenpfad, über den Art so leicht zur Eisenbahnlinie und in die Freiheit hätte gelangen können. Das war eine günstige Stelle, um einen Mann zu erschießen. Sie war gut getarnt; dort hatten alle immer jegliche Vorsicht aufgegeben. Art selbst hatte das stets gesagt.

Himmel, gab es nichts, woran der Killer nicht gedacht hatte?

Ken ging geräuschlos durch den Wald zurück; nur aus Prinzip vorsichtig, denn er war überzeugt, daß sich der Jäger noch auf dem Festland aufhielt.

Er erreichte die Hütte. Dort sah er, daß die Dusche benützt worden war und ebenso sein Rasierzeug. In der Küche fand er eine schmutzige Bratpfanne, eine Kaffeetasse, einen Teller, ein Messer und eine Gabel. Und eine kurze Notiz: »Danke. Bis gleich.«

Ken holte eine Bourbonflasche aus dem Wandschränkchen und nahm einen großen Schluck. Der Zettel hatte ihn aus der Fassung gebracht, mehr als alles andere. Wer immer es war – er war sich seiner Sache ungeheuer sicher. Er dachte gar nicht daran, daß es Ken jemals gelingen könnte, die Notiz mit seiner Handschrift zur Polizei zu bringen.

Vielleicht war er seiner Sache doch zu sicher? So verdammt zuversichtlich, daß man ihm eine Falle stellen konnte? Oder vielleicht fiel er sogar in seine eigene Grube.

Ken überlegte scharf. Sollte er sich wehren oder davonlaufen? Was hatte Art gesagt, der verräterische Idiot? »Geben wir ihm noch vierundzwanzig Stunden.« Gut, das würde er tun. Und Art hatte auch gesagt: »Er ist nicht der liebe Gott.« Gut, das war er nicht. Er war ein Mensch, und vielleicht kein besserer Schütze, kein erfahrenerer Jäger und nicht intelligenter als er selbst. Er konnte wie jeder andere bekämpft und gejagt werden. Die Möglichkeit eines sorgenfreien Lebens wog schwerer als die Vorstellung, bis an das Ende der Tage auf der Flucht zu sein, in Südamerika oder anderswo.

Aber er konnte nicht nach Einbruch der Dunkelheit in der Hütte bleiben. Er würde sich wie in einem Aquarium fühlen; und schließlich mußte er doch schlafen. Er würde also hinausgehen, zu dem Erdhügel im Sumpf, wo er mit Art die vorige Nacht verbracht hatte, und wo er wahrscheinlich sicherer sein würde als anderswo, wenn man ihn nicht – durch irgendein unvorstellbares Pech – entdeckte. Es war ziemlich wahrscheinlich, daß sein Jäger am Morgen wieder zur Hütte kommen würde. So benehmen sich allzu zuversichtliche Leute. Sie vergessen, daß auch sie Gefahren ausgesetzt sind. Wie viele Jäger hatten schon auf einen Löwen oder ein Wildschwein geschossen, das Tier verfehlt, gedacht, es wäre davongelaufen, und waren ahnungslos am nächsten Tag zurückgekommen, als dann die Tiere ihnen auflauerten?

Ken wußte, daß er Zeit hatte. Der Mann würde bis zur Dunkelheit auf dem Festland bleiben. Deshalb rasierte er sich, erhitzte Wasser, nahm ein

Bad, kochte ein warmes Essen, wechselte die Kleider, stopfte ein paar Decken und eine zusätzliche Jacke in den Rucksack, reinigte das Gewehr und stellte seine Ausrüstung zusammen: Feldflasche, Zielfernrohr, Messer und überhaupt eine Menge Dinge, von denen er annahm, daß er sie vielleicht brauchen könnte; dazu noch ein Einmannzelt aus Plastik, das sich auf die Größe eines Tennisschuhs zusammenfalten ließ.

Am späten Nachmittag verließ er die Hütte. Diesmal verriegelte er die hölzernen Fensterläden von innen, versperrte die Tür und steckte den Schlüssel ein. Wenn das Schwein hineinwollte, dann würde er es ihm zumindest nicht leicht machen.

Mit größter Vorsicht bewegte er sich vorwärts. Bald kam er wieder beim Sumpf an. Im letzten Schimmer des Tageslichts erkannte er den toten Baum, den ein Sturm ins Wasser gestürzt hatte. Er stieg darauf und balancierte, seitwärts gehend, darüber. Als der Baum untertauchte, tastete er sich weiter, bis zu den Knöcheln im Wasser stehend. Plötzlich tauchte der Baum noch weiter unter, und Ken wußte, daß er sich direkt gegenüber dem großen Erdhügel befand, nur einen Meter davon entfernt. Er vergewisserte sich, daß seine Stiefel auf der glitschigen Unterwasserplattform festen Halt hatten, und sprang in die Finsternis. Er landete vornüber, aber trocken und sicher. Dann wartete er. Aus den Wäldern ringsum drang nur das ganz schwache Murmeln des Nachtwinds. Aber er wartete und lauschte noch zwanzig Minuten, bis er ganz sicher war. Dann packte er leise sein Zelt aus und stellte es auf. Er tarnte es mit Sumpfgras und Schilf, so daß es von keiner Richtung aus erkannt werden konnte, und schlüpfte hinein.

Kein Mensch war imstande, ihn in der Dunkelheit zu treffen, nicht einmal, wenn er Licht machte. Nicht einmal, wenn dieser Mensch wußte, wo er sich aufhielt, was zu neunundneunzig Prozent unwahrscheinlich war. In der vergangenen Nacht hatten Art und er als Deckung Einbuchtungen in den Boden gegraben. Wenn ihn heute nacht irgendwer suchte, müßte er mit einem Boot oder über den Baumstamm kommen, und das würde er auf jeden Fall hören. Er war sicher. Ken fiel in erschöpften Schlaf.

Bei Morgengrauen träumte er von Helen. Sie hatte ihn entdeckt und stellte ihn nun wütend zur Rede. Ihre Gesichtszüge waren scharf und häßlich; sie sah aus wie eine Ratte, die Zähne traten vor, ihre Augen wurden klein. Sie schnatterte sinnloses Zeug, und während sie immer rattenähnlicher wurde, sprang sie auf Greg, der daneben stand, und begann heftig mit ihm zu koitieren. Greg schrie, und man hörte plötzlich in der Ferne das Knallen eines Schusses. Ein kleines Loch erschien zwischen Gregs Augen.

Ken erwachte mit pochendem Herzen. Es war schon hell. Die Nacht war

vorbei. Auf der Westseite der Insel hatten Krähen ein aufgeregtes Gezeter angestimmt.
Hatte er den Schuß nur geträumt?
Schnell riß er das Zelt nieder und rollte es zusammen. Waren es zwei Männer? Hatte einer den anderen erschossen? War es ein Unfall? Verfolgte sein Jäger Eindringlinge?
Oder war das bloß ein weiterer Schritt in diesem Nervenkrieg. Ihn aus dem Bett knallen, seine Nerven zerrütten, während er noch schlief.
Ken packte den Rucksack, deckte ihn mit Gras zu und bahnte sich vorsichtig den Weg aus dem Sumpf. Er ging das Ufer entlang. Als er beim Landeplatz angelangt war, konnte er die Hütte deutlich sehen, es war heller Tag.
Der Himmel war wieder grau, die Wolken hingen jetzt tief, Altostratus. Ein leichter Wind wehte. Die Hüttentür stand weit offen, beinahe wurde sie jetzt vom Wind zugeschlagen, aber dann knallte sie wieder auf. Der Killer hatte das Schloß geöffnet oder gewaltsam aufgebrochen. War er drinnen?
Ken kroch bäuchlings näher. Er war geschützt vom Gebüschstreifen, der zwischen der Lichtung vor der Hütte und der Mühle lag. Er machte nicht halt, bis er so nahe war, daß er das klagende Geräusch der Angeln hören konnte, als der Wind die Tür wieder zuschleuderte.
Plötzlich begriff Ken. Das war also der Schuß gewesen! Das Türschloß war herausgeschossen worden. Jetzt konnte er es sehen, es war zerschmettert. Er wartete. Ein Vogel landete auf der Terrasse, unbekümmert, und pickte nach etwas, das dort herumlag. Aber das hatte nichts zu bedeuten. Jemand konnte drinnen versteckt sein, in der Finsternis des Schlafzimmers zum Beispiel. Du bist hergekommen, dachte Ken, in der Hoffnung, ihn zu überraschen, aber wieder einmal hat er den Spieß umgedreht. Und er fluchte, biß sich auf die Lippen und versuchte, einen Plan zu fassen. Wie stellt man es an, daß der Feind sich in seiner eigenen Falle fängt? Aber das hier war kein Krieg. Er konnte nicht die Artillerie zu Hilfe rufen.
In diesem Augenblick tönte die Stimme aus dem Innern der Hütte, fest und laut.
»Guten Morgen, Ken. Endstation, meinst du nicht? Den Schuß habe ich abgegeben. Dachte, wir sollten zur Sache kommen und endlich aufhören, herumzuspielen. Erinnerst du dich an deine Collegezeit? An Alicia Rennick? Nun, ich bin der Mann, den sie heiraten mußte.«
Pause. Ken widerstand dem Impuls, aufzustehen, um besser zu hören. Und die Stimme sprach weiter, ohne Bosheit, sachlich. Wer immer es war, er hatte keine Angst.
»Natürlich glaubte ich, daß das Kind, das sie zur Welt brachte, von mir

war. Als wir herausfanden, daß es hoffnungslos gestört war, konnte Alicia die Schuld nicht ertragen, konnte mir nicht in die Augen sehen, und sie verlor allmählich den Verstand; vor einigen Jahren brachte sie sich schließlich um. Ich mußte eine Weile warten, bis ihr an der Reihe wart. Du, Greg und Art.« Die Stimme lachte leise. »Es ist nicht leicht, Schweinehunde wie euch loszuwerden und dabei selbst immer in Deckung zu bleiben. Ich mußte aus einem anderen Staat in eure Nähe ziehen, mit euch gesellschaftlichen Kontakt anknüpfen, euer Leben und eure Gewohnheiten studieren.«

Ken spürte einen ziehenden Schmerz in der rechten Hand. Er hielt sein Gewehr so fest umklammert, daß er einen Krampf bekam. Wer, zum Teufel, war das? Alicia Rennick – das lag doch Jahre zurück. Und sie hatten sie nicht getötet. Okay, Gruppensex war nicht ihre Sache gewesen. Sie hatte versucht zu prozessieren, hatte es aber wieder aufgegeben. Dieser Kerl war verrückt. Man mordet doch nicht, weil man herausfindet, daß seine Frau vor ihrer Heirat einmal von ein paar Männern vergewaltigt worden ist.

Die Stimme fuhr fort: »Voriges Jahr bin ich schließlich draufgekommen, was hinter euren Jagdferien steckt. Ich bin euch hierher gefolgt und habe beobachtet, was ihr mit dem blonden Jungen und dem Mädchen getrieben habt. Und ich habe herausgefunden, daß ihr noch immer euer altes Spielchen spielt. Immer wieder Alicia, mit der Jagd als Draufgabe. Konntet wohl nicht aufhören damit, was?«

Ken wollte schreien: »Wir haben Alicia nicht getötet; sie hat sich selbst umgebracht.« Aber er schwieg. Er erinnerte sich an den Klang dieser Stimme; die Vertrautheit war quälend. Er hatte sie schon gehört. Wann? Vor kurzem?

Die Stimme sprach weiter, noch immer im Konversationston. »Komisch, nicht? Euer erstes Opfer ist euch zum Verhängnis geworden.« Die Stimme hielt inne, dann sagte sie: »Jetzt wirst du dafür sterben. Wie Greg und Art. Ich werde dich töten.« Dann schwieg sie.

Ein Windstoß warf die Hüttentür zu. Der Vogel flog weg. Noch ein Windstoß, die Tür öffnete sich wieder.

Ken spürte denselben Windstoß seinen Rücken hinunterfegen. Er war schweißgebadet. Jetzt wußte er also, warum. Und wer immer diese Worte gesprochen hatte, er befand sich dort drinnen, in der Dunkelheit der Hütte.

Unerwartet begann die Stimme wieder. »Guten Morgen, Ken. Endstation, meinst du nicht? Den Schuß habe ich abgegeben. Dachte, wir sollten zur Sache kommen und endlich aufhören, herumzuspielen. Erinnerst du dich an deine Collegezeit? An Alicia Rennick?«

Es hatte alles so natürlich geklungen; daher brauchte Ken sehr lange, bis er erkannte, daß es eine Bandaufnahme war. Irgendwo in der dunklen Hütte sprach eine Maschine. Nicht ein Mann – ein Tonband, mit dem Zweck, seine Aufmerksamkeit abzulenken, ihn von dem Mann selbst abzulenken.

Um Himmels willen, wo war dieser Mann also?

Da. Gleich hinter ihm. Ein Gewehr berührte seinen Hinterkopf. Ken schluchzte auf, unkontrolliert. Er drehte sich rasch um.

»Nein!«

Da war niemand hinter ihm, nichts, kein Mann, kein Gewehr, nur ein gebrochener Ast, an den er gestoßen war.

Aus der Hütte dröhnte die Stimme weiter, sie klang fast heiter: »Ich mußte eine Weile warten, bis ihr an der Reihe wart. Du, Greg und Art. Es ist nicht leicht, Schweinehunde wie euch los . . .«

Hau ab, das ist alles. Nicht nachdenken. Laß ihm keine Zeit, herzukommen. Renn davon.

Ken lief rasch und versuchte, dabei nicht zu vergessen, daß er geduckt bleiben und den Kopf hin und her wenden mußte. Jede Sekunde, überall, konnte er in einen Hinterhalt geraten. Er war dagelegen wie ein Pfadfinder und hatte gehorcht und seinem Jäger Zeit gelassen, die Falle zu stellen, sie zu schließen. Idiot! Narr!

Wo, zum Teufel, war er?

Als Ken den See erreichte, blieb er stehen. Die Worte waren jetzt nicht mehr verständlich, aber er konnte noch immer die Tonbandstimme hören, verweht vom abflauenden Wind, der in den Blättern raschelte und kalte, kahle Äste gegeneinander stieß.

Aber wo war der Mann?

In der Hütte? Dahinter? Jenseits der Lichtung im Gebüsch? Wieder oben auf dem Steilufer?

In Ordnung. Sie konnten beide dieses Spiel spielen. Und eine trotzige, eiserne Entschlossenheit fegte die kalte Angst fort. Mit großer Vorsicht schlug Ken den langen Schleichpfad ein, der durch das Gebüsch zur Mühle führte.

Als er den Punkt erreicht hatte, der der Ostseite der Mühle am nächsten war, wartete er und blickte zurück, um sicher zu sein, daß ihm niemand folgte. Dann holte er tief Atem, stand mit einem Ruck auf, lief und lief, was das Zeug hielt.

Kein Schuß krachte, kein Schmerz durchfuhr ihn, keine Kugel pfiff, keine Riesenhand griff nach ihm, um ihn niederzustrecken. Wie durch ein Wunder erreichte er die Mühle, warf sich zu Boden, preßte sich gegen den rauhen Stein der Grundmauern. Er konnte es nicht glauben; er hatte recht gehabt. Hier gab es keinen Hinterhalt. Er war sicher. Zumindest im Moment.

Er legte sein Auge an eine Ritze in der verwitterten Holzwand und konzentrierte sich auf das Dämmerlicht im Mühleninneren. Er sah nichts, nur den flachen modernden Boden, und ganz weit hinten das schattenhafte Ungetüm des seit langem ruhenden, rostigen Dampftriebwerks.
Dort wollte er hin, dort nach hinten, unter das Eisen, um zu beobachten und zu warten. Das war eine Festung, die er von Zeit zu Zeit verlassen konnte, um die umliegenden Lichtungen zu inspizieren, und in die er sich dann wieder zurückziehen würde.
Und die Nacht konnte er vielleicht im Maschinenraum verbringen, dort, wohin die Mädchen immer gegangen waren. Die Ratten machten ihm nichts aus.
Er zerrte an der Planke in seiner Nähe, ganz sanft, versuchsweise. Sie würde brechen, doch das Splittern des Holzes würde ihn verraten. Er mußte sich also zu der Tür an der Nordseite vorarbeiten.
Macht nichts, er kannte die Mühle und er kannte die Insel, jeden Zentimeter. Das hatte er seinem Folterknecht voraus.
Er hielt sich knapp über dem Boden, ein Auge stets auf das Gebüsch jenseits der Lichtung gerichtet. Als er an die Nordostecke gelangt war, schaute er wieder prüfend in das Innere der Mühle. Sie war weiterhin still und leer. Er ging in Hockstellung und drückte sich um die Ecke, das Gewehr in Anschlag, schußbereit. Sollte irgend jemand dort sein, dann würde er als erster feuern.
Und während er sich vorwärts bewegte und das dachte, schoß er, denn da war ja doch jemand.

24

DER MANN STAND SECHS METER WEIT WEG, etwa zwei Meter von der Seitenwand der Mühle entfernt.
Kens Gewehr ballerte los, er lud nach, so rasch er konnte, und in blinder Wut knallte er sieben Schüsse in ebenso vielen Sekunden in den Oberkörper des Mannes. Beim dritten Schuß hörte er sich herausfordernd schreien. Fleischstücke flogen, und das Rückgrat des Mannes erschien unter dem zerfetzten Hemd und den weggebrochenen Rippen.
Ken hörte auf zu schießen. Das Magazin war leer. Sein Schrei wurde zu einem lauten Gelächter, spöttisch und siegestrunken. Er wollte die Leiche mit Füßen treten, anspucken, beschmutzen und noch ein paarmal in das zerrissene Fleisch schießen. Dieser Haß war das süßeste Gefühl, das er jemals empfunden hatte.
Er machte einige Schritte vorwärts und lud sein Gewehr nach. Dann blieb er wie angewurzelt stehen. Eine innere Stimme verwandelte seinen

Triumph in Entsetzen, sagte ihm, was seine Augen gesehen, sich aber wahrzunehmen geweigert hatten.
Die Leiche stand noch immer aufrecht da.
Ken ging langsam auf sie zu, vergaß die Rücken- und Flankendeckung, den ganzen schweigenden Bogen der Lichtung und des Gebüsches hinter sich. Er wußte, wer es war, sobald er das Seil sah, das von der Dachtraufe der Mühle herunterbaumelte, unter den Achseln des Leichnams befestigt war und ihn so hochhielt.
Gregs Augen standen offen. So auch sein Mund, ein häßliches dunkles Loch, das größer war, als ein Mund sein sollte, denn die Lippen waren von Ratten abgenagt worden. Hemd und Hose waren absichtlich aufgeknöpft und der Reißverschluß geöffnet worden, so daß die Ratten sich auch über die Eingeweide hergemacht hatten. Mattes Blau, dazwischen das Gelb herausquellender Fettklumpen. Und die Genitalien waren verschwunden, ebenfalls von den Ratten abgenagt; da war nur noch der obszöne Anblick herausquellender, zerrissener Innereien.
Zwei Ratten lagen tot zu Gregs Füßen. Sie waren auf ihm gesessen, als Ken geschossen hatte, und waren dabei getötet worden. Einer hatte Ken den Kopf weggeschossen.
Ken glotzte und entsann sich schließlich eines möglichen Hinterhalts, gelangte zur Tür, stolperte in die Mühle hinein und fiel hin. Er weinte und versuchte aufzuhören, weil ihm bewußt wurde, wieviel Lärm er machte und wie schutzlos er war.
Nach einer Zeit, die ihm wie eine Ewigkeit erschien, fand er die Fassung wieder.
Greg war dort, dort draußen. Er konnte seine Füße sehen. Die Mühle war weiterhin leer und ruhig. Er erhob sich schwankend und verspürte plötzlich ein heftiges, fast schmerzhaftes Durstgefühl. Seine Zunge und sein Mund waren staubtrocken. Die Feldflasche hatte er im Sumpf zurückgelassen, da er vorgehabt hatte, Seewasser zu trinken.
Er mußte Greg abschneiden. Irgendwie zur Dachrinne gelangen oder irgend etwas finden, worauf er stehen konnte, und das Seil durchtrennen. Er konnte es nicht ertragen, diese Leiche um sich zu haben. Sie würde ihn verrückt machen. Und was die Ratten da angerichtet hatten, mein Gott, das wird auch mit dir geschehen, wenn du tot bist. Dein lippenloses Gesicht wird grinsen wie Gregs Antlitz, so als wüßtest du, daß du tot bist und aufgefressen wirst, daß es dir aber nichts ausmache. Die Ratten würden deine Augäpfel zerkauen, deine Eingeweide und deine Hoden, und du würdest noch immer lächeln.
Ken lauschte und hörte die Ratten. Sie hatten wieder zu quietschen begonnen. Eine erschien zwischen den losen Brettern des Mühlenbodens, flitzte zu der vermodernden Schwelle und schlüpfte hinaus.

Wann war Greg da hingehängt worden? Jetzt erst, während er selbst bei der Hütte gewesen war? Oder gestern nacht? Und warum? Um ihn zum Schießen zu reizen, damit er sich verrate? Oder bloß, um ihn zu erschrecken? Beides war gelungen. Ken wischte sich den Schweiß ab und unterdrückte einen Fluch. Er hatte völlig die Nerven verloren. Fast wäre er getötet worden. Wieso lebte er noch? Wo war sein Jäger? Wo?

In der Dunkelheit des Triebwerks? Dort drüben unter dem kalten Eisen, dem Rost und dem verschimmelten, verrotteten Sägemehl?

Plötzlich sprach die Stimme auf dem Tonband wieder, und sie durchbrach die Stille wie ein Knall.

»Guten Morgen, Ken. Endstation, meinst du nicht? Den Schuß habe ich abgegeben. Dachte, wir sollten zur Sache kommen und endlich aufhören, herumzuspielen. Erinnerst du dich an deine Collegezeit? An Alicia Rennick? Nun . . .«

Ohne zu überlegen, hatte Ken schon geschossen. Er hatte das Gerät so schnell entdeckt, daß sein Gehirn wieder nicht registrierte, was seine Augen sahen. Wie vorhin hatte er etwas gesehen und abgedrückt, ohne daß ihm bewußt wurde, worauf er eigentlich zielte. Und ohne daß er an irgend etwas anderes dachte. Nicht an einen möglichen Hinterhalt, nicht an seine Nerven, die allmählich draufgingen, nicht daran, daß er es sich dummerweise gefallen ließ, nach dem Willen eines Mannes zu handeln, der ihn töten wollte. Er hatte einfach abgedrückt, bloß so. Sobald die Stimme ertönt war.

Das Tonbandgerät stand auf dem Boden in der Mitte des riesigen Mühlenraumes. Es war ein kleines, kompaktes, teures Gerät, das die Stimme fast perfekt wiedergab, ohne mechanische Nebengeräusche oder einen Transistorton.

Kens erster Schuß durchbohrte das verfaulende Holz unter dem Magnetophon, das in die Luft geschleudert wurde. Seine nächsten zwei Schüsse trafen das Gerät, während es zu Boden fiel und noch immer sprach. Es brach auseinander, ein Gewirr von nutzlosem, geborstenem Metall. Ein Nichts aus Chrom und Plastik.

Er wirbelte herum und jagte eine zweite Feuersalve in die schweigende Masse des eisernen Dampftriebwerks.

»Komm heraus, du Schweinehund. Ich bring dich um.«

Das Dröhnen der Schüsse verhallte, und die schreienden Vögel beruhigten sich wieder.

Keine Antwort.

»Komm heraus!!!«

Man hörte ein Geraschel. Eine Ratte, die an Gregs Leiche nagte, tauchte aufgescheucht unter die Bodenbretter. Ken gab seinen letzten Schuß ab, auf die Stelle, an der die Ratte verschwunden war. Und lud nach.

Verdammter, unheimlicher Ort. Nichts wie weg. Sonst wirst du noch verrückt. Aber nicht an Greg vorbei. Warte. War das der Plan des Killers? Ihn in einen Feuerhagel treiben, wenn er durch die große, offene Doppeltür rannte?
Wie schade, mein Herr. Ich bin dumm, aber nicht so dumm.
Ken raste lautlos zur Südostecke der Mühle und stieß mit einem heftigen Schlag eine Planke der Holzwand nach außen. Dann zwängte er sich durch und landete bäuchlings auf dem gefrorenen Boden. Während er aufstand, spürte er einen stechenden Schmerz – er hatte sich Knie, Ellbogen und Gesicht abgeschürft – und stürzte vorwärts ins Gebüsch.
Er hatte es geschafft. Lange Zeit lag er in einer tiefen, mit Laub gefüllten Mulde und wartete, bis sein Atem wieder regelmäßig ging, lauschte und versuchte, Ordnung in seine Gedanken zu bringen.
Er war in Panik geraten. Okay, jeder macht mal Fehler. Aber von nun an würde alles anders werden. Mußte. Denn nichts konnte ärger sein als das, was soeben geschehen war. Das und Gregs Anblick waren der Gipfel des Entsetzens gewesen. Außer vielleicht das Tonbandgerät. Jemand hatte es aus der Hütte geholt und in die Mühle getragen. Und er war die ganze Zeit dort gewesen und hatte diesen Jemand weder gesehen noch gehört.
Zuerst mußte er zu zittern aufhören, sich beruhigen. Er würde sich einige Minuten hinsetzen, alles überdenken. Er würde sich nicht mehr terrorisieren lassen. Er würde ihn, den anderen, herausfordern. Und als ersten Schritt seiner Herausforderung wollte er die Hütte zurückerobern. Verdammt noch mal, sie gehörte doch ihm, nicht? Er hatte sie gebaut und bezahlt. Er würde kommen und gehen, wann es ihm paßte, und sich nicht nach irgendeinem Wahnsinnigen richten, der beschlossen hatte, ihn zu ermorden. Er würde dort die Nacht verbringen, wenn ihm danach war, sich verbarrikadieren, er, nicht sein Jäger.
Ken Frazer blickte zum Himmel. Er war bleifarben. Der Wind hatte sich gelegt. Die Bäume bewegten sich nicht, ihre Äste waren starr. Die Vögel, die streitsüchtigen Eichelhäher, die Kohlmeisen und die Rotdrosseln, schwiegen. Bald würde es schneien. Er müßte nur noch eine kurze Weile ausharren, dann wäre er gerettet.
Denn in seinem Gehirn begann sich ein Gedanke breitzumachen, der ihn erleichterte. Sollte es zum Schlimmsten kommen, sollte er seinen Quäler nicht töten können, sollte er davonlaufen müssen, dann gab es noch immer eine Hoffnung. Wer immer Art und Greg getötet hatte – er mußte genauso ängstlich bemüht sein, seine Morde zu verbergen, wie er, Ken, darauf bedacht war, die Ermordung von Martin und Nancy und all der anderen zu vertuschen. Jetzt, da Art und Greg tot waren, konnte er lügen, furchtlos lügen. Es bestand keine Gefahr, daß er von der Polizei wegen

widersprüchlicher Aussagen überführt würde. Jetzt stünde sein Wort gegen das des anderen Mannes. Konnte er dann nicht sagen, daß er, Art und Greg gesehen hatten, wie der Mann Nancy tötete, daß sie aber nicht wußten, was er mit der Leiche getan hatte? Konnte er seinem Verfolger nicht drohen, wie er ihn bedrohte? Man würde ihm glauben, nicht wahr? Einem Familienvater mit vier Kindern? Sie hatten ihm bei Alicia Rennick auch geglaubt.
Kriechend bahnte er sich den Weg zurück zur Hütte. Er überquerte die Lichtung in raschem Zick-Zack-Lauf und schoß, um sich zu decken, ein paarmal in das Dunkel des Wohnzimmers, als er durch die Tür schlüpfte. Drinnen warf er sich in eine Ecke, das Gewehr im Anschlag.
Er hörte kein Geräusch; niemand war da. Langsam ließ er das Gewehr sinken, setzte sich und zündete sich eine Zigarette an. Er war schweißgebadet.
Dann kam die Stimme aus der Küche.
»Guten Morgen, Ken. Endstation, meinst du nicht? Den Schuß habe ich abgegeben. Dachte, wir sollten zur Sache kommen und endlich aufhören, herumzuspielen. Erinnerst du dich an deine Collegezeit? An Alicia Rennick? Nun . . .«
Die Überraschung versetzte ihm einen Schock, er wurde ganz stumpf. Die Stimme dröhnte einen Moment weiter, bevor er erkannte, daß es natürlich nicht das Tonbandgerät war, das er gerade zerschossen hatte. Es war ein zweites, mit einem anderen Band. Oder war das jetzt Wirklichkeit.
»Komm heraus.«
Die Stimme sagte: ». . . konnte Alicia die Schuld nicht ertragen, konnte mir nicht in die Augen sehen, und sie verlor allmählich den Verstand; vor einigen Jahren brachte sie sich schließlich um.«
Das Krachen von zwei weiteren Schüssen, Ken folgte ihnen, kühn vorpreschend.
Das Tonbandgerät stand auf dem Küchentisch, es sah genauso aus wie das erste.
»Ich mußte aus einem anderen Staat in eure Nähe ziehen, mit euch gesellschaftliche Kontakte anknüpfen, euer Leben und eure Gewohnheiten studieren. Und Pläne schmieden . . .«
Wer, zum Teufel, war das? Er mußte erst vor einigen Minuten hiergewesen sein.
Ken stand da und versuchte, die Stimme zu erkennen. Er wußte, daß er sie kannte. Aber wo hatte er sie gehört, und wann? Die Eingangstür der Hütte knarrte im Wind. Er wirbelte herum, das Gewehr zuckte in seiner Hand. Niemand war da. Er ging zu dem Tonbandgerät zurück. Ganz beiläufig beendete es seine sachliche Botschaft. Es sagte: »Komisch,

nicht? Euer erstes Opfer ist euch zum Verhängnis geworden. Jetzt wirst du dafür sterben. Wie Greg und Art. Ich werde dich töten.«
Ken nahm das Gerät vom Tisch, drückte auf »Stop« und erkannte, daß dies eine Falle hätte sein können. Wieder einmal hatte er sich einen Fehler geleistet.
Stille.
Er verbrachte den Rest des Tages in der Hütte, wartete, lugte von Zeit zu Zeit durch Gucklöcher, die er in die Fensterläden geschossen hatte.
Am späten Nachmittag, als es finster zu werden begann, verbarrikadierte er die Eingangstür, schleppte ein Bett, einen Toilettentisch und den schweren Eßtisch heran und stapelte die Möbel übereinander. Als er damit fertig war, zog er sich aus jeder nur denkbaren Schußlinie zurück und rollte sich, das Gewehr griffbereit, auf einem Berg von Kissen zusammen.
Es war eine sehr lange Nacht, die längste, an die Ken sich erinnern konnte. Er döste unruhig und erlaubte sich nie, in tiefen Schlaf zu verfallen. Einmal erwachte er und dachte, es wäre schon Morgen, aber es war erst elf Uhr.
Wieder hatte er einen Alptraum. Er, Greg und Art machten sich gerade im Motel über Sandy her, und sie verwandelte sich in einen grinsenden Mann, der ihnen mit einem Gewehr zuwinkte und den Rock hob, um ihnen die klaffende, dunkle, von Ratten zerfressene Stelle zu zeigen, wo seine Genitalien gewesen waren. Und Art lachte, lachte und lachte und sagte: »Deshalb mag ich es lieber auf meine Weise.«
In den Momenten, in denen Ken ganz wach war, horchte er auf die schwachen Geräusche der Nacht, das Plätschern des Wassers am Seeufer, das gelegentliche Knarren von Holz. Er versuchte, einen endgültigen Plan zu fassen, und fand, daß er immer weniger daran dachte, seinen Jäger zur Strecke zu bringen.
Immer häufiger überlegte er, wie er ans Festlandufer gelangen könnte. Ob er nach Südamerika fahren sollte oder nach Hause und direkt zur Polizei, um zu bluffen und Anzeige zu erstatten, war eine Entscheidung von sekundärer Bedeutung. Im Moment war das Hauptproblem, wie er das eisige Wasser überwinden konnte, ohne erschossen zu werden. Würde sein Jäger ihm zuvorkommen und in seinem Boot auf ihn warten, mit Taschenlampe und Schwerkaliber-Gewehr im Anschlag? Und er selbst im Wasser gefangen sein, wie eine Bisamratte oder Ente?
Und dann plötzlich eine andere Frage. Wo hatte der Killer sein Boot versteckt? Wenn er, Ken, die Hütte verließ und gründlich suchte, könnte er es nicht finden? Dieser Gedanke gab ihm unerwartet ein Gefühl der Sicherheit. Er verfiel in tiefen Schlaf.
Als Ken erwachte, drang das Tageslicht durch die Ritzen und Löcher der

verriegelten Fensterläden und unter der verbarrikadierten Tür hindurch. Er fühlte sich steif und krank. Und es war kalt. Aber er war entschlossen. Er konnte es nicht länger ertragen. Er würde das Boot suchen. Wenn er es nicht bis zum Abend gefunden hatte, würde er versuchen, in der Nacht zum Festland zu schwimmen. Er wollte nicht mehr gegen den Killer kämpfen. Er würde abhauen. Der Gedanke, daß es jede Stunde zu schneien beginnen konnte, beherrschte ihn. Schnee bedeutete, daß er überall Spuren hinterlassen würde. Er mußte fort, bevor es dazu kam.

Er zerrte die Möbel von der Tür weg, riß die Tür mit einem Ruck auf, blieb im Dunkel der Hütte stehen und blickte hinaus. Kein Lebenszeichen. Niemand am See, niemand im Gebüsch. Und am Steilufer? Wenn er sich an die rechte Kante der Türeinfassung klammerte, konnte er es gerade noch sehen. Unmöglich festzustellen, ob jemand dort oben war; so wie er und Art konnte auch jemand anderer von dort aus Ausschau halten, versteckt hinter Felsen und Gras. Vielleicht hatte er ein Zielfernrohr. Und er selbst würde sich im Zentrum des Fadenkreuzes befinden, sobald er eine Sekunde lang zu laufen aufhörte. Wer immer es war, er hatte Greg genau zwischen die Augen getroffen.

Ken nahm sich zusammen und rannte vorwärts.

Und dann sah er seinen Rucksack.

Er lag am Rande der Terrasse in der Nähe der Tür. Während der Nacht war er von seinem Versteck auf dem Erdhügel entfernt und hierhergelegt worden.

Das war schlimmer als die Tonbandstimme. Das war schlimmer als die Sache mit Greg.

Das bedeutete, daß jeder seiner Schritte beschattet wurde und vorherberechnet war.

Ken stand wie angewurzelt da und starrte auf den Rucksack. Ihm wurde übel. Warum war der Rucksack hierhergelegt worden? Um ihn verrückt zu machen, nur das konnte der Grund sein. Ihn in einen Zustand zu versetzen, in dem er jede Vorsicht vergaß und eine wehrlose Zielscheibe abgab. Wie gestern. Das Tonbandgerät hatte seine Wirkung verloren; also wollte sein Jäger etwas anderes versuchen. Irgend etwas. Etwas, das ihm, Ken, klarmachte, daß es kein Versteck gab und keine Hoffnung.

Ein Frösteln kroch ihm über die Lenden und das Rückgrat hinauf bis in den Nacken. Solange man ihn so beschäftigte, würde er nicht davonlaufen, und dann würde es zu spät sein. Könnte auch das ein Grund sein?

Gut. Er mußte das Boot jetzt gleich finden. Ken würde nicht das Risiko eingehen, das offene Wasser ohne Boot zu überqueren. Er versuchte, klar zu denken, nicht in Panik zu geraten. Das Boot. Er durfte jetzt nicht grübeln. Das Boot. Er durfte an nichts anderes denken.

Wenn man ein Boot verstecken will, wirklich gut verstecken, wo verstaut man es da – ein leichtes, tragbares Boot? Und plötzlich wußte er, wo das Boot sein würde. Nicht am Ufer, wo es leicht gefunden werden könnte, sondern an einem Ort, an dem niemand es jemals vermuten würde. In der Mühle. Unten in der Aschengrube oder im Rattenloch vielleicht. An einer wirklich sicheren Stelle. Oder war es jenseits der Eisentür, unten im Kamin, verborgen? Zum erstenmal seit zwei Tagen öffnete sich Kens Mund einen Spaltbreit zu einem schwachen Lächeln. Er wurde wieder etwas zuversichtlich.

Ken beschloß, den Rucksack zurückzulassen. Er ging in die Küche und packte genügend Zwieback und Feldrationen für einige Tage zusammen. Dann schnallte er eine Feldflasche um und stopfte Streichhölzer, Zigaretten, einen Kompaß und ein Paar Socken in die Taschen der Jacke. Er rollte ein frisches wollenes Jagdhemd so zusammen, daß es aussah wie ein schwerer Gürtel, und band es sich um die Mitte. Die Wadentaschen an seiner Jagdhose füllte er mit Patronen an.

Ohne Zwischenfall gelangte er bis zu dem Dickicht zwischen Hütte und Mühle. Ein Baum in der Nähe des Sees, dicht besetzt mit Krähen, regte sich nicht. Eine Krähe flatterte schwerfällig weg und ließ sich auf dem Dach der Mühle nieder.

Sie werden sich bald an Greg heranmachen, dachte Ken, wenn er noch dort ist und wenn die Ratten noch etwas übriggelassen haben.

Die Krähe beobachtete Ken, während er, wie gestern, die Ostseite der Mühle entlanglief, und flatterte schließlich aufgeschreckt davon, wobei sie scharfe Warnrufe an ihre Artgenossen ausstieß.

Ken legte sein Auge an denselben Spalt in der Holzwand wie gestern. Die Mühle war unauffällig ruhig und leer. Er zwängte sich dort hinein, wo er gestern das Brett eingetreten hatte. Kampflustig richtete er sich auf. Hier herinnen schien es kälter zu sein als draußen; es war eine feuchte, muffige Kälte. Sein Atem dampfte.

Eine Kohlmeise flog durch die Tür, landete flügelschlagend auf der alten Maschinerie. Es konnte niemand dort sein.

Genau wie gestern schlich sich Ken die Mühlenwände entlang, zuerst nach Osten, dann vorsichtig längs der Seitenwand nach Norden. In der Mitte der Nordwand befand sich die offene Tür. Gestern hatte er dort draußen Greg gesehen. Mit Entsetzen verdrängte er die Erinnerung, und bevor er zu der Stelle kam, wagte er einen Blick durch die breiten Ritzen in den mächtigen Planken.

Und er sah Gregs bestiefelte Füße, seine mit verwesenden Innereien besudelte, herunterhängende Hose. Greg war also noch dort. Eine Ratte kam unter einem Bodenbrett hervor, als sie in der Nähe Leben witterte, und verkroch sich wieder. Ken würgte und ging weiter.

Bei der Tür angelangt, zögerte er und blickte hinüber zum Wald auf der

anderen Seite. Er trat etwas zurück. Türöffnungen waren gefährlich. Er konnte entdeckt werden, wenn er eine durchquerte, und erschossen werden. Von jemandem, der im Gebüsch wartete. Ein Druck auf den Hahn. Ein Kinderspiel. Er machte sich bereit, vorwärtszusprinten.
Da ertönte die Stimme.
»Guten Morgen, Ken. Endstation, meinst du nicht? Jetzt bist du dran, wie Greg und Art vor dir.«
Schweigen. Irgendwo ein knatterndes Dröhnen – ein Vogel flatterte um den Dachfirst.
Die Stimme kam nicht von einem Tonband. Diesmal war sie wirklich. Wirklich und unwirklich. Wirklich, weil der Moment endlich gekommen war, unwirklich, weil sich die Wirklichkeit mit dem knatternden Flügelschlag des kleinen Vogels und dem hörbaren Pochen von Kens Herzen vermischte. Die Wirklichkeit war plötzlich verschwommen; verschleiert, weit weg wie im Traum.
»In weniger als zwei Minuten«, sagte die Stimme klar und deutlich, »werde ich dich erschießen.«
Ken schoß. Wie wild riß er am Schlagbolzen und feuerte Schuß um Schuß gegen die alte Bretterwand der Mühle; die Kugeln schlugen durch, als wäre die Wand aus Papier, und prallten im Wald dahinter auf.
Niemand war in der Mühle. Er mußte draußen sein. Es war still. Und dann: »Sagen wir noch eine Minute, Ken.«
Oben im Gesims, dort mußte er sein. Er war nicht hier unten. Unten war nichts, außer Greg und den Ratten. Und wenn er im Gesims war, dann mußte er eine verkrampfte Haltung einnehmen. Es konnte nicht leicht sein, sich dort oben umzudrehen und mit einem Gewehr zu zielen. Das würde ihn Zeit kosten.
»Dreißig Sekunden, Ken. Das ist nicht lang, nicht? Dreißig Sekunden, und du bist nicht mehr, nichts mehr. Bloß Rattenfutter.«
Ken stürzte durch die Tür, Kopf voran, rollte sich zusammen, schlug auf dem Boden auf, richtete sich auf einem Knie auf, zielte mit dem Gewehr nach oben und schoß, noch bevor er wußte, worauf.
Der Schuß wurde nicht erwidert. Dort war niemand.
Niemand, außer Greg, der an einem Seil hing, den Kopf vorgebeugt, mit dem Rücken zu Ken, Gott sei Dank, so daß er das schreckliche Gesicht nicht sehen konnte.
»Fünfzehn Sekunden.«
»Du wirst mich nicht töten, du Hurensohn!«
»Zehn Sekunden.«
Ken raste an Greg vorbei zum Westende der Mühle. Er feuerte einen Schuß auf einen Schatten. Auch dort war niemand. Niemand.
Außer Greg, der jetzt hinter ihm hing.

Und dann kam ihm die schreckliche Erkenntnis, daß es überhaupt nicht Greg war. Er wußte es, bevor er sich noch umdrehte.
Das Antlitz, das sich jetzt dort befand, wo Gregs Gesicht gewesen war, lächelte ihn an; die Holland & Holland-Schwerkaliberflinte löste sich von dem massigen, lebendigen Körper.
Ken erkannte, wer dort stand; die riesige Gestalt, das vertraute Gesicht, das Lächeln. Er versuchte, sein Gewehr zu heben; er konnte es nicht. Er versuchte zu sprechen; er konnte es nicht. Er vermochte sich nicht zu bewegen.
Dumpf fügte er sich in das Unvermeidliche. Der Doppellauf des Gewehrs zielte langsam und genau auf seine Oberschenkel, das Gesicht des Schützen dahinter war jetzt gespannt.
Sanft sagte Wolkowski: »Fünf Sekunden.«
Er feuerte.
Ken fühlte einen schrecklichen Schlag an seinem linken Schenkel. Er wurde nach hinten geschleudert und fiel hin. Dann ein unvorstellbarer Schmerz. Eine Wolke von Grau breitete sich vor seinen Augen aus, aber durch die Wolke sah er, wie Wolkowski aus der Seilschlinge schlüpfte. Er sah, wie er leichtfüßig auf den Boden sprang und auf ihn zukam. Dabei entfernte er die verbrauchte Patrone und lud mit einer einzigen raschen, erfahrenen Bewegung nach.
Ken versuchte ein letztesmal, sein eigenes Gewehr herumzudrehen. Der Schmerz war zu stark. Gehirn und Arme weigerten sich, den Versuch zu wiederholen.
Wolkowski stand nun vor ihm und richtete den Doppellauf der Holland & Holland-Flinte hinunter auf Kens Lenden. Ken sah ihn lächeln und fühlte den harten Druck des Gewehrs auf seinem Glied. Wolkowskis Zeigefinger strich zärtlich über beide Abzüge der Flinte.
Er hörte sich schreien: »Bitte, um Gotten willen, bitte! Ich habe sie nicht berührt, Paul. Es waren Art und Greg, ich habe sie nicht berührt, Paul. Es waren Art und Greg, ich hab es nicht getan.«
Durch die graue Wolke hindurch fragte Wolkowski: »Wer ist dann Peteys Vater?«
»Ich nicht. Ich war im Motel, aber ich war es nicht! Bitte! Ich werde alles tun. Alles.«
Dann ein unglaubliches Geräusch. Und Finsternis. Und dann färbte sich die Finsternis rot, und Ken wußte, daß er an sich selbst herunterstarrte; ein Strom von Blut durchtränkte seine Hose und breitete sich dort aus, wo er einmal ein Mann gewesen war.
Dann hoben sich die Doppelläufe plötzlich, schoben sich zwischen seine Zähne und drückten heiß und stechend gegen seinen Schlund, erstickten ihn fast.

Ken hörte Alicia, wie sie schrie und kämpfte, und Gregs und Arts Gelächter. Und noch jemanden. Sich selbst? Schatten aus längst vergangener Zeit, die heiße, nackte Hitze von Alicias Körper, Alicia, die versuchte, ihm zu entrinnen.
Er hörte, wie sein Schrei sich fortsetzte, gedämpft vom Knebel des Gewehrs. »Ja, okay. Ich war auch dabei. Wir waren Kinder. Bloß Kinder. Wir haben's nicht so gemeint.«
Er sah Alicia, ihr weiches, dunkles Haar, ihre langen Beine, den schlanken Körper. Ihr Lächeln.
Dann sah er jemand anderen, ganz nahe, das steinerne Gesicht Paul Wolkowskis, die dunkelgrauen Augen, den mitleidlosen Mund.
Es war das letzte, was er jemals sah.

25

ER BRAUCHTE DEN REST DES TAGES und noch einen Tag dazu, um seine Arbeit zu vollenden. Zuerst mußte er Kens Leiche im Moor versenken, das Blut wegwaschen. Das war nicht leicht. Ebensowenig wie bei Art, Nancy und Greg. Er mußte gefrorene Erde und Gras abkratzen, Klumpen herausreißen, in den See werfen, den Boden wieder glätten. Er mußte Gewichte finden, deren Fehlen nicht bemerkt werden würde. Das Dampftriebwerk in der Mühle war bereits völlig ausgeplündert, daher wählte er schließlich einige längliche, flache Steine, die am Ende der Mauer lagen, dort, wo Nancy umgekommen und die Mauer teilweise eingestürzt war. Er verwendete das Seil, an dem er erst Greg, danach sich selbst festgebunden hatte, um damit die Steine an den Leichen festzuschnüren.
Auch in der Hütte mußte er alles in Ordnung bringen, alles gründlich reinigen. Schließlich rieb er über jede Stelle, die er vielleicht zufällig berührt hatte, als er die Handschuhe ausgezogen hatte – das war nur zweimal der Fall gewesen. Er dachte eine Weile an andere Fingerabdrücke. Von Nancy und Martin mußten welche da sein, möglicherweise auch von den anderen Paaren der vergangenen Jahre. Schon vor langer Zeit hatte er erkannt, daß er damit nicht fertig werden konnte; Fingerabdrücke würden überall sein. Es machte nichts. Sollte die Zeit kommen, an der man sich dafür interessieren würde, würden die Abdrücke vielleicht auf vermißte Personen, niemals aber auf Mord hinweisen.
Als er diese Arbeit beendet hatte, rückte er alles wieder an seinen Platz, das Bett, den Toilettentisch, den Eßtisch. Er setzte ein gebrauchtes Türschloß von derselben Marke ein wie dasjenige, das er herausgeschossen hatte; er hatte es bereits im Vorjahr besorgt.
Er durchkämmte den Wald langsam und methodisch nach Dingen, die er

vielleicht verloren hatte. Er entfernte jedes Zeichen, das verraten könnte, daß Ken im Sumpf gewesen war; und er nahm Kens Rucksack und verstreute den Inhalt in der ganzen Hütte, zwischen Gregs und Arts Sachen, die herumlagen.

Er brauchte Stunden, um die Plattform im Kamin abzumontieren, herabgefallene Ziegelstücke und Ziegelstaub, der auf den Kamingrund gerieselt war, zu beseitigen, die alten Balken und Planken wieder dort anzubringen, wo er sie hergenommen hatte, um die Haken zu entfernen und die Löcher, die er gebohrt hatte, mit Spinnweben und Moos zu verstopfen. Es erforderte ziemlich viel Zeit, alle Fußspuren innerhalb und außerhalb der Mühle zu verwischen, obwohl er Sackleinen um seine Stiefel gewickelt gehabt hatte.

Zeit und Geduld. Und ein gutes Gewissen. Er hatte alle Schüsse notiert, die abgefeuert wurden, vermerkt, wann dies geschehen war und in welche Richtung, und er hatte mehr als sechzehn Kugeln aus Bäumen, dem Mühlenboden, der Erde, der verwitterten Bretterverkleidung der Mühle herausgestochert. Außerdem mußte er fünf Kugeln aus den Türpfosten und Innenwänden der Hütte herausholen. Es waren die Kugeln, die von Ken abgefeuert worden waren, als ihn das Tonbandgerät in Panik versetzt hatte.

Schließlich waren da noch die Boote, nutzlose Streifen aus schwarzem Gummi, die aussahen wie zusammengerollte, schlaffe Schlangen. Er wickelte sie vorsichtig um die Motoren, um sie in den Sumpf zu werfen, hinter Kens Leiche her. Sie dienten als Gewichte für Gregs verwesende Reste, die er jetzt ebenfalls versenkte.

Es war eine schwere Arbeit, denn er war todmüde, und es lagen noch so viele Aufgaben vor ihm. Es fiel ihm auch deshalb doppelt so schwer, weil das, wofür er seit Jahren gelebt hatte, so glänzend geklappt hatte und abgeschlossen war. Er fühlte sich emotionell ausgepumpt von der Aufregung, und es würde ihm schwer werden, in Zukunft ohne diese Spannung zu leben.

Als es endlich nichts mehr zu tun gab, als wegzufahren, setzte er sich eine Weile auf die Treppe vor der Hütte. Er starrte auf die kalte, schiefergraue Fläche des Sees und auf die Mauer des finsteren Waldes, der ihn umgab. Und er dachte an Ken und Greg und Art und an all das, was sie getan hatten, und wie er sich schließlich gerächt hatte, obwohl er dazu elf Jahre gebraucht hatte. Er analysierte nochmals sein ganzes kompliziertes Verschleierungsmanöver: Die falschen Spuren und Hinweise, die er der Polizei geliefert hatte, sollte sie überhaupt jemals auf etwas draufkommen; die nicht nachweisbaren Diebstähle, die Betrügereien und Fälschungen, durch die er vollkommen gedeckt war. Er hatte die offizielle Kopie seiner Heiratsurkunde mit Alicia, die in einem anderen Bundesstaat ausgestellt worden war, in die Hand bekommen und beseitigt. Er hatte das gleiche mit seiner und Peteys Geburtsurkunde getan und mit allen Dokumenten, die sich auf seinen offiziellen Namenswechsel bezogen, der nach Alicias Tod wieder in einem anderen Bundesstaat durchgeführt worden war. Er hatte Geburtsurkunden für sich und Petey gefälscht; danach waren sie beide in der Hauptstadt des Bundesstaates, Lansing, geboren, und hießen beide Wolkowski. Von Geburt an. So würde ihn niemals jemand mit Alicia Rennick in Verbindung bringen können. Und auch Petey nicht. Niemand würde wissen, daß er Alicia geheiratet hatte, die dann Garner hieß. Noch, daß er selbst George Garner war, im Heimatort der Rennicks als Buddy bekannt. Keiner von ihnen allen existierte mehr. Es gab nicht einmal mehr die polizeilich registrierten Fingerabdrücke von Buddy. Auch die waren beseitigt worden. Es gab nur noch ihn selbst, Paul Henry Wolkowski. Seine Anstellung beim Staat hatte ihm sehr geholfen. Allerdings war er absichtlich in den Staatsdienst eingetreten – am Tag, nachdem er Alicia begraben hatte –, um all dies zu erreichen. Und seine offizielle Position würde ihm in Zukunft sogar noch nützlicher sein.

Er dachte an Ken, Greg und Art und das Gefühl reiner Freude, als er sie jagte und tötete, das Gefühl, etwas erreicht zu haben. Er hatte – ironischerweise – eine viel bessere Jagd gehabt als jemals irgendeiner von ihnen. Und er hatte die Strafe an ihnen vollzogen, die der Staat nicht mehr verhängen durfte: die Todesstrafe.

Er dachte an Alicia und ihre Sanftmut, an die Verzweiflung in ihren verträumten Augen, und erinnerte sich, wie sie aufgehört hatte zu lächeln, nur noch vor sich hin brütete und voll Entsetzen in sich selbst zurückzog, sich auf eine Erinnerung tief in ihr selbst konzentrierte.

Dann fühlte er, wie etwas Kaltes auf seinem Gesicht brannte, und blickte nach oben. Es hatte zu schneien begonnen, sehr feinen Pulverschnee; wahrscheinlich würde es bald Schneesturm geben. Der Winter würde hier, so hoch im Norden, lang und hart werden. Das war gut. Sollte er durch einen unwahrscheinlichen Zufall irgend etwas vergessen haben, würde die Natur sich darum kümmern. Die Eisdecke über dem Sumpf würde bald das Wassergrab versiegeln, Frösche und Schildkröten würden das Fleisch von den Knochen nagen, und die Skelette würden tief hinuntersinken, tief hinein in den Schlamm, unauffindbar. Und der schmelzende Schnee im Frühjahr würde alles übrige wegwaschen.

Wolkowski holte das Kanu aus seinem Versteck, einem Gebüsch an der Westküste der Insel, und paddelte durch das Schneetreiben zum Bach, dort, wo Martin und Art gestorben waren. Er fand eine Stelle, an der ein starker Ast knapp über dem Wasser hing. Dort lud er Rucksack und Gewehr aus und schlitzte mit dem Messer die Unterseite des Kanus auf.

Es versank, bald war nichts mehr davon zu sehen, und dann schwang sich Wolkowski mit Hilfe des Astes an Land.
Er rauchte eine Zigarette, warf den Stummel in den See und machte sich daran, die etwa zweiundzwanzig Kilometer, die er vor sich hatte, zurückzulegen. Er lief in zügigem Tempo den Ochsenpfad hinunter und die verlassene Eisenbahnlinie entlang. In der Mitte des Nachmittags hatte er die Bundesstraße Nr. 28 erreicht. Er setzte eine Brille auf, die sein Aussehen veränderte, nahm das Gewehr auseinander und steckte es in den Rucksack, zusammen mit dem Zielfernrohr, und stoppte einen Lastwagen, der aus einem anderen Bundesstaat kam. Den Kragen hochgeklappt, beschwerte er sich mit heiserer Stimme über die scheußliche Erkältung, die er sich auf der Jagd geholt hatte.
Nach fünfundvierzig Kilometern bat er den Fahrer, ihn bei einer verlassenen Kreuzung abzusetzen, und sobald der Lastwagen verschwunden war, ging er in den Wald, zu einem halb zugefrorenen Sumpf. Jetzt waren bereits zwanzig Zentimeter Schnee gefallen, und der Wind wehte. Er fühlte sich körperlich elend, als er die Kleider wechselte und nackt und barfuß war, aber sein Triumph steigerte sich allmählich zu einer Verzückung. Sie machte die Kälte erträglich.
Wolkowski stopfte die Jagdkleidung – Hose, Hemd, Jacke, Mütze – in den Rucksack, nachdem er einen gewöhnlichen grauen Alltagsanzug, Oxford-Schuhe und Galoschen, einen zerdrückten Hut und eine kleine Aktentasche herausgenommen hatte. Der Anzug war arg zerknittert, aber die Entschuldigung, er habe eine Nacht im Zug verbracht, würde ausreichen.
Er steckte einen schweren Stein in den Rucksack, zog die obere Verschlußschnur fest zu, kippte den Sack in ein Wasserloch im Sumpf und beobachtete, wie er im Schlick versank. Sollte ihn je jemand finden, würden das Gewehr und das Zielfernrohr eine einzige verrostete Masse sein, die man nicht mehr identifizieren konnte. Und alle anderen Dinge, auf denen Fingerabdrücke waren, wie etwa seine Feldflasche oder die wasserdichte Streichholzschachtel, würden reingewaschen und im übrigen ohnehin bald hoffnungslos zerfressen sein.
An der Straßenkreuzung stoppte er wieder ein Auto, diesmal einen Kombiwagen, den eine wohlwollende Hausfrau lenkte; vier Kinder waren im Fond verstaut. Die Frau hatte sie von der Schule abgeholt und hoffte, zu Hause anzukommen, ohne im Schneesturm steckenzubleiben. Sie war froh, einen anständig aussehenden Mann gefunden zu haben, der ihr vielleicht behilflich sein konnte. Als sie wissen wollte, wieso er dort an der Kreuzung gestanden war, erzählte er ihr eine Geschichte von einem Autodefekt und einem Lastwagenfahrer, der ihn an dieser gottverlassenen Stelle abgesetzt hatte. Sie flirtete; ihr Mann war verreist. Die Kinder waren klein und gingen früh zu Bett. Er fühlte sich versucht; er brauchte

eine Nervenberuhigung. Er hatte schon lange keine Frau gehabt, und diese hier war attraktiv. Trotzdem lehnte er höflich ab, und als sie ihn in Raco bei der Eisenbahnstation absetzte, knallte sie böse den Wagenschlag zu und fuhr, Schnee aufwirbelnd, rasch davon.
Ohne Mühe erreichte er einen Zug. Er schlief während der ganzen Fahrt nach Ann Arbor. Wie ein Toter.
Um neun Uhr früh war Wolkowski wieder im Büro, an dem Tag, an dem er von seiner Dienstreise nach Memphis zurückerwartet wurde; dort hatte er sich schon vor langer Zeit ein todsicheres Alibi besorgt. In Süd-Michigan lag auch Schnee, aber es waren nur sieben Zentimeter. Um neun Uhr dreißig rief er Helen Frazer an, um ihr zu sagen, daß er wieder zurück sei; dankte ihr auch, daß sie sich um Petey gekümmert hatte. Er würde Petey am Abend holen, und er lehnte die Einladung zum Abendessen nicht ab. Je mehr Vertrauen die Ehefrauen in ihn hatten, desto besser. Ken wurde erst in vier Tagen zurückerwartet. Vielleicht würde es mehr als ein Abendessen bei Helen geben. Und vielleicht würde er etwas erfahren, das nützlich für ihn war. Man konnte nie wissen. Obwohl er hundertprozentig sicher war, nichts außer acht gelassen zu haben, was ihn verraten könnte. Niemals und nirgends.
Er hatte drei Männer, die den Tod verdient hatten, kaltblütig gejagt, und er hatte sie getötet. Und man konnte ihm nichts nachweisen.

Epilog

SCHNEE LAG AUF KEN FRAZERS Rasen und Grund, alles sanft verhüllend. Es war schwer, sich die warme Pracht der Blumen und Büsche im Frühjahr und Sommer vorzustellen. Der Swimming-pool war leer und verlassen, das Tennisnetz war weggeräumt worden. Der Grill unter seiner weißen Kappe war völlig unkenntlich, er hätte ein Zedernbusch sein können. Die Hecke hatte man mit Pfählen eingegrenzt und sorgfältig mit grobem Sackleinen bedeckt, die Blumenbeete umgestochen, die Blumenzwiebeln entfernt; sie lagen über den Winter aufgestapelt in der Garage. All das hatten die drei Männer getan, die auch einmal im Monat mit Spezialmaschinen kamen, um das Haus innerhalb von vier Stunden gründlich zu reinigen. Dieses Jahr hatten sie sich auch auf Gartenarbeit verlegt, und letzte Woche waren sie, knapp bevor es zu schneien begonnen hatte, um neun Uhr früh eingetroffen. Um fünf waren sie wieder gegangen, nachdem sie den langweiligen Herbstputz erledigt hatten, für den Ken und Helen früher vier Wochenenden gebraucht hatten.

Es war drei Uhr nachmittag; die Kinder waren noch in der Schule. Ein Polizeiauto parkte vor der Eingangstür. Der elegant uniformierte Polizist, die Kappe leicht in die Stirn gedrückt, las die Sportseite der »Detroit News« und hörte mit einem Ohr auch auf das Funkgerät, das hie und da verschlüsselte Botschaften im Polizeijargon von sich gab.

Der Mann war ein Sergeant und wartete auf seinen Boß. Es hatte mit den drei Männern aus Ann Arbor zu tun, die verschwunden waren. Auf der Titelseite der Zeitung war ein Artikel über sie, mit Fotos. Sie waren bekannte Leute; der eine, Wallace, hätte vielleicht nächstes Jahr in Michigan für die Republikaner kandidiert. Man sprach von einem Verrückten, einem Bandenmord. Die Presse erging sich in allen nur erdenklichen Spekulationen. Aber bis jetzt, das wußte der Sergeant, hatte die Polizei nicht die geringste Spur und war, wie der Boß sagte, dabei, das Ganze fallenzulassen. Es gab keinen Hinweis, daß irgend etwas faul war. Die drei Männer waren anscheinend eines schönen Tages vor zwei Wochen aus ihrer Jagdhütte im Norden des Bundesstaates hinaussspaziert, ohne Rucksack oder Proviant; einer hatte sogar sein Gewehr zurückgelassen. Und sie waren nie mehr zurückgekehrt. So einfach war das. Die Polizei und die Forstleute hatten sie und ihre Schlauchboote mit Hubschraubern, Hunden, Schneepflügen und mit der Unterstützung von Bodeneinheiten der Nationalgarde sowie eines Fotoerkundungstrupps gesucht, in einem Gebiet, das zwei ganze Provinzen umfaßte. Resultat: Null. Sie hatten das Auto der Männer gefunden, wo sie es gelassen hatten, in der versperrten Garage eines Touristenlagers. Ein Fleck auf dem

Rücksitz hatte sich als Urinfleck entpuppt, aber das Laboratorium hatte nicht mehr feststellen können, ob er von einem Mann oder einer Frau stammte. Ein Kanu mit zerschmettertem Bug wurde gefunden, es war gestohlen und im Fluß versenkt worden. Das konnte mit dem Verschwinden der drei in Verbindung stehen oder auch nicht. Wieder eine Fehlanzeige.

Im Polizei-Hauptquartier rechnete man nicht mehr damit, daß man die Kerle jemals finden würde. Gerichtssachverständige hatten in der Hütte Fingerabdrücke sichergestellt, Dutzende. Einige waren von Männern und nicht identifizierbar. Die meisten stammten von Frauen, von mehreren, verschiedenen Frauen; eine davon tauchte auf einer Vermißtenliste von vor drei Jahren auf. Offensichtlich war in der abgelegenen Hütte der drei Männer mehr losgewesen als nur Jagdvergnügen. Aber die Polizei würde das aus Rücksicht auf die Familien der Verschollenen nicht bekanntgeben. Es führte ja sowieso zu nichts. Fingerabdrücke allein genügten nicht.

Es gab einen weiteren Punkt, von dem die Presse nichts erfuhr. Einer der Männer, Anderson, hatte geschäftlich mit einer Firma in Argentinien zu tun gehabt und war im vorigen Jahr zweimal in Buenos Aires gewesen. Die Polizei dort unten war eingeschaltet worden und hatte mitgeteilt, daß dieser Anderson öfters in Gesellschaft von Fotomodellen und Filmsternchen gesehen worden war.

Ein Auto fuhr vor. Der Sergeant beobachtete es verstohlen. Keine Presseleute. Gestern waren sie immer wieder aufgetaucht, blieben aber jetzt auf besonderen Wunsch fern, wegen der Kinder. Ein Wagen der »Detroit News« parkte jedoch weiter unten diskret am Straßenrand und wartete, für alle Fälle.

Pat Wallace stieg aus. Sie sah den Sergeanten, zögerte, dann nickte sie ihm kühl zu. Schnell schob er die Zeitung außer Sichtweite, täuschte Aufmerksamkeit vor, salutierte. Wenn ich mit so einer halblesbischen Emanzipationsbestie verheiratet wäre, dachte er, würde ich auch verschwinden.

Pat betrat das Haus.

Helen Frazer hörte die Tür gehen und kam aus dem Wohnzimmer, aus dem ein Gemurmel von Stimmen drang, in den Flur. Sie war dunkel gekleidet, trug kein Make-up und sah abgespannt aus. Sie küßte Pat, schüttelte den Kopf auf Pats fragenden Blick hin, ließ gerade die richtige Menge Tränen in ihre Augen steigen, verlegte sich aber dann aufs Unterspielen und wischte sie verärgert weg.

Pat sagte nichts. Die beiden Frauen gingen ins Wohnzimmer, wo Sue Anderson mit zwei Männern am Feuer saß. Einer davon war ein junger Polizeileutnant in Uniform. Der andere, ein Captain, trug einen gut geschnittenen Anzug. Er war groß, ausnehmend kräftig gebaut, hatte dunkelgraue Augen und ein Gesicht, das aussah, als wäre es aus rauhem Granit.

Als er Pat erblickte, stand er auf.

»Hallo, Pat.«

Pat lächelte ihr trockenes, verkniffenes Lächeln, das sie für sehr männliche Männer in Reserve hatte, und gab ihm kurz die Hand.

»Kennst du Leutnant Randall, unseren Gerichtsexperten? Leutnant, Mrs. Wallace.«

Pat begrüßte den Leutnant.

Dann sagte Captain Wolkowski: »Pat, ich habe Helen und Sue die einzige Neuigkeit mitgeteilt, die es gibt.«

»Es ist eine gute Nachricht«, sagte Helen.

»Nun, wie man es nimmt«, meinte Wolkowski. »Ich bin mit dem Fall beauftragt worden. Wir haben die persönliche Bewilligung des Gouverneurs heute morgen erhalten.«

»Oh, da bin ich aber froh«, sagte Pat. Das war sie wirklich. Wenn irgend jemand Licht in diese wirre Angelegenheit bringen konnte, dann war es dieser Mann, das wußte sie. Sein Ruf als Polizeibeamter war fast schon legendär. Und er würde noch ganz hoch hinaufkommen. Wahrscheinlich in die hohe Politik. Die Leute meinten, daß er eines Tages Gouverneur sein würde.

Sie schluckte den aufsteigenden Haß gegen ihren Mann hinunter, ließ sich aber nichts anmerken. Es hätte keinen Sinn, ihre Gefühle zu zeigen. Sie wußten es wahrscheinlich alle, aber man durfte es nicht zur Schau tragen, besonders nicht in einer solchen Situation. Die Kinder könnten Art noch ein paar Jahre brauchen, zumindest finanziell. Das war der einzige Grund, warum er ihr fehlte.

Wolkowski sagte: »Um ehrlich zu sein – und ich weiß, daß ihr alle drei wünscht, daß ich ehrlich bin –, sind wir bis jetzt noch keinen Schritt weitergekommen. Leutnant Randall hat nichts zu berichten.«

»Wir haben das Gebiet äußerst sorgfältig durchkämmt«, erklärte Randall. Er war voll jugendlicher Ungeduld. Bereitwillig hatte er Wolkowski zugestimmt, über die Frauenbesuche in der Hütte nichts verlauten zu lassen. Das würde nur Schmerz bereiten. Er fuhr fort: »Die Jagdhütte, die ganze Insel. Einschließlich der alten Sägemühle. Wir haben sie praktisch zerlegt.« Er blickte auf Wolkowski, wurde mit einem schwachen Nicken ermuntert, weiterzumachen, und fuhr fort: »Wir haben nichts gefunden, das auch nur im entferntesten auf Gewaltanwendung hindeuten würde. Wir müssen annehmen, daß die drei Männer lebend von dort fortgegangen sind.«

»Nun, das ist ja immerhin schon etwas«, sagte Pat. Sie gönnte Wolkowski noch ein steifes Lächeln, das zu ihrer Rolle gehörte. Pat wußte, daß Art niemals gefunden werden würde. Und Greg und Ken ebensowenig. Sie waren abgehauen, das war sonnenklar. Unglaublich, aber genau das hatten sie getan. Sie wußte es, denn es entsprach Arts Charakter. Er war ein Feigling und ein Kriecher. Und nach dem, was sie im Laufe der Jahre aus Art herausgekriegt hatte – ein paar zufällig entschlüpfte Worte –, wußte sie auch, daß es Kens und Gregs Charakter ebenfalls entsprach, sich aus dem Staub zu machen. Für alle drei war eine Frau nicht jemand, den man liebte, sondern ein notwendiges Sexualobjekt, das man ausbeutete und benützte.

Pat betrachtete Helen, die jetzt neben Wolkowski saß, ziemlich nahe bei ihm, die Hände im Schoß gefaltet. Dachte Helen wie sie? Wenn ja, überlegte Pat, dann würde es zwischen ihr und Wolkowski bald zu etwas kommen, falls nicht ohnehin schon was vorgefallen war. Die beiden verband eine unbewußte animalische Ähnlichkeit; beide schienen »Bett« zu sagen. Nun, warum nicht? Er paßte weit besser zu Helen, als Ken jemals zu ihr gepaßt hatte, und sie wurde mit Petey fertig. Dieser Gedanke löste bei Pat die Frage aus, was sie mit ihrem eigenen Leben machen würde. Ein Geschäft führen, vielleicht. Kalifornien. Sie hatte dort eine Frau mit einer Design-Firma kennengelernt, die ihr angeboten hatte, als Teilhaberin einzusteigen. Sie verspürte eine leichte Erregung. Wenn sie wollte, könnte bei dieser Partnerschaft mehr herausschauen als bloß Geld.

Wolkowski beugte sich sanft vor, die riesige Hand schloß sich um das Glas mit dem Wodka-Tonic, den Helen ihm eingeschenkt hatte. Er beobachtete Sue Anderson. Sie hatte gerade gesagt: »Aber ich verstehe nicht, Paul. Wenn sie leben, wo sind sie dann?«

Wolkowski zögerte, dann sagte er: »Sue, denk an Gregs Reise nach Südamerika voriges Jahr.«

»Ja?« Ihre Stimme war ausdruckslos.

»Ich würde meine Pflicht als Freund nicht ernst genug nehmen, würde ich dir nicht sagen, daß wir uns offiziellerseits verpflichtet fühlen, diese Spur zu verfolgen.«

»Selbstverständlich«, sagte sie. »Das müßt ihr.«

Sie erwiderte offen seinen Blick. Aber sie hatte sich verraten. Es war Härte in ihrer Stimme gewesen, dessen war er sich sicher. Später würde er mit ihr unter vier Augen sprechen und sie davon überzeugen, daß Greg mit einer anderen Frau durchgegangen war. Er glaubte nicht, daß es schwer sein würde, und früher hatte ihn sein Instinkt bei Frauen nie betrogen. Aber er dachte: Tut mir leid, kleines Mädchen, du wirst trotzdem die Verjährungsfrist abwarten müssen, bis du deine Versicherungssumme einkassieren und wieder heiraten kannst. Wie Pat. Und wie Helen. Aber du wirst es schon schaffen. Du besonders. Du bist das geborene

Sexkätzchen. Es steht dir im Gesicht geschrieben. Deshalb konntest du Greg ertragen. Und du wirst einen anderen Mann mit viel Sex und viel Geld finden, du wirst ihn warten lassen, und es wird sich lohnen.

Zu allen drei Frauen sagte er: »Es ist höchst ungewöhnlich und beunruhigend. Das ist uns allen klar. Ich meine die Tatsache, daß alle drei anscheinend gemeinsam ausgeflogen sind. Aber anderseits waren sie schon seit langem dicke Freunde. Man könnte fast sagen, sie waren unzertrennlich.«

»Ja«, sagte Helen. Sie lächelte schwach, ihre Stimme klang geduldig, aber ihr Mund war schmal; ihre Augen wurden kalt. »Manchmal war ihre Freundschaft nicht leicht für uns. Ich meine, für Pat, Sue und mich.« Sie zögerte und sagte dann: »Ich glaube, ich kann für uns alle sprechen. Es war, als ob Ken, Greg und Art miteinander verheiratet und wir bloß angenehme Mitläufer gewesen wären.«

Weder Pat noch Sue antworteten. Sie sahen weder Wolkowski noch Helen an, sondern starrten auf den Teppich oder ins Feuer.

So, das war es also. Sie würden keine gramgebeugten Witwen sein. Sie hatten es fast mit Erleichterung aufgenommen, daß man sie sitzengelassen hatte. Genauso wie die Polizei. Wie hätte es auch anders sein können? Es war der Weg, auf den er, Wolkowski, sie alle gelenkt hatte, den eigenen Chef, den Staatssekretär für Inneres, den Gouverneur, sogar die Presse. Die Leute glauben, was man ihnen sagt. Besonders, wenn es leicht zu glauben ist. Wenn man ihnen erklärt, daß drei scheinbar glücklich verheiratete Durchschnittsamerikaner mittleren Alters aus der Mittelschicht ihre Frauen und Kinder im Stich gelassen, scheinbar glücklichen Familien und guten Jobs den Rücken gekehrt haben und mit unbekanntem Ziel abgehauen sind, dann schlucken sie es. Vor allem, wenn es keine Gegenbeweise gibt.

Es würde also bei Südamerika bleiben. Zuerst Argentinien, dann vielleicht Bolivien; Ken würde einmal gesehen werden.

Paul Wolkowski blickte Helen an. Sie gefiel ihm; er mochte ihre Stimme, ihren Körper und ihre Augen. Und sie machte ihre Sache wunderbar. Sie hatte Sue hinters Licht geführt. Aber gelang ihr das auch bei Pat Wallace? Er glaubte es nicht. Pat wäre es jedoch egal, wenn Helen mit ihm etwas anfangen wollte. Sie hatte zuviel mit sich selbst zu tun und mit ihrem Männerhaß.

Er saß da, blickte rasch von einer Frau zur andern, musterte ihre eleganten Kleider, die zuversichtlichen, gepflegten Gesichter, die wohlgenährten und wohlgeformten Körper, beobachtete ihr Gehaben. Kühl und professionell schätzte er sie ab. Der Wodka wärmte ihn und steigerte sein Wohlbehagen.

Der Polizist draußen antwortete auf eine Routinenachfrage aus dem

Funkgerät, wo sich denn sein Boß befände. War Captain Wolkowski noch immer dort?
»Ja«, antwortete der Polizist. »Gewiß.«
»Wie lange, glauben Sie, wird es dauern?«
»Ich schätze, er wird noch ziemlich lange dort drinnen bleiben.«
Es hatte wieder zu schneien begonnen.